공감 낭독자

공감 낭독자—북텔러리스트와 함께하는 소통과 치유의 낭독 만찬

2022년 11월 30일 초판 1쇄 발행

북텔러리스트(이진숙, 구자형, 김희선, 정훈석, 이용순, 조경아, 김경옥, 김현수, 문지영, 채안석, 김두리, 서승휘)가 지었으며, 도서출판 샨티에서 박정은이 펴냅니다. 편집은 이홍용이, 표지 및 본문 디자인은 김선미가 하였으며, 이강혜가 마케팅을 합니다. 제작 진행은 굿에그커뮤니케이션에서 맡아 하였습니다. 출판사 등록일 및 등록번호는 2003. 2. 11. 제2017-000092호이고, 주소는 서울시 은평구 은평로 3길 34-2, 전화는 (02) 3143-6360, 팩스는 (02) 6455-6367, 이메일은 shantibooks@naver.com입니다. 이 책의 ISBN은 979-11-92604-02-2 03800이고, 정가는 17,000원입니다.

이 도서는 한국출판문화산업진흥원의 '2022년 우수출판콘텐츠 제작지원' 사업 선정작입니다.

공감 낭독자

북텔러리스트 지음

북텔러리스트와
함께하는 소통과
치유의 낭독 만찬

【샨티】

○ table of contents

낭독은 온몸으로 기억하는 책 읽기.
그것은 잘하는 데 목적이 있지 않다.
공감하고 즐기는 것이다.
단순한 '읽기'를 넘어 책 속 화자들과 연결되고,
다른 삶을 경험하게 되면서 이해와 공감,
내면의 치유가 일어나기도 한다.

낭독은 완성되는 것이 아니라 깊어지는 것이다.

책을 내며

낭독을
권함

이진숙

자신의 삶을 들여다보고 변화를 시도하는 사람들은 독서를 한다. 독서를 통해 '간접 경험'을 하며 자신을 확장시키는 것이다. C.S. 루이스는 《책 읽는 삶》이라는 책에서 "우리는 자신의 존재를 확장하려고 애쓴다. 나 이상이 되기를 원한다. (중략) 자신의 눈과 상상력과 마음으로만이 아니라, 타인의 눈으로 보고 타인의 상상력으로 생각하고 타인의 마음으로 느끼기를 원한다"고 했다. 워런 버핏도 "인생을 바꿀 가장 위대한 비책은 독서다"라는 말과 함께 자신의 일과 시간의 80퍼센트 가량을 독서하는 데 투자한다고 밝혔다.

독서는 한 개인의 삶만 변화시키는 것이 아니다. 역사상

책은 한 사회의 문화 수준을 높이기 위한 가장 중요한 도구였다. 책의 출현과 계승은 한 문화를 다른 문화에 전파시키는 가장 강력한 힘이었고, 시간과 공간을 뛰어넘어 인류를 하나의 운명 공동체로 묶어주는 진보의 DNA로 진화되어 왔다.

그래서 사람들은 때때로 '독서를 더 잘하는 방법을 익히기 위한 독서'를 한다. 동기를 얻기 위해, 자신에게 맞는 독서법을 찾기 위해, 같은 책이라도 더 많은 효과를 얻기 위해 등등 이유는 다양하다. 그러나 독서가 즐거워 그냥 읽는다는 사람은 많지 않은 듯하다. 독서에 대한 의무감, 독서를 하지 않으면 남들보다 뒤처지지 않을까 하는 두려움, 독서를 통해 현실적인 성공을 빠르게 얻기 위한 목표 의식 등이 독서의 강력한 이유이다. 많은 부모들은 자녀들이 독서를 통해 좀 더 똑똑한 인재로 성장하고 성공에 가까워지기를 기대한다.

그렇다 보니 오롯이 느끼는 독서의 즐거움은 예전보다 많이 줄어든 것이 사실이다. 책보다 접근하기 쉽고 감각적인 미디어 콘텐츠들이 매순간 쏟아져 나온다. 그에 비해 독서는 의무와 인내를 장착한 치열한 거래가 된 듯하다. 최근 치유에 관한 책이 늘어나고 느리게 책 읽기라는 화두가 떠오르는 것도 목표 지향적 독서에 대한 반대급부일지 모르겠다.

이 책《공감 낭독자》는 독서에 대한 인문학적 고찰도, 효과 빠른 독서 방법론을 제시하는 실용서도 아니다. 다만 책을 낭독하는 것에 대한 관심과 애정, 더 잘 낭독하기 위한 욕구와 열정을 가진 '북텔러리스트'가 9년 동안 경험한 것들을 기록한 책이다. 우리는 이 책으로 '소통과 치유의 낭독'이 지금까지의 독서와는 전혀 다른 방식으로 여러분을 '즐거움의 세계'로 인도해 줄 거라는 것을 알려주고 싶다. 무엇보다 낭독만큼은 의무와 목적이 아닌, 소소한 일상의 즐거움과 행복으로 여러분 삶에 스며들기를 바라는 간절한 마음을 담고 싶었다.

낭독으로의 초대

북텔러리스트가 처음 시작된 건 연출자와 프로 성우들이 "어떻게 하면 책을 더 잘 낭독할 수 있을까?"에 대한 답을 찾기 위해서였다. "더 많이 욕망하는 사람이 더 많이 고뇌"하는 것처럼 처음엔 '잘하고 싶다'와 '어렵다'의 감정의 늪에서 허우적거리기도 했다. 본문에서도 그 순간들에 대한 묘사가 종종 나온다.

북텔러리스트 멤버들은 모임 이전부터 성우와 아나운서의 영역에서 프로로 활동하는 사람들이었고, 낭독을 그 누구보다 전문적으로 해내야 할 사람들이었다. 그런 만큼 최고의 낭독을 완성하기 위해 고된 과정을 감수하는 것은 우리에게 필연적인 과정이기도 했다.

하지만 진짜로 하고 싶은 이야기는 거기에 있지 않다. '낭독'은 잘하는 데 목적이 있지 않다. 그냥 공감하고 즐기는 거다. 그것은 저절로 즐거워지는 순간이다. 이 책을 읽게 될 독자들이 우리 북텔러리스트의 낭독 과정들을 보면서 "낭독은 어렵고, 고통스럽고, 전문적인 영역"이라고 오해할까 봐 노파심에 미리 하는 말이다.

북텔러리스트는 지금까지 9년의 과정 동안 '낭독'으로 공감을 경험하고 자유로움을 느꼈다. '연결, 소통, 공감, 치유'는 낭독으로 만나게 되는 즐거운 결과들이다. 독서가 세상을 알고 나를 알고자 하는 호기심과 기대로 시작되어 그 안에서 발견의 즐거움을 경험할 때, 그 결과로 우리 자신이 확장하고 변화하게 되는 것처럼 말이다.

낭독을 하면 다른 사람들과 연결되고, 다른 삶을 경험하고, 다른 세상을 상상하고, 그것으로 세상을 바라보는 눈이 확장된다. 시야가 넓어지고 나와 타인에 대한 이해가 깊어진다. 공감할 수 있게 된다. 상처도 더 잘 이해할 수 있다. 상처를 이해하면 치유가 가능해진다. 낭독은 눈으로 하는 독서보다 그런 것들이 훨씬 많이 일어난다. 그것이 낭독의 즐거움이다.

실제로 이 모든 것들이 북텔러리스트에게 일어났다. 책의 화자가 되기 위해 온몸으로 말을 했더니 책 속 세계가 온몸으로 경험되었다. 말을 할 때는 물론이고 듣고 있을 때조차 그랬다. 나와 타인의 경계가 무의미해졌다. 그의 생각과 감정으로 생각하며 느끼고 말을 했다. 하나의 뇌가 세상 모두의 뇌와 연결될 수 있었고, 닫혀 있던 하나의 우주 안에 수많은 새로운 우주가 들어왔다.

누군가는 그것들이 눈으로 하는 독서에서도 일어난다고 말할지 모른다. 물론 눈으로 하는 독서에도 있다. 하지만 낭독은 '간접 경험'이 아닌 '직접 경험'을 하게 해주며, 따라서 그런 일이 훨씬 더 강력하게 일어난다. 이 책은 그것들이 왜, 어떻게 가능한지를 증언하는 북텔러리스트의 경험담이자, 더 많은 사람들에게 내미는 '낭독으로의 초대'이다.

연결과 소통, 공감과 치유의 낭독

처음 '낭독'을 시작할 때 가장 혼란스러웠던 점은 "왜 어떤 말은 잘 들리고 어떤 말은 잘 들리지 않는가?"였다. 이는 자연스럽게 "말이란 무엇인가?" 하는 질문으로 이어졌다. 그리고 인류는 2만여 년 전부터 생존을 위해 집단 생활을 선택했고 그 과정에서 말이 생겨났다는 것을 알게 되었다. 집단 생활은 소통을 위해 '모방 본능'을 지닌 '거울 신경'을 만들었고, 이 신경의 작용으로 서로 간에 말을 주고받는 것이 가능해졌다. 집단 생활에서 가장 중요한 것이 '나'와 '너'의 표현이 전적으로 같음을 확신하는 것, '나'와 '너'가 적이 아님을 확인하는 것이었기 때문이다. 이렇게 말은 공동체 생활에서 공감 욕구와 함께 진화한 생존 본능의 산물이다. 어린 아기가 양육자가 말하는 것을 본능적으로 따라하면서 말을 배울 수 있는 비밀이 여기에 있다.

그렇기에 인간은 다른 사람들과 연결되고 공감할 때 안도감과 행복감을 느낀다. 이렇게 말은 타인과의 연결을 가능케 하는 강력한 도구이다.

북텔러리스트의 '낭독'에서 추구하는 것이 바로 이런 '말'을 하는 것이었다. 연결, 관계…… 이런 것들은 단순한 음성을 내는 것만으로는 불가능한 것이었다. 말은 대상이 없이는 존재할 수 없고, 따라서 화자와 대상을 정확히 이해할 필요가 있었다. 그러자면 우리는 사람이 실제 상황에서 말을 할 때 뇌에서 일어나는 메커니즘이 어떤지 알아야 했다.

그렇게 해서 알게 된 놀라운 사실은 "뇌는 현실과 가상을 구별하지 못한다"는 거였다. 화자가 어떤 말을 할 때 그의 몸에서 오감이 어떻게 작동하는지 의도적으로 상상하면서 화자가 생각하는 그대로 생각할 수 있다면, 화자와 동일한 감정 상태에서 동일한 방식으로 말을 할 수 있다는 걸 알게 된 것이다. 그것으로 '낭독'의 모든 문제가 해결되었다. 낭독은 타인인 '책 속 화자'와 교감하며 그와 동일한 경험을 하는 것이었다. 그렇게 공감하는 것이었다.

더 이상 낭독을 잘하려 애쓰지 않아도 되었다. 낭독을 하면서 행복했지만, 낭독이 주는 행복을 의식적으로 추구하려 들 필요도 없었다. 그냥 화자에게 집중하고 화자와 교감하며 소리 내 말하면 되었다. 그러면서 동시에 청자와 마주보는 것에 전력투구했다. 화자의 말로 자신의 내적 세계를 확장하고, 화자가 되는 최적 경험을 하며, 자신의 낭독으로 책 속 화자에게 생명력이 부여되는 순간순간에 몰입했다. 그것으로 자신의 무의식이 동시에 깨어나고 깨어난 무의식은 정확히 우리가 생각한 것을 자기 몸이 느낄 수 있게 해주었다. 처음에는 그 과정들을 습관화하기 위해 아주 의식적인 노력이 필요했다. 하지만 처음엔 어렵던 자동차 운전이 시간이 지나면서 익숙해지는 것처럼 우리의 낭독도 자연스럽게 몸에 배어갔다.

낭독으로 경험할 수 있는 것들

집중과 몰입

낭독은 책을 집중해서 읽는 가장 좋은 방법이다. 눈으로 볼 때는 듬성듬성 지나가게 되는 문장들도 소리 내어 낭독할 때는 하나도 빠짐없이 꼼꼼히 보게 된다. 그래서 낭독을 할 때에는 내가 지금 그 말을 이해하고 있는지 아닌지 알아차릴 수 있다. 눈으로 보다가 이해가 잘 되지 않는 문장도 소리 내어 말해보면 더 잘 이해된다. 반대로, 글을 쓸 때 소리 내어 말해보면 그 문장이 이상한지 아닌지 정확하게 확인할 수 있다. 낭독은 가장 느리고, 가장 꼼꼼하면서, 가장 오랫동안 기억할 수 있는 책읽기이다. 외부의 어떠한 것에도 방해받지 않고 낭독을 통해 집중된 주의력을 유지하면 낭독이라는 행위 자체가 즐거워지면서 더 몰입하게 되고 낭독자는 당연히 행복감을 느끼게 된다. 평소 의식이 산만하거나 외부로부터 부정적인 영향을 잘 받는 사람이라면 이렇게 낭독에 몰입함으로써 의식의 질서 상태를 경험할 수 있다.

이미지와 상상

낭독을 하다 보면 이미지의 자연스러운 연상 작용이 일어난다. 우리는 말하는 것을 통해 책 속에 서술된 언어들을 즉각 구체적인 이미지로 변형시켜 떠올릴 수 있다. 시각적·청각적 이미지들은 더 많은 감각을 활성화시키며, 따라서 더 쉽게 몸의 반응을 유도한다. 또한 책이 더욱 입체적으로 읽히며, 공감각적으로 반응할 수 있게 된다. 상상력도 확장된다. 상상력은 감각의 쾌감을 수반한다. 그리고 이것으로 우리 뇌의 가소성이 증가한다. 감각의 활성화는 뇌의 신경들을 자극하며, 새로운 시냅스의 연결을 강화하고 증가시킨다. 이로 인해 뇌의 성장도 가능해진다.

생각과 심리

인간은 자기만의 생각 습관을 가지고 있다. 자기만의 생각 패턴이 있는 것이다. 책을 읽을 때도 독자는 자신의 생각을 중심으로 다른 사람의 생각을 판단하며 선택적으로 받아들인다. 그러나 의도적으로 화자와 생각을 일치시키는 낭독의 방식은 이전까지 해보지 않았던 새로운 방식으로 생각하기를 요구한다. 막연하던 생각이 정돈된 생각과 연결되어 훨씬 명확해지기도 한다. 그 결과 복잡한 생각, 정교한 생각, 다른 관점의 생각 방식들을 받아들여 기존의 습관이나 패턴대로만 생각하던 방식을 극복하게 된다. 상황을 바라보는 시선이 넓고 다양해지며 자신과 타인에 대한 심리적 이해가 깊어진다.

감정과 공감

낭독을 하다 보면 강렬한 감정적 반응이 일어나게 마련이다. 눈으로 읽는 것이 관찰자의 시선으로 타인의 감정을 보는 것이라면, 낭독은 감정을 직접 말로 옮기는 것으로, 그냥 눈으로만 읽는 것보다 더 격렬하게, 더 생생하게 타인의 감정과 교감하게 한다. 눈으로 보았을 때 느껴지지 않거나 이해되지 않던 감정이 그것을 말에 담아냄으로써 실제처럼 느껴지고 이해되기도 한다. 이를 통해 다양한 감정들을 경험하고, 나와 타인의 감정의 유사점과 차이점을 구별할 수 있다. 때로 모호하던 자신의 무의식적 감정이 책 속 화자의 감정을 경험하는 과정에서 건드려져 구체적으로 드러나기도 한다. 이렇게 드러난 묵은 감정을 관찰하다 보면 종종 자기 안의 상처를 발견하고 치유하는 과정으로 이어지기도 한다. 자신과 타인의 감정에 대한 이해가 깊어지면 감정적 공감의 폭은 넓어지게 마련이다. 공감이 일어나는 순간은 발견과 희열의 순간이기도 하다. 공감 능력의 발달과 사회적 감수성의 향상은 더 나아가 상대방에 대한 존중과 경청을 가능하게 한다. 이로써 타인에 대한 호기심이 더 커진다. 공감 능력은 삶에서 가장 중요한 인간 관계의 핵심이 된다.

연결—소속감과 안전감

인간은 다른 사람과의 관계 속에서 소속감과 안전감을 느끼지만, 때로는 혼자 있기를 강력히 원하기도 한다. 이때 혼자서 낭독을 하는 것으로—막상 혼자 있게 되어 외로움에 빠지는 대신—책 속 화자와 혹은 화자가 만나고 있는 대상과 관계를 맺으며 자신이 고립되어 있지 않고 안전하다는 느낌을 가질 수 있다. 다른 사람들과 함께 모여 낭독을 할 때도 책이라는 공통의 관심사를 중심으로 관계를 형성하게 되므로, 관계 맺기에 두려움이 있는 사람도 어렵지 않게 소속감을 느끼며 상호 작용할 수 있다. 이는 사회적 불안을 극복하는 좋은 방법이 되기도 한다. 이와 동시에 함께 하는 낭독은 말하기뿐만 아니라 듣기 훈련에도 매우 효과적이다. 낭독을 하거나 책에 대한 대화를 나누는 것은 의사소통을 원만하게 하는 훈련이 되고, 자기 표현을 통한 인정 욕구도 충족시켜 준다.

소통—자기 표현력

사람들과 함께 낭독을 하다 보면 언어적 표현 능력이 향상될 수 있다. 단지 말을 하는 것에서 끝나지 않고 듣는 사람에게 자기 말이 어떻게 받아들여지고 있는지 의식하며 낭독하게 되기 때문이다. 경직되지 않고 이완되어 있는 바른 자세, 조음 기관을 통한 정확한 발음, 안정된 호흡과 발성의 사용으로 음성 표현력을 향상시킬 필요가 있다. 같은 문장이라도 더 잘 들리고 더 잘 공감되도록 하기 위해 언어 표현력도 향상된다. 사람들에게 자기 이야기를 들려주고 싶다는 자기 표현 욕구도 충족된다. 언제 상대방이 대화에 끼어들지 알 수 없는 일상의 대화와 다르게 낭독은 분량을 정해놓을 수 있고, 따라서 낭독하는 동안 다른 사람이 내 말을 끊지 않고 집중하며 들어줄 거라는 안심과 함께 듣는 사람들로부터 존중받는 기쁨도 느낄 수 있다. 낭독자의 낮고 편안한 음성은 친근감을 느끼게 하고 긴장을 풀어주어 듣는 이의 '안전' 신경 회로가 작동되게 한다. 당연히 낭독자는 이 순간을 소통과 공감이 이루어지는 행복한 경험으로 느낀다. 이 순간들이 반복된다면 낭독할 때만이 아닌 일상에서도 폭넓은 어휘력과 표현 기술을 구사할 수 있다는 자신감을 갖게 해줄 것임은 더 말할 나위가 없다.

'낭독으로 경험할 수 있는 것들'을 짧은 지면에 압축하다 보니 정의와 설명이 주가 되어 내용이 어려워진 감이 없지 않다. 하지만 걱정하지 마시길. 더 쉽고 유쾌하게 자신만의 경험을 풀어낸 이야기들이 바로 이어질 것이니, 이 글들을 재밌게 읽어주시면 된다.

중요한 것은 "이런 경험들을 얻기 위해 낭독을 하는 것이 아니라, 낭독을 해서 이런 경험들을 하게 되었다"는 것이다. 낭독을 일상의 말과 다른 전문 영역의 것으로 분리하고 한갓 기술의 대상으로 치부한다면 이런 결과들을 얻기 어려워진다. 북텔러리스트의 낭독은 북텔러리스트만의 독창적 낭독법의 결과물이 아니라 말의 본질과 자연스러움에 다가가는 과정에서 나온 산물이다. 그러니 부디 여러분도 낭독의 즐거움에 동참해 보시길 바란다.

마지막으로 늘 북텔러리스트의 든든한 중심이 되어주는 구자형 선배, 함께 책을 내보자고 먼저 제안해 준 조경아 성우, 고민과 성찰의 어디쯤에서 함께 원고를 써준 북텔러리스트 필자들, 그리고 필자들이 자신의 글을 잘 풀어나갈 수 있도록 옆에서 조언과 격려를 아끼지 않은 임이랑 작가께 감사의 인사를 전하며, 아울러 이 책이 나오기까지 애정의 시선으로 원고를 읽고 열의와 성의를 다해 책을 완성시켜 준 샨티의 박정은 대표와 이홍용 주간께도 고마운 마음을 전한다.

2022년 11월

북텔러리스트와 함께 낭독을

이진숙

(주)비티엘플레이 대표. 북텔러리스트 상임연출. 음악가에서 연출자로, 다시 낭독 전도사로 변신을 거듭했다. 듣기, 상상하기, 꿈꾸기를 즐기는 천상 배후 조종자. 듣고 싶은 낭독이 완성될 때까지 뒤에 숨어 끊임없이 '다시'를 외치는 사악한 존재다. 낭독이 좋아 여기저기로 낭독을 외치고 다니다가 낭독을 더 많이 들려주기 위해 오디오 콘텐츠 제작 회사도 만들었다. 한국출판문화산업진흥원에서 오디오북 내레이터 강의와 오디오북 기획자 강의도 진행 중이다. 뮤지컬 〈밥 짓는 시인, 퍼주는 사랑〉, 연극 〈훈남들의 수다 4〉, 북텔러리스트 낭독 공연 〈낭독 만찬〉 〈블루〉, 마임 공연 〈세 노인〉, 서울국제작가협회 낭독 공연 〈당신에게 가는 길〉 등을 연출했다. 저서로 《오디오북과 낭독》(김희선 공저)이 있다.

북텔러리스트가 뭐냐구요?

"쌤, 그거 알아요? 우리 북텔러리스트가 벌써 8년이 넘었어요."

2021년 어느 날, 모임에서 뜬금없이 채안석 성우가 이런 말을 했다. 북텔러리스트 멤버들은 매주 한 번씩 낭독 모임을 해왔고, 그날도 책에 대한 의견이나 감상을 나누며 함께 낭독에 몰두하던 중이었다.

"뭔 소리야? 우리가 그렇게 오래 만났다고? 에이, 길어야 4~5년이겠지."

그 전까지는 우리 모임의 시작 날짜나 기간을 헤아려본

적이 없었다. 처음부터 “이러이러한 모임을, 이런 취지에서, 이때까지 해봅시다”라고 정한 바도 없었고, 누구도 이 모임이 이렇게 오래 지속될 거라 예상하지도 않았기 때문이다. 딱 하루만…… 단편 소설 한 편 다 읽을 때까지만…… 책을 어떻게 낭독해야 할지 알 때까지만…… 그러면서 조금씩조금씩 기간들이 연장되어 왔던 것이다.

문득 궁금해졌다. 우리는 곧바로 북텔러리스트가 언제 출발했는지 날짜 찾기에 열을 내기 시작했다.

“잠깐, 우리가 제일 처음 한 낭독 공연이 뭐였지? 〈읽어드릴까~압쇼〉 검색하면 날짜 나오지 않나?”

“봐요, 2014년 12월이잖아요.”

세상에~ 언제 이렇게 시간이 많이 지난 거지? 어떻게 이렇게 시간이 빨리 지나갔지? 놀라웠다. 그 기간이 제법 길어서 놀랍기도 했지만, 그동안 지루해하거나 ‘이걸 왜 하고 있지?’라고 반문해 본 적이 한 번도 없었다는 점이 더 놀라웠다.

이제 2023년이면 10년이 된다. 10년…… 참 많은 시간들이 쌓여왔다. 10년이면 강산도 변한다는데, 그 시간 동안 우리에겐 어떤 일들이 있었고 또 얼마나 변해왔을까? 많은 생각들이 일었다. 하지만 여전히 변하지 않을 분명한 한 가지가 있다. 그건 바로 '언제까지!'라고 우리 모임의 끝을 정하지 않을 거라는 점이다. 우리는 이미 "낭독은 완성되는 게 아니라 깊어지는 것"이란 사실을 알아버렸고, 그래서 나날이 낭독이 더 새로워지고 더 흥미로워지고, 아이러니하게도 모르는 것도 더 많아지고 있기 때문이다. 그런 이유로 우리에겐 늘 새로운 목표들이 생겨난다. 앞으로도 우리는 우리 모임이 끝나는 날을 알 수 없을 것이다. 왜? 낭독은 늘 현재 진행형이니까!

이렇게 말하면 많은 사람들이 "북텔러리스트가 뭔데?" 하면서 고개를 갸우뚱거릴지도 모르겠다. 간혹 '북텔러리스트'를 '낭독자'를 가리키는 일반 명사로 오해하는 사람들도 있다. 하지만 오디오북 전문 낭독자는 '북 내레이터'라고 부르는 것이 일반적이다. 그러면 북텔러리스트는? 바로 성우와 아나운서 들이 함께 모여 낭독을 연구하고, 오디오북 제작에 참여하고, 낭독 공연도 하고 있는 우리 모임의 이름이다.

우리는 2014년에 처음 팟캐스트 활동을 시작하면서 '읽는 사람'이 아니라 '말하는 사람'이라는 의미를 강조하기 위해서 '텔러Teller'라는 단어를 중심으로 '북텔러리스트'(Book+Teller+List)라는 우리의 단체명을 지었다. 그런데 이

단체명에는 실은 우리끼리만 공유하는 단어가 하나 더 숨어 있다. 즉 북텔러리스트는 'Book+Teller+(Terrorist)+List'이기도 한 것이다. 왜 뜬금없이 '테러리스트'가 끼어 있느냐고? 그것은 "기존에 있던 낭독의 틀을 깨부수고 새로운 지평을 여는 사람"이라는 우리의 의지를 다소 격하게 부여하기 위해서였다.

무슨 기존의 틀을 깨부수기까지 하느냐고 코웃음을 칠지도 모르겠다. 하지만 우리 모임이 어떤 고민을 거쳐 지금의 모습이 되어왔는지 알게 된다면 고개를 끄덕이며 이해하게 될 것이다. 우리의 모임이 시작된 건 지금처럼 '낭독'이나 '오디오북'이 일반인에게 익숙해지기 전이었고, 모임을 만들고 나서도 몇 년 동안은 낭독을 시도하는 일이 사람들의 관심 대상이 아니었다.

라디오 채널에 소설 낭독 프로그램이 있었고 시각장애인을 위한 도서관용 오디오북 제작도 있었지만 그 규모가 작았다. 형태도 드라마 타이징이나 축약이 대부분이었다. 당연히 일반 독자와 만날 기회도 흔치 않았다. 우리는 개인 채널 낭독 방송과 소규모 낭독 공연을 했지만 성에 차지 않았고, 모임 멤버인 조경아 성우는 "입에서 단내가 나도록 책을 읽어주고 싶다"고 안타까워하기도 했다.

그러다 최근 몇 년 사이 다양한 오디오북 플랫폼이 생기면서 많은 사람들이 오디오북에 관심을 갖게 되었다. 당연히 북텔러리스트 멤버들도 오디오북 제작에 참여하게 되었다. 지금처럼 낭독으로 바쁜 나날을 보낼 수 있게 된 것이 참으로 기쁘다. 그러면서 사람들과 낭독에 대해 더 많은 이야기를 나누고, 우리가 고민하고 시도했던 경험들을 나누고 싶어졌다. 이제 그 이야기들을 풀어보고자 한다.

성우계의 어벤져스들

북텔러리스트의 시작은 2014년이지만, 나와 오디오북의 인연은 그보다 훨씬 전으로 거슬러 올라간다. 그리고 그 인연이 지금의 북텔러리스트라는 새로운 인연을 만나게 해준 계기가 되었다.

지금으로부터 20년도 더 전인 2000년에 우리나라에 온라인 기반 오디오북 회사가 있었다는 사실을 대부분은 잘 모른다. '오디세이닷컴'이라는 벤처 회사였는데, 나는 그곳에서 3년 동안 오디오북을 연출하는 일을 했다. 오디오북 녹음은 나에게 무척 생소하고도 흥미로운 일이었다. 당연했다. 전 세계적으로 오디오북은 이제 막 시작되는 새로운 분야였고, 나도 오랜 음악 공부를 접고 연극 연출로 전공을 바꿔 막 대학을 졸업한 때였다. 두 개의 전공으로 학부 과정을 10년이나 다니고서야 첫발을 내디딘 세상이었기에 의기가 탱천할 수밖에 없었다. 연극계 신입이기도 했던 나는 오전 내내 녹음 작업을 하다가 오후에는 연극 연습을 하고, 저녁에는 다시 사무실로 돌아가 밤늦도록 녹음 작업을 했다. 시간 가는 줄 모르고 편집으로 밤을 새다 제발 집에 좀 가라는 대표의 잔소리를 들을 정도였다.

하지만 모바일 결제 시스템이 일반화되지 않은 시절이었다. 파일도 전용 단말기가 있어야 다운받을 수 있었으니 테이프나 CD가 아닌 음성 파일형 오디오북을 대중화하는 일은 시기상조였다. 20년이나 앞섰다는 게 문제라면 문제였다. 벤처 거품이 빠지면서 회사는 결국 문을 닫았다. 오디오북이라는 새로운 독서법에 미련이 남았던 나와 한 선배는 오디오북을 계속 만들어보기로 의기투합했고, 그 후 10여 년이 넘도록 출판사를 돌며 오디오북에 대해 설명하고 다녔다. 하지만 출판사들은 소극적이었다. 단발적인 이벤트성 오디오북 제작이 다였다.

2000년대 중반 이후 생겨난 오디오북 제작사들도 도서관 납품을 위한 오디오 콘텐츠 제작을 주로 했다. 간간이 출판

기념 오디오북을 제작하고 배우들과 낭독 공연을 하기도 했지만, 지속적이지는 않았다. 다행히 선배나 나나 당장 오디오북 세상이 오지 않는 것에 조급하진 않았다. 선배는 원래 일하던 출판계로 돌아가 출판 마케팅 일을 했고, 내 일은 당연히 연극이었다. 오디오북은 일종의 이루지 못한 열정에 대한 추억 같은 것이 되었고, 나는 언제고 사람들이 오디오북을 좋아하게 되는 날이 오기를 막연히 꿈꿨을 뿐이다.

그러다 구자형 성우와 그 출판사 선배가 어떤 일로 모임을 갖게 되었고, 우연히 오디오북이 화제가 되어 내 이야기가 나왔던 모양이다. 나중에 전해들은 바로는 "성우들의 오디오북 낭독은 목소리는 좋지만 5분 이상 듣기가 힘들다. 점점 졸려진다. 혹시 이진숙이 연출하면 좀 다를지 모르겠지만……" 등등의 이야기였다고 했다. 뭐, 낯 뜨거운 이야기이긴 하지만 이진숙이 잘나서가 아니라 오디오북 연출이라고 할 만한 사람이 당시에 딱히 없었기 때문일 것이다. 어쨌든 구자형 성우는 그런 이유로 성우들의 오디오북 낭독에 대한 나의 의견을 궁금해 했고, 계획에 없던 모임이 만들어졌다.

그렇게 2013년 12월의 어느 저녁, 나는 구자형 성우를 처음 만났다. 일산 외곽의 한 7080 카페에서였다. 그때만 해도 나는 구자형이 누군지 알지 못했다. 그냥 편안해 보이는 헐렁한 보드점퍼를 입고 털 달린 겨울용 슬리퍼를 신은, 덩치 크고 맘 좋아 보이는 동네 아저씨 같다고만 생각했다.

성우계의 레전드였던 구자형 성우는 화술에 진심이었고, 스무 살에 대학 동아리에서 연극을 처음 시작한 나와도 말이 잘 통했다. 하지만 오디오북에 대해서만은 입장 차이를 좁히지 못했다. 나는 성우들의 낭독은 정갈하기는 하지만 다양한 표정을 담기에는 인위적이고 반복적이어서, 교감보다는 전달하는 데 훨씬 더 강점이 있다고 생각하고 있었다. 오디세이닷컴에서도 문학 장르는 연극 배우들과, 동화나 경제경영 · 자기 계발서 · 인문학은 성우들과 작업했다. 그렇다고 성우들에게 편견이 있었던 건 아니다.

아무리 해도 낭독에 대한 의견이 좁혀지지 않자 구자형 성우는 하루 날을 잡아 함께 낭독을 해봐도 되겠냐고 청했다. 얼떨결에 다음 약속이 잡혔다. 그렇다. 이미 눈치 챘겠지만, 그날이 바로 2014년 2월 북텔러리스트 모임의 시작일이다. 원래 계획은 하루, 대학로에 있는 나의 작업실에 모여 잠깐 낭독을 하고 맛있게 저녁을 먹는 거였지만 말이다.

약속한 날이 되었고, 5시경 노크 소리와 함께 구자형 성우가 들어왔다. 그리고 이어 네 명의 성우도 따라 들어왔다.

구자형 성우는 “우리가 낭독을 얼마나 잘하는지 본때를 보여주겠어. 오늘 네 코를 납작하게 해줄게!”라고 말하는 듯한 표정을 짓고 있었다. 일행은 아마도 그가 선별한 성우계의 어벤져스인 듯했다.

하지만 우리는 그날 대학로 맛집을 가지 못했다. 생각보다 오랜 난투가 벌어졌고, 밤 11시가 되어서야 “다음 주 같은 시간에 한 번 더”라고 약속을 잡고 불 꺼진 건물을 나올 수 있었다. 쫄쫄 굶어 허기진 2월 밤은 유난히도 추웠다. 우리는 ‘오늘 끝내지 못한 결판, 다음 주에는 반드시 진검승부로 끝내리라’ 속으로 벼르고 있었다.(두 번째 모임에는 두 명의 성우가 더 동참했다. 히든카드로 준비한 젊은 피였을 것이다. 그리고 그날 모인 일곱 명이 그대로 북텔러리스트 1기가 되었다. 우리는 1년 동안 매주 혈전을 벌이며 낭독을 했고, 팟캐스트에 그 결과물을 올리기 시작했다.)

죄송한데요, 안 들려요

사실 그날 성우들의 첫인상은 너무나도 눈부셨다. 아니 귀가 부셨다고 해야 하나? 오디세이닷컴 시절 이후 나는 쭉 연극과 함께 살았다. 대학원을 더 다녔고, 학교 지하 연습실과, 대학로 지하 연습실, 지하 소극장에서 살다시피 했다. 당연히 만나는 사람들도 연극 배우들과 연극계 스텝들이었다. 도전적이고 거친 그들도 꼭 지하 연습실 같았다. 그렇게 지하에 익숙한 나에게 성우들은 감당할 수 없을 만큼 세련되고 우아했다. 마치 눈이 부신 2층 같았다. 나는 귀를 홀리는 그들의 나긋나긋한 목소리에 정신이 혼미했다. 하나도 아니고 다섯이나 되는 목소리들이 내 귀를 간질이고 있었다.

나는 한 명씩 인사를 나누며 감탄사를 연발했고, 정해진 수순처럼 소설 낭독을 청했다. 그때 내 작업실 책장에는 희곡집들 옆으로 꽤 많은 소설책이 꽂혀 있었고 그중 손에 잡히는 대로 마쓰모토 세이초의 단편 소설집에서 〈지방지를 구독하는 여자〉를 고르게 되었다.

구자형 성우가 읽기 시작했다. 초독인데도 한 페이지 이상을 단 한 번의 실수도 없이 읽어 내려갔다. 대화를 나눌 때는 예상하지 못했던 목소리였다. 그가 했다는 〈텔레토비〉와 〈뽀로로〉 내레이션과도 달랐다. 단정하면서도 힘이 있는 낭독이었다. 근사했다. 하지만…… 아무것도 느낄 수 없었다. 소리는 들리는데 무슨 내용인지 하나도 이해가 되지 않았다. 지금 들리는 소리가 무슨 말인지…… 소설 속 상황이 어떻다는 건지…… 나는 머리가 하얘졌다.

"죄송한데요, 이상해요. 안 들려요"

"안 들린다구요? 그럴 리가요? 나, 목소리 엄청 큰데……"

"아뇨, 소리는 잘 들리는데 무슨 말인지 하나도 모르겠어요."

구자형 성우의 얼굴이 일그러지고 있었다. 다른 성우들 표정도 샐쭉해졌다. 당연했다. 한국방송대상 내레이션상을 받은 구자형이 아닌가. 내레이션은 국내에서 제일 잘한다고 자부하던 시절이었을 것이다. 그런데 듣도 보도 못한 애송이가 감히 이의를 제기하다니.

내가 초면에 예의도 좀 차릴 줄 알고 '좋네요, 좋아요!' 하고 덕담도 나눌 줄 아는 '사회적 인간'이었다면, 우리는 화기애애하게 낭독을 하고 훈훈하게 맛집에 갈 수 있었을 것이다. 하지만 그때는 내 인생을 통틀어 어느 때보다도 당돌하고 직설적인 시기였다. 나는 두 눈 똥그랗게 뜨고 머리에 떠오른 말을 입 밖으로 꺼내고야 말았다. 막 첫 페이지를 끝내고 다음 페이지로 넘어가려던 구자형 성우의 낭독을 끊고서 말이다.

엄밀히 말해 나도 그때 '오디오북 낭독을 어떻게 해야 하는가?'라는 물음에 명확하게 이해를 하고 있던 건 아니었다.

오디세이닷컴 시절에도 겨우 서른의 초짜 연출로, 주어진 책마다 열심히 분석하고 최선을 다했을 뿐이었다. 그랬기에 그날도 답을 제시할 수준은 못 되었고, 그저 문제 제기만 할 수 있었다. 나는 한 문장 한 문장 끊어가며 조목조목 문제 제기를 했다. “이 문장에는 이런 게 들어 있는 거 아닐까요? 그런데 지금 하신 말에는 그게 느껴지지 않아서요.”

어쩌면 성우들이 너무나 잘 훈련된 탓에 그들이 내뱉는 정돈된 소리가 내용을 더 비현실적으로 들리게 했는지도 모르겠다. 그들은 꼭 종이에 인쇄된 문장을 가위로 한 단어씩 잘라 흩뿌려놓고, 준비~ 탕! 하면 후루룩 문장으로 만들어 정확하게 소리 내고, 다시 흐트러뜨렸다가 준비~ 탕! 하면 새로운 문장으로 소리 내는 ‘문장 만들기 게임’을 하고 있는 것 같았다.(요즘 나는 이런 방식을 농담삼아 ‘복붙 낭독’이라고 한다.) 단어들이 해체되고 새로 조합되는 데 걸리는 시간은 1초도 채 되지 않았다. 와, 이게 어떻게 가능하지? 역시 어벤져스!

그런데 그들은 내가 쏟아내는 문제 제기에 고깝게 반응하기는커녕 하나하나 진지하게 응답해 주었다. 그렇게 2분이면 끝날 한 페이지 분량을 읽고 또 읽고, 한 명씩 바꿔가며 다시 읽고 또 읽고. 그러다가 여섯 시간이 훌쩍 지나버렸다. 구자형 성우는 나의 되바라진 말들을 반박하기는커녕 고개까지 주억거려 가며 "그렇죠, 그렇네요, 다시 해볼게요"라고 대꾸해 주었다. 이해가 되지 않거나 동의가 되지 않는 부분은 차근차근 되짚으며 정리도 해나갔다.

덕분에 다른 후배 성우들은 싫은 소리 하나 못하고 꼼짝없이 그 자리를 지켰다. 지금 생각하면 얼마나 감사하고 다행한 일인지 모르겠다. 가장 선배였던 구자형 성우가 욱하는 마음에 판을 뒤집기라도 했다면 그날 이후 다시 볼 일은 없었을 테니까. 그러면 북텔러리스트도 없었겠지. 그땐 상상할 수 없었던 지금의 나도.

물론 지금은 얼마든지 오디오북 낭독에 대해 설명할 수 있다. 하지만 감히 나 혼자 알아낸 것들이 아니다. 2014년 2월의 그날 이후 일곱 명의 북텔러리스트들과 나는 대략 1년여에 걸쳐 매주 만나 책을 읽으며 개념들을 하나씩 정리해 갔다. 우리의 고민과 시도가 듣는 사람들에게도 전해지는지 피드백을 받기 위해 녹음을 하고 팟캐스트에도 올렸다. 그렇게 해서 새로운 북텔러리스트 멤버들과도 계속 만나게 되었고, 이제 그들은 전문 낭독자로 다양한 활동을 펼치고 있다.

인생은 참 재밌다. 어떤 일은 아무리 붙잡으려 해도 손에서 사라지고 마는데, 우연한 어떤 일은 나도 모르게 몰입하다 훌쩍 내 인생 안에 들어와 있는 걸 깨닫곤 한다. 그날 "단숨에 읽지 마시구요, 상황이 떠오를 수 있게 차근차근 말로 해주시면 안 될까요?"라고 무심코 던진 한마디가 우리에게 출발이자, 오랫동안 찾아 헤매 발견한 해답이었던 것처럼.

어쨌든 그날 이후로 나는 오랫동안 성우들을 들볶았다. 그들의 말이 이해가 안 될 때마다 "안 들려요, 무슨 말이죠?" "이 말을 왜 하는 건가요?"라는 질문들을 퍼부어댔다. 그러면서 낭독은 '읽는 방법'이 아니라 소통하고 교감하는 '말'의 주고받음에 있다는 것을, 그리고 "말에는 몸이 있다"는 너무나도 당연한 본질을 차곡차곡 이해하게 되었다.

말에는 몸이 있다

"말에는 몸이 있다"는 말이 무척 난해하게 들릴 수도 있다. 그러나 가만 생각해 보자. 말을 하는 우리는 모두 '몸'을 가지고 있다. 즉 보고 듣고 만지고 냄새 맡고 맛을 음미하는 다섯 개의 감각으로 세상과 만나는 존재라는 뜻이다. 그래서 인간은 몸의 감각으로 지금 나에게 벌어지는 것들을 받아들이고, 그것이 내 안에 생각을 일으키면서 감정을 느끼게 되며, 그 결과로 다른 사람과 나누고 싶은 어떤 충동이 일어나 그것들을 다시 밖으로 표현하게 된다. 그 표현이 입을 통해 나오면, 그것이 말이다. 그 과정에서 의미의 전달뿐 아니라 얼굴의 표정, 소리의 호흡, 억양, 속도 등이 형성되고 동시에 몸의 자세, 행동, 기타 등등 수많은 것들이 포함되어 말을 완성한다.

그래서 듣는 사람은 말하는 사람이 다정한지, 놀리는 건지, 화내는 건지, 웃는지, 우는지, 누워 있는지, 달리는지 다 알 수 있다. 그래서 듣는 사람은 말의 기호적 의미를 이해하는 것에서 끝나지 않고 말하는 사람이 '생각하고 느끼고 표현하고 싶은 그 모두'를 교감하게 된다. 심지어는 말하는 사람이 현실의 내 눈앞에 있지 않고 말소리만 듣고 있는데도 말이다.

또한 말에는 반드시 대상이 있다. 말하는 '나'의 몸이 있고, 듣는 '너'의 몸이 있다. 애초에 말이 '집단 생활을 위한 소통'이라는 생존 전략을 목적으로 진화했기 때문에, '너'가 없으면 사람은 말할 이유를 갖지 못한다. 혼잣말도 내 안의 '또 다른 나'를 대상으로 하며, 대상이 없는 말은 이유도 목적도 없는 공허한 말이 되어버린다.(나는 이런 말을 '미친 말'

이라고 놀리곤 한다. 혼자 미쳐 달리지 말라고. 듣는 사람을 함께 태우고 달리라고.) 그런데 낭독은 그 대상을 적극적으로 인식하지 않으면 '너'라는 존재를 느끼기 어려워져 말을 할 때 자연스럽게 따라오는 본능이 작동되지 않게 되고, 따라서 기계적이고 의무적인 '소리'만 남게 된다.

연극 배우와 주로 작업을 해왔던 나는 성우들을 만나기 전까지 이런 문제에 대해 고민해 본 적이 없었다. 당연하게도 배우들은 무대 위에서 자신의 몸을 사용해 상대 배우와 호흡을 주고받으며 연기하기 때문이다. 상대 배우가 없는 모노드라마나 독백이라 하더라도 관객이라는 대상이 존재한다. 하지만 성우들 앞에는 마이크와, 현실에서는 당연히 일어날 많은 것들이 생략된 허공이 있을 뿐이었다. 게다가 소리의 깔끔함을 위해 몸을 결박하고(움직임과 호흡 소리를 최대한 자제하고) 연기하는 데 익숙해져 있었다. 나는 그들의 몸이 반응하고 사용되는 순간을 느끼고 싶었다. 어떤 공간에 있는지, 어떤 시간에 있는지 느끼고 싶었다. 그 말을 누구에게, 왜 하는지 알고 싶었다.

그래서 나는 성우들의 몸을 괴롭히기 시작했다. 일으켜 세웠고, 소리를 여기로 보내봐라 저기로 보내봐라 주문을 해댔다. 책 속 상황처럼 움직여 보게도 했다. 몸이 힘들 때 나오는 소리를 찾기 위해 낭독하고 있던 성우를 다짜고짜 엎드리게 하고 등허리에 올라타기도 했다. 내 몸의 무게에 눌려 숨이 막힌 낭독자는 부들부들 떨며 낭독을 이어갈 수밖에 없었다. 마음이 아파서 나오는 말을 몸의 반응으로 찾는다는 명목하에, 선배 성우의 팔뚝을 최대한 아프게 꼬집을 수 있는 권한을 옆에 앉은 후배 성우에게 막무가내로 부여하기도 했다. 팔뚝을 꼬집힌 성우는 신음을 삼키고 낭독을 하면서 최선을 다해 나를 째려보았다. 꼬집힌 한 명을 뺀 모두가 웃음을 터뜨렸고, 나는 짓궂은 표정을 애써 숨기려 하지 않았다.

그렇다고 늘 몸을 직접 괴롭히기만 한 건 아니다. 나는 그들이 가만히 앉아서도 책 속 화자와 똑같은 것을 보고, 똑같은 것을 듣고, 똑같이 생각하고, 똑같이 느끼도록 하고 싶었다. "상상해 보세요. 지금 보고 있나요? 지금 움직이고 있나요?" 내가 가장 많이 하는 질문이다. 화자가 보고 움직이는 걸 머리로 이해해서 아는 것과, 실제 감각으로 똑같이 보고 똑같이 움직이는 것은 하늘과 땅만큼 차이가 있다. 낭독에선 이것이 특히 중요하다. 낭독하면서는 실제 몸을 움직이는 게 아니기 때문에, 전적으로 상상의 감각 안에서 이루어져야 했다. 이게 몸을 움직이는 배우와 목소리만으로 연기하는 성우 연기의 가장 큰 차이이다. 실제 몸은 움직이지 않되 상상 안에서는 모든 감각이 움직이고 있는 상태. 이런 요구를 연극 배우들에게 하더라도 아마 그들도 쉽게 답을 하지 못할 것이었다. 그래서 나는 상상의 감각을 움직일 수 있게 하는 방법을 찾는 게 무엇보다 절실했다.

유레카, 거울 신경

그렇게 장님 코끼리 더듬듯 '낭독'을 더듬던 중에 나는 '거울 게임'이 낭독자들의 '몸의 반응'을 자극하는 데 효과가 아주 크다는 것을 알아냈다. 북텔러리스트 모임 초기에 우리에게 가장 어려운 문제는 눈으로는 책을 보면서 입으로는 말하고, 몸의 감각은 감각대로 다 사용되어야 한다는 점이었다. 실제가 아닌 상상으로.

멤버들은 종종 "소리 내어 읽느라 내용 파악을 미처 하지 못했다"는 말을 하곤 했다. 눈으로 읽고 있는 내용을 이해하는 동시에 상상의 감각으로도 받아들이면서 입으로도 표현해야 하는 무엇. 그래서 그들은 내가 문장을 끊고 더 많은 상상 속 '감각의 사용'을 요구할 때마다 "다 외웠거나 초능력자가 아니면 불가능한 일"이라고 볼멘소리를 하곤 했다.

하지만 책은 외워서 할 수 있는 10분, 20분의 분량이 아니다. 300페이지 분량의 책 한 권을 다 낭독하려면 10시간 이상이 걸린다. 분량의 문제가 아니더라도 미리 표현을 정해 놓고 하는 말들은 지금 하는 말이 아니라 과거의 감각을 기억에 의존해 재생하는 '박제된 말'일 뿐이다. 그건 마치 로봇의 움직임 같다. 그래서 떠올린 게 '거울 게임'이었다. 난 그들이 그 어려운 걸 해내고 말 거라고 믿고 있었고, 함께 해내고 싶었다. 왜냐하면 그들은 어벤져스니까. 어벤져스여야만 했으니까.

'거울 게임'은 이걸 해보지 않았더라도 이름에서 쉽게 연상이 가능할 것이다. 생각한 그대로다. 두 사람이 마주보고 서서 거울처럼 똑같이 움직이는 교감 훈련이다. 앞의 사람이 움직이는 걸 보면서 거울처럼 똑같이 움직일 수 있다면, 그 과정이 책과 낭독자 사이에서도 일어날 수 있을 거란 생각이었다. 역시나 확실히 효과가 있었다.(지금까지의 모든 북텔러리스트 멤버들은 한 번이라도 반드시 '거울 게임'을 해봤다. 새로운 멤버가 북텔러리스트 전체 모임에 합류하기 위해선 나와 함께 3개월간의 사전 워크숍을 거쳐야 하는데, 이때 반드시 하게 되는 '몸 엑서사이즈' 세 개 중 하나가 '거울 게임'이기 때문이다.)

그렇지만 그게 어떤 원리로 작동되는지에 대해서는 나도 쉽게 설명할 수가 없었다. 뇌에서, 몸에서 대체 어떤 작용이 일어나는 건지 궁금해 미칠 것 같았다. 그러다 정말 우연히 그 답을 발견했다. 너무도 어울리지 않는 장소에서 그 답이 나를 찾아왔다.

바로 미용실에서 들여다본 한 잡지에서였다. 나의 숱 많고 고집 센 머리카락들은 나의 게으름 때문에 1년에 겨우 두어 번 전문가의 손에 맡겨진다. 남들보다 오래 걸리는 미용 시간을 견디기 위해 평소에 볼 기회가 없는 여러 잡지들을 탐독하며 시간을 때우곤 했는데, 한 주부용 여성지에서 그 잡지와는 그닥 어울릴 것 같지 않은 기사를 보게 됐다. 2015년쯤이라 아직 국내에 생소하던 뇌 과학에 관한 기사였고 '거울 신경'을 소개하고 있었다.

"거울 신경은 이탈리아 신경생리학자 리촐라티가 1990년대에 처음 원숭이의 이마엽에서 발견했다. 이마엽에는 근육에 운동 명령을 내리는 운동피질이 있는데, 이 운동피질은 크게 두 영역으로 나눌 수 있다. 특정 근육에 직접 신경을 내보내는 일차 운동피질이 있고, 운동을 계획하고 통괄하는 앞 운동피질과 보조 운동 영역이 있다…… 거울 신경은 원숭이보다 사람에게 훨씬 발달해 있다. 덕분에 타인의 행동을 보고 있기만 해도 자신이 그 행동을 하는 것처럼 뇌의 신경 세포가 작동한다. 행동을 실제로 할 때와 똑같은 신경 전달 과정이 일어나는 것이다. 거울 신경은 타인의 행동을 관찰할 때만 작동하는 것은 아니다. 어떤 행동이 어떻게 일어났는지 이야기만 듣고 있어도 작동한다. 그런데 거울 신경에서 일어나는 과정은 관찰자의 의지나 생각과는 상관없이 자동으로 일어난다. 어떤 행동을 인지하면 관찰자의 뇌는 마치 그 행동을 직접 행하는 것과 같이 작동하는 것이다.…… 위관자고랑의 해석 장치는 시각 중추의 모든 시각 정보를 검색하여 살아있는 행위자가 하는 행동에 대한 정보만을 골라낸다. 생명체가 아닌 로봇이 하는 행동은 여기서 처리되지 않는다. 다시 말해 위관자고랑이 분석하는 시각 정보는 의도나 감정이 포함된 행동, 즉 사람을 비롯한 생명체가 하는 행동이다.……"

나는 머리에 펌을 잔뜩 만 채 두 손을 번쩍 올리며 소리를 지르다 얼른 입을 막아야 했다. "타인의 행동을 보고 있기만 해도 자신이 그 행동을 하는 것처럼 뇌의 신경 세포가 작동한다"는 게 놀라웠다. 기사에는 거울 신경은 직접 보는 게 아니라 보고 있다고 상상하기만 해도 똑같이 작동한다고 쓰여 있었다. 즉 "뇌는 가상과 현실을 전혀 구분하지 않는다"는 것이다.

그때까지 "아마 그럴걸? 그랬으면 좋겠어"라고 설득해야 했던 모든 것들이 "사람에게는 거울 신경이라는 게 있는데 말야. 상상 속에서 보거나 하고 있으면 실제 몸은 그냥 앉아 있더라도 뇌에서는 의도나 감정이 포함된 행동을 지금 하고 있는 것으로 보고 신경 세포가 작동한대. 뭐, 내 말이 아니고 뇌 과학이 그렇다네"라고 근거를 들먹이며 말할 수 있게 된 것이다.

유레카! 그럼 낭독자가 거울 신경을 통해 상상만 해도 몸은 그걸 다 감각으로 경험할 수 있다는 거네. 상상으로 행동하는 것도 다 말 속에 담아 전달할 수 있고! 게다가 거울 신경은 이야기를 듣고만 있어도 작동한대잖아. 와~ 그럼 책의 화자와 거울 게임을 하면서 낭독하면, 듣는 사람도 자동으로, 자신의 의지나 생각과 상관없이 그 행동을 직접 행하는 것과 똑같게 느낄 수 있다는 거네. 거울 신경이 다 반응한다잖아. 거봐, 내가 뭐랬어? 그래서 상상으로 움직이면서 낭독해야 한다니까! 왜? 그래야 저절~로 몸이, 의지와 상관없이 자동~으로 반응하니까! 말하는 사람도, 듣는 사람도 다……

그건 그야말로 내가 간절히 추구하던 환상의 낭독 세계였다. 낭독자가 모든 감각을 사용해 책 속 화자의 말을 전해주면, 듣는 사람에게 완벽한 '시뮬라시옹'의 세계가 펼쳐지게 할 수 있다니! 드디어 '거울 게임'의 비밀이 풀렸다. 거울 게임은 거울 신경으로 들어가는 열쇠였다. 비로소 나는 낭독에 대한 수많은 씨줄날줄을 하나로 연결할 수 있게 되었다.

그래서 나는 오늘도 외친다. "책 속 화자가 되세요. 그 시선의 주체와 '거울 게임'을 하면서 그가 보는 것, 듣는 것, 움직이는 것, 생각하고 느끼는 것을 따라가세요. 그리고 그 모든 걸 청자에게 들려주세요."

읽어드릴까~압 Show!

다시 2014년 봄, 매주 몇 시간씩 낭독과 씨름하면서 우리의 낭독이 사람들에게는 어떻게 들리는지 궁금해졌다. 29쪽 분량의 〈지방지를 구독하는 여자〉와 거의 세 달 가까이 씨름하던 중이었다. 그러다 팟캐스트에 올려 피드백을 받아보자는 제안이 나왔다.

그해 4월 말쯤에 새로운 낭독이 충분히 몸에 익지 않은 채로 녹음을 감행했다. 녹음은 자신만만하던 처음의 생각만큼 되지 않았고, 공개를 해도 된다 안 된다 의견이 분분했지만, 우리의 낭독이 변화해 가는 과정을 청취자들과 공유하는 것도 의미 있겠다는 결론에 팟캐스트를 열게 되었다. 정훈석 성우의 아이디어로 '북텔러리스트'라는 단체명도 지었다.

그렇게 시작된 팟캐스트에 매주 한 편씩 소설과 수필, 기행문, 편지글, 인문학 글 등을 올리며 낭독의 맛을 알아갈 즈음, 가난한 나의 극단도 공연을 준비하게 되었다. 공연은 서울 연남동 동진시장의 '막사'라는 곳에서 하기로 했다. 전에는 신발 가게였다고 했다. 막 전시 공간으로 개조된 곳이라 객석도 무대도 시장 소음을 막아줄 방음벽도 없는 직사각형의 빈 콘크리트 방이었다. 배우 세 명이 움직일 공간을 빼면 관객은 고작 서른 명 정도 입장할 수 있겠다 싶게 작았다.

하지만 그곳의 낡은 느낌이 좋았다. 노출된 콘크리트 벽에 군데군데 남아 있는 페인트 자국과 못 자국이 세월의 흔적 같기도 했고 누군가의 고단한 삶의 기록 같기도 했다. 무엇보다 쌌다. 한 달을 통째로 빌려도 99만 원이면 되었다. 그 당시 대학로 소극장을 사나흘 빌릴 돈이었다.

극단 공연은 12월에 2주 정도 할 예정이었지만, 나는 무작정 북텔러리스트들과 낭독 공연이 하고 싶어 한 달을 빌렸다. '뭐, 낭독 공연 못하면 연습실로라도 쓰지.' 이렇게 저지르고 나서 뒤늦게 북텔러리스트 멤버들에게 공연을 제안했다. 당연히 성우들은 난색을 표했다. 마이크 뒤에서 얼굴을 숨기고 작업하는 데 익숙하던 그들의 반응은 예상한 대로였다.

하지만 벌써 북텔러리스트가 시작된 지 열 달이 되었고, 3기까지의 워크숍도 끝나가고 있었다. 대략 20여 명이 그동안 같은 목표를 향해 땀을 흘리며 달려왔다. 마이크만 달랑 있는 곳이 아니라 관객이 함께하는 공간에서 누군가에게 직접 책을 낭독해 주며 눈을 맞추고 호흡을 주고받고 서로를 느끼는 게 얼마나 행복한 일인지 그들에게 직접 확인시켜 주고 싶었다. 나는 막무가내로 고집스럽게 밀어붙였다.

객석이 없어 낡은 중고 팔레트를 15만 원어치 사서 우유박스와 '막사'에 쌓여 있던 잡지책들을 고여 단을 만들고 그 위에 방석을 얹었다. 집에 있던 책상과 스탠드 조명, 소품들이 동원되었다. 난방이 되지 않아 출연자와 관객 모두 덜덜 떨어야 했기에, 공연이 시작되기 전 핫팩을 나누어주고 무대와 객석 중간에 전기 난로를 켜고 물주전자도 올렸다. 어스름한 무대에는 낭독자에게만 조명을 비췄고, 공연 내내 주전자에서는 보글보글 물이 끓으며 증기를 내뿜었다. 난로에서 비치는 불빛은 춥지만 아늑한 크리스마스 느낌을 주기도 했다.

공연은 매일 레퍼토리를 바꿔가며 15일 동안이나 계속되었다. 반응은 기대 이상이었다. 날짜마다 공연 내용이 달랐기에 세 번, 네 번 찾아온 관객도 있었다. 낭독자와 관객은 서로 팔을 뻗으면 닿을 정도로 가까이 있었고, 북텔러리스트 출연자들은 몹시 부담스러워하다가도 낭독이 시작되면 관객들과 완전하게 하나가 되었다. 낭독 한마디 한마디에 반응이 나왔고, 그 반응에 다시 낭독자가 반응했다. 낭독자도, 관객도 이렇게까지 서로가 반응할지 몰랐기에 더 낯설고도 설레는 순간이었다. 좋아하는 성우의 공연을 보기 위해 지방에서 엄마를 졸라 올라왔다는 한 여고생은 자신이 좋아하는 성우를 본다는 설렘보다도, 그가 낭독해 주는 《어린왕자》의 내용에 심취해 공연 내내 눈물을 흘렸다. 옆에 앉은 소녀의 엄마는 계속 화장지를 건네주어야 했다. 공연을 본 관객들이 "이런 공연은 처음"이라고, "책의 내용들이 전부 눈앞에서 그려지고 느껴지는 것 같다"고 소감을 전했을 때, '우리의 고민이 틀리지 않았구나. 우리의 시간들이 헛되지 않았구나' 확인할 수 있었다.

그렇게 반강제로 시작된 공연은 그 후 기회가 될 때마다 새롭게 이어졌다. 2014년 〈읽어드릴까~압쇼〉 이후 〈만물 이야기〉 〈낭독 만찬〉 〈블루〉 〈책 무덤에 사는 생쥐〉 등의 낭독 공연과, 서점과 카페, 주민회관 등에서 가진 여러 차례의 낭독회, 광화문광장의 오픈 무대에서의 〈자정의 픽션〉 낭독에 이르기까지, 우리의 북텔러리스트들은 결국 관객과 호흡이 하나로 합쳐지는 그 마술 같은 순간에 맛을 들이고 말았다.

이제 북텔러리스트 멤버들은 내가 낭독 공연이 아닌 다른 공연 때문에 한눈을 판다 싶으면 "쌤, 우리는 언제 공연해요? 빨리 공연 준비 안 하실 거예요?" 하며 눈을 흘긴다. 공연 비스무리한 얘기만 나와도 얼굴이 하얘지곤 하던 그들이, 마치 "우리가 그런 적이 있었다구요? 언제요?" 하며 시치미 뚝 떼는 표정으로 말이다.

낭독 전도사가 꿈입니다만

나는 어려서부터 책 보는 걸 무척 좋아했다. 초등학교 시절에도 방바닥에 클 대자로 엎드려 괴도 뤼팽 시리즈나 소년소녀 명랑 소설 같은 걸 하루에 한 권쯤은 뚝딱 읽었다. 중학교 시절에 한국 문학 전집이나 세계 문학 전집은 내게 가장 좋은 벗이었다. 책에 한번 빠지면 현실은 까맣게 잊었다. 고등학교 2학년 때인가, 도스토예프스키의 《죄와 벌》에 푹 빠져 사흘 만에 방에서 나왔을 때, 사춘기 딸을 둔 엄마는 불안한 눈빛으로 큰일이라도 생겼을까 걱정하며 내 방 문 앞을 서성이고 있었다.

음악에서 연출로 인생의 방향을 튼 데에는, 활자 속 이야기가 훌쩍 밖으로 튀어나와 현실이 되는 걸 경험하고 싶은 욕구가 한몫 했을지도 모르겠다. 책을 읽을 때는 책 속 인물들이 내게로 와서 말을 걸었고, 나의 손을 이끌고 그들의 세계로 데려갔다. 나와 함께 울고 웃었다. 언젠가 "왜 배우가 아니라 연출을 택했냐?"고 누가 물었을 때, "나는 그들이 되고 싶은 게 아니라 그들과 만나고 싶다. 마주보고 만져보고 싶다"는 생각을 했던 것 같다.

연극계 사람들은 종종 "너, 거기서 뭐하고 있니? 연극은 안 할 거야?"라고 말하곤 한다. 나를 아끼던 한 선배는 "진숙이는 이제 그냥 연극인이라고는 못하겠네. 종합 예술인이라고 해야 하나?"라며 격려 반 아쉬움 반을 드러내기도 했다. 내가 주로 연극을 할 때는 1년에 몇 개월씩 연극만 했다. 일주일에 사나흘 밤을 새우며 공연 준비를 하고 연습을 하고 공연을 하고 나면 모든 것이 소진되었다. 그렇게 두 편의 연극을 하고 나면 1년이 훌쩍 지나 있었다. 그렇게 보낸 시간이 북텔러리스트와 만나기 전 20년간의 나의 청춘이다.

나는 나를 드러내는 것보다 내가 보고 싶은 순간을 지켜보는 걸 더 좋아하는 사람이다. 뭐 엄청 대단한 것을 바라는 것도 아니고 그냥 현실의 작은 틈새에 벌어질 법한, 어떤 미묘하고 의미심장한 순간들을 살짝살짝 들여다보고 싶을 뿐인데, 그러면 너무 신날 것 같은데, 도통 나에게 그 순간을 보여주는 사람들이 없다. 그러다 보니 내가 만들어서라도 보고야 마는 참 미련스러운 사람이기도 하다. 그런데 그게 참 품이 많이 든다. 제작비도 있어야 하고, 사람들과 끊임없이 부딪쳐야 하고, 설득하고 난관을 뚫어야 하고…… 그런데 만들어놓은 것들은 여전히 현실의 공간이라는 한계에 부딪쳐 늘 내 상상보다 빈약하다. 정말 가성비 꽝인 과정들이다.

그런데 낭독이라니! 이건 낭독자만 있으면, 낭독자가 작품 속 상황을, 그 '환상계'에서 벌어지는 모든 것들을 '현실계'의 나에게 실감나게 전달해 줄 수만 있다면, 이처럼 가성비 좋은 일도 없겠다 싶었다. 목소리 하나면 무대를 안 만들어도, 일일이 영화 촬영 현장의 그 수고로운 과정을 거치지 않아도 모든 것이 가능하다. 상상을 물질의 한계에 가둘 필요도 없고, 상상의 사이즈도 제한할 필요가 없다. 수많은 명작들이 이미 무수한 세월에 걸쳐 우리에게 남겨져 있지 않은가. 내가 보고 싶은 순간들이 그 안에 즐비한데 그걸 연극이나 영화로 만들지 않아도 그냥 잘 낭독해 준다면, 누군가의 목소리로 상상 가득하게 나의 감각에 부르르 느껴지게 해줄 수만 있다면, 나는 그걸 온몸으로 느끼고 경험할 수 있지 않은가.

흐흐, 이거다. 이거면 나는 손 하나 까딱 안 하고 그 모든 것을 누릴 수 있다. 단 그렇게 낭독해 줄 수 있는 낭독자들만 있다면. 근데, 이게 또 그렇게 만만한 일은 아니니 세상 참 쉽게 되는 게 없다. 그래서 난 오늘도 북텔러리스트 멤버들을 사악한 표정으로 웃으며 쳐다본다. 제발 내가 듣고 싶은 그 모든 상상의 순간들을 담뿍 담아서 나에게 들려줘. 내 사심이 충분히 즐거울 수 있도록. 책과 목소리만 있으면 그 어떤 것도 다 가능하게 할 수 있잖아. 정말 가성비 갑이잖아! 이게 뭐 나 혼자 좋자고 하는 거겠어? 더 많은 사람들이 이런 걸 들을 수 있다면 지극히 소박하고도 위대한 인류애 아니겠냐고.(그리고 뭐, 사심이 죄는 아니잖아요?)

북텔러리스트들은 말하곤 한다.

"쌤, 오늘도 영혼까지 탈탈 털렸다고요."

근데요, 영혼은요, 제가 턴 게 아니라구요. 그 작품과 온전히 만나기 위해 스스로 영혼을 불사른 거지. 제가 뭘요? 전 듣기만 했는데…… 흐흐흐.

나는 요즘 새로운 꿈을 꾼다. 더 많은 사람들이 나처럼 낭독을 즐길 수 있게 하고 싶다는. 무한한 상상의 세계에 푹 담기게 하고 싶다는. "듣기만 했는데도 그 세상이 내 눈앞에 펼쳐졌어요" 하는 말들을 더 많은 사람에게서 듣고 싶다. 더 나아가서 그 상상의 세계를 온몸으로 경험하는 낭독의 순간을 알게 하고 싶다.

10년 가까이를 낭독자들과 함께하다 보니 새롭게 알게 된 것들이 있다. 낭독은 낭독을 하는 사람에게도 어마어마한 것들을 경험하게 한다는 것이다. 눈으로만 볼 때는 몰랐던 수많은 경험들, 이해들을. 스스로를 들여다보게도 하고, 다른 사람들이 더 잘 이해되기도 하고, 전혀 다른 누군가의 인생을 체험하며 교감하게도 한다.

북텔러리스트가 단순히 낭독을 잘하는 것을 목표로 했다면 어쩌면 지금까지 모임이 계속되지 못했을지도 모른다. 어떻게 낭독해야 하는지에 대한 이해는 초기 2~3년 동안 대부분 정리되었다. 그럼에도 우리는 여전히 낭독을 하며 책과 만나고 자신과 만나며, 책이 더 재밌어지는 경험을 하고 있다. 그리고 조금씩 인간적인 성장을 하고 있다는 걸 느낀다. 나아가 이런 일들이 꼭 성우가 아닌 보통의 수많은 사람들에게도 가능하다는 믿음도 생겼다. 이제 나는 연극 연출이라고 말하기 애매한 사람이 되었다. 그럼 이제부터는 낭독 전도사에 한번 도전해 볼까나?

30년차 성우,
낭독을 다시 만나다

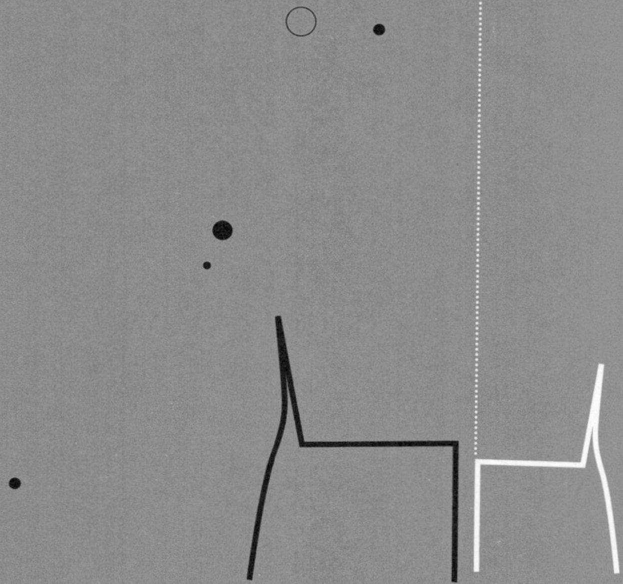

구자형

KBS 23기 성우. 2012년 제39회 한국방송대상 성우내레이션상을 수상했다. 고맙고 낯 뜨거웠다. 〈텔레토비〉 〈뽀로로〉 내레이션, 키아누 리브스와 덴젤 워싱턴 등을 전담 더빙했으며, 오디오북 《책을 들고 도망친 101세 노인》 《바람의 화원》 등을 녹음했다. 10년 전에 은퇴했다고 떠들고 다녔으나 지금도 가끔 일한다. 오히려 학생들 가르치는 데 보람을 느끼다가 요즘 힘들어하고 있다. 지금은 유튜브와 오디오클립에 올릴 옛날 책을 낭독하면서 살고 있다. INTJ, 딱 이런 성격의 소유자다.

안 틀리고 잘 읽네?

우리 세대에겐 '국민학교'라는 이름으로 더 익숙한 초등학교 5학년 때 담임 선생님은 평소에 이런저런 대회를 많이 열었는데, 그중 하나가 '누가 누가 잘하나? 안 틀리고 국어책 오래 읽기 대회'였다. 일등에게 주어지는 포상이란 게 고작 '방과 후 청소 면제' 같은 거였지만, 다른 대회는 몰라도 이것만큼은 내 승부욕을 꽤 자극했다.

물론 결과가 항상 좋은 건 아니었다. 어떤 날은 정말 입에 모터가 달렸는지 네댓 페이지를 단숨에 읽어 내려가 우승을 차지하기도 했지만, 어떤 날은 너무 긴장한 나머지 단 한

줄을 못 넘기고 틀리기도 했다. 하지만 대체로 등수 안에 들었던 기억이 난다. 선생님이 "자형인 책을 또박또박 잘 읽으니까, 앞으로 수업 시간에 책 읽으라고 하면 네가 일어나서 읽어"라고 말씀하셨는데, 선생님을 좋아했던 나로서는 그 말이 그렇게 기분 좋을 수 없었다.

이것이 내가 기억하는 최초의 '낭독'이다. 조금 과하게 말하면 최초의 개인 '낭독 공연'이라고도 할 수 있을 것이다. '낭독하는 이'가 있고, '대본'이 있고, '관객'이 있었으며, 무엇보다 내가 이들을 향해 뭔가를 '잘' 들려주고 싶었으니까 말이다. 물론 지금 생각하면 낭독이라는 단어를 쓰기에도 겸연쩍은 '안 틀리고 읽기' 정도였지만……

잘 읽기 위해, 그리고 그 최소 조건으로 오독 없이 읽기 위해서는 몇 가지 조건을 충족시켜야 했는데, 무엇보다도 시작이 중요했다. 뭘 좀 해보려고 해도 시쳇말로 초장에 '삑사리'가 나면 시작과 동시에 끝이 나는 어이없는 상황이 발생하곤 했기 때문이다. 긴장 때문일까, 평상시엔 무리 없이 읽어 내려가던 문장들도 막상 읽기 시작하면 "털쑤는(철수는) 어제……" "우리 나랑은(우리 나라는) 삼면이……" 하며 초장에 재 뿌리는 상황이 발생하곤 했다. 몇 번 그런 경험을 하고 나니 언제부턴가 '사전 준비'가 필요하다는 걸 깨닫게 되었다.

잘하려는 욕심을 내려놓고 최대한 마음을 편안하게 해야 했고, 입에는 일명 '기름칠'을 해서 뻑뻑하지 않게 해야 했다. 내 차례가 오기 직전에 나는 입을 크게 크게 벌리기도 하고, 혀를 길게 빼보기도 하고, 상하좌우로 돌려도 보았다. 필요가 방법을 낳는다 했던가! 내가 요즘 학생들에게 가르치는 발성 훈련 중 조음 기관 스트레칭을 이미 그 시절에 독학으로 터득했던 셈이다.

또 "겉으로 잘 읽으려면 속으로 잘 읽어야 한다"는 것도 알게 되었다. 낭독하는 대부분의 글은 내가 쓴 것이 아니기 때문에 내 말(글)이 아니다. 그래서 그 말뜻을 모르면 잘 읽을 수가 없다. 소리로는 표현되지만, 그건 그냥 소리이지 말(글)이 아닌 것이다. "아버지 가방에 들어가신다"와 같이 읽는 경우가 말뜻을 모르고 잘못 끊어 읽은 대표적인 예가 아닐까 싶다.

그렇다면 속으로 잘 읽으려면 어떻게 해야 할까? 요즘 들어 정리된 생각이지만, 답은 책을 많이 보는 것에 있었다. 책을 많이 읽고, 무엇보다 같은 문장을 여러 번 읽다 보면 글의 내용만이 아니라 글의 틀, 문장의 구조까지도 머릿속에 남는다. 그런 훈련이 계속되면 처음 접하는 글도 낯설거나 불편함 없이 읽을 수 있게 된다. 어떤 경우엔 다음 말이 어떻게 이어질지 알고 있는 것처럼 자연스럽게 말이 되어 나오기도 한다.

돌아보면 당시 나는 정말 엄청나게 책을 많이 읽었다. 만화에 나오는 '졸보기 안경'을 쓴 공부 잘하는 학생처럼 항상 책을 끼고 살았다. 물론 교과서는 아니었지만!

그것이 낭독이었을까?!

중고생 시절, 나는 예쁜 교회 누나들과, 또 멋진 기타 실력을 뽐내던 교회 형들과 더불어 신앙 생활을 했다. 같이 이야기하고, 놀고, 노래하고, 공부하고 신나는 겉생활 중심엔 나름 경건하고 진지한 속생활도 있었는데, 기도의 시간이 나에겐 그런 시간이었다. 그리고 이 시간은 '낭독의 시간'이기도 했다. 그것도 작가가 나 자신인! 특히 마이크 앞에서 모두가 들을 수 있도록, 미리 준비한 기도문을 읊는 대표 기도 때는 더더욱 그랬다.

사람들은 내게 종종 목소리에 대해 묻는다. 목소리가 좋은데 어려서도 좋았냐, 목소리는 재능이냐 유전이냐 같은 질문들이다. 나는 이렇게 대답한다. "재능일 순 있는데 그

걸 유전이라고는 생각하지 않습니다. 'DNA적 재능'이라기보다는 '환경적 재능'입니다"라고. 이렇게 생각하는 데에는 여러 이유가 있지만 나의 경험도 한 몫 한다.

낭독하기를 좋아했던 나는 특히 '국어책 읽기'와 '기도 시간'을 통해 더 좋은 소리를 내고 싶다는 욕망을 키우게 되었고 그쪽으로 더 노력하게 되었다. 정말 잘 들려주고 싶었으니까. 거기에 엄마와 엄마 친구분들 덕분에 생긴 습관도 환경적 재능으로 작용했다.

"자형아, 우물우물하지 말고 또박또박 이야기해. 입 크게 벌리고! 중얼거리면 안 돼!"

"자형아, 천천히 말해, 응? 천~천히."

이런 말을 엄마뿐 아니라 주변 어른들에게서도 시시때때로 들었다. 엄마에겐 이런 말을 듣다 듣다 심지어 매를 맞은 때도 있었다. 어릴 적 엄마에게 매를 맞은 이유가 두 가지 있었는데, 그중 하나가 바로 "안 들리게 말하면"이었다. 또 하나는 "인사 안 하면"이었는데, 그래서 나는 누구에게나, 언제나 인사를 잘했다. 나중에는 개한테도 인사했다. 날아가는 새한테도 인사했다. 이 인사에도 '잘 들리게 말하기'가 포함되어 있었으니, 결론적으로 인사는 예의범절이나 친화력만이 아니라 나에게 좋은 발성과 정확한 발음을 하게 하는 매일의 훈련이 되어주었다.

우리는 부모나 가족, 친구들로부터 말하는 법을 배우며 자란다. 배우는 줄 모르고 배우기 때문에 좋은 습관을 들이기가 더 어려운지도 모르겠다. 자기도 모르게 분위기에 젖어 터득하게 되고 습習이 되어버리기 때문이다. 그래서 정확한 발음, 발성, 속도 등 말하는 법을 어릴 적에 잘 길들이는 것이 중요하다. 그런 면에서 나는 타고나는 목소리 이상으로 중요한 것이 '환경적 재능'이라고 생각한다.

그래, 나는 단검이다!

그렇게 목소리를 내는 것에 대해 알게 모르게 훈련된 덕이었을까? 대학에 들어가자마자 나는 학교 방송국 문을 두드렸다. 방송 인원이 부족해서였는지, 수습 아나운서 교육을 받는 둥 마는 둥 한 채 나는 1학년 1학기인 5월 초부터 아침 방송을 맡게 되었다. 다른 학교 방송국 사람들을 만날 수 있는 연합 서클에도 참여했다. 서울시 대학 방송국 아나운서들의 연합 모임이었는데, 선배도 없이 혼자서 모임에 찾아갈 만큼 뭔가 갈증을 느끼고 있었던 것 같다.

다른 학교 누나, 형, 동기 들과 이리저리 어울리며, 시국이 시국인 만큼 "나라가 어쨌느니, 군부 독재가 어쨌느니" 하며 가열차게 떠들기도 했지만, 우리의 관심사였던 '아나운싱'('내레이션'이나 '낭독'이라는 말보다는 이 말이 더 일반적이었다)에 대해서도 많은 이야기를 나누곤 했다. 나는 그 '아나운싱'을 체계적으로 가르쳐줄 선배도 없고, 다른 학교처럼 아나운서다운 어떤 스타일이나 격식 같은 걸 전수받지도 못하는 것 때문에, '내가 너무 날림으로 방송하는 게 아닌가?'라는 생각을 하고 있던 차였다. 그런데 대학 방송국으로서는 아주 긴 역사와 전통을 자랑하는 한 대학 방송국의 친구들은 오히려 나를 부러워했다.

"야, 자형아, 난 네가 부럽다. 우리는 아직도 멘트 아나운싱 익히느라 바쁜데 너희는 그런 것도 심하지 않고, 1학년이 벌써 방송을 하다니. 우린 2학기 돼서야 겨우 한 프로 맡을까 말까 하는데…… 좋겠다, 마이크 앞에도 많이 앉아봤을 거 아냐?"

이 친구가 말한 멘트 아나운싱이란 요즘으로 치면 일종의 뉴스 전달 아나운싱 스타일로, 좋지 않게 말하면 '조'(쪼)라고 표현되는 일종의 낭독 화술을 의미했다. 그러고 보니 이 친구들의 뉴스 전달 스타일은 너무 옛날식 같긴 했다. 감정을 최대한 배제하고 신뢰감과 안정감을 우선한다고 하지만 뭔가 자연스럽지가 않았다. 그때가 뉴스나 정보, DJ 멘트, 책이나 칼럼 등을 어떻게 읽어야 할지 나름 프로페셔널로서의 첫 고민이 시작된 시기였던 것 같다. 그리고 그때 내 나름대로 내린 결론은 이러했다.

"오랜 역사를 가진 학교 방송국 친구들은 '말'을 일종의 '틀'(양식)에 가둔다. 특히 보도 형식의 글일 때는 더욱 그렇다. 그렇게 말하는 것이 습관이 되다 보니 DJ 멘트 같은 것을 할 때도 중간중간 뉴스 보도처럼 부자연스럽고 딱딱한 말투가 나온다. 평상시 우리가 쓰는 말 같지가 않다. 그 반면에 나는 그런 양식을 철저히 배우지 못했다. 맛만 본 정도다. 그래서 뭔가 좀 어설프다. 이것을 검술로 비유하자면 일단 저들의 칼은 멋진 장검, 사무라이 칼이고 검술 또한 단련되었다. 비천어검류다! 각각 문파도 있는 것 같고, 절도가 있고 멋있다. 어떤 형식미마저 느껴진다. 그에 비해 나는 회칼도 못 되고 그냥 아무데나 쓰는 막칼이다. 그래, 막칼이다. 좋게 말하면 나는 사과도 깎고, 나뭇가지도 자르고, 호신용으로도 쓰고, 포크로도 쓸 수 있는 단검 같은 칼이다. 그리고 나는 양식이 없다. 마구잡이다. 그러니까 나는 그때그때 다르게 할 수 있다. 양식은 없지만 그건 내가 만들면 된다. 글에 어울리면 된다. 이상하지 않으면 된다. 말하는 것처럼 하면 되고, 부자연스럽지 않으면 된다."

그 이후로 '말하는 것처럼, 자연스럽게!'가 내 낭독의 화두가 되었다.

그리고 몇 년 뒤 나는 진짜 프로가 됐다.

나도 이제 성우가 될 거야!

시험 운이 엄청 좋았던 나는 대학 입시와 운전면허증 취득에 이어 취직 시험도 한 방에 붙었다. KBS 23기 전속 성우 공채 시험에 합격한 것이다! 운 좋게 붙긴 했지만 막상 방송국에 들어가서는 도대체 할 수 있는 게 별로 없었다. 연기에 대해서 아무것도 몰랐으니까. 그냥 목소리만 갖고 있었다고 해도 지나친 말이 아니다. 그때는 지금처럼 학원 출신의 지망생보다는 연기를 전공하거나 연극 무대에서 활동한 사람들이 주로 성우 시험을 치르던 때였다. 우리 동기만 해도 남자 열 명 중 여섯 명이 연기 관련 학과를 졸업한 사람이었다.

'음…… 설정요? 설정이 뭐죠? 나이를 바꾸라고요? 목소리를? 그냥 배역과 비슷한 나이의 성우들이 하는 게 아니고? 왜? 아니, 여보세요! 나보고 40대 국장 역을 하라고요? 목소리를 눌러? 변성을 하라고? 그건 어떻게 하는 건데요? 이번엔 할아버지 목소리를 내라고요? 음…… 큐를 받는다고? 큐가 뭐죠? 아, 손들고 지시 내리면 그때 대사하라고요?'

드라마 제작 관련 지식도 전무했지만, 연기의 '이응'도 모르는 나에게 내 나이도 아닌 배역을 하라는 건 난감하기 이를 데 없는 요구였다. 그 가운데서도 사극은 공포의 대상이었다! 연기를 했던 동기들은 꽤 잘 해냈다. 그 틈바구니에서 나는 점점 졸아들었다. 고민과 불안이 항상 마음 한구석에 도사리고 있었지만, 그래도 마음을 추스르고 최선을 다하고자 노력했다.

'그래! 누구는 돈 주고 연기 배우는데 나는 돈 받고 배우는 거잖아? 좋네, 그거! 장학금 받고 공부하고! 공부하는 과정 중에도 점점 나아질 것 아냐? 그래, 이제부터 나는 진짜 성우가 되는 거야!'

그런 결심을 하고 얼마 지나지 않아서였다. 1년차 전속 담당 PD가 우리를 연습실에 불러 모았다. 연기도 중요하지만 앞으로 개인 프로도 맡게 될 테니 내레이션도 준비해 둬야 한다면서 한 사람씩 읽어보라고 지문을 던져주었다. 다들 긴장! '조금이라도 더 잘해서 얼굴도장을 박아놔야지' 하는 심정이었을 것이다. 그런데…… '어라? 뭐지? 왜 이렇게들 못

읽지? 아니, 발음도 틀리고, 오독이 자꾸 생기네! 긴장해서 그런가? 저 억양은 또 뭐야? 사극 톤이잖아? 음…… 어색해, 어색해!'

나도 모르게 좀 이상하다는 표정을 짓고 있었던 것도 같다. 이윽고 내 차례. 나는 '그냥' 읽었다. 내레이션이니까 어떻게 읽어야 한다는 생각 없이 그냥 편하게 읽은 것이다. 그런데 "오, 자형 씨는 전에 좀 했었나봐? 여기 들어오기 전에 방송 같은 거 좀 했었어?"라고 묻는 게 아닌가!

그 뒤로 우리 1년차들에게 주어지는 내레이션 관련한 소소한 일들 대부분은 내게 맡겨졌다. 나는 대사와 내레이션 사이에 무슨 차이가 있는지 많이 생각해 보게 되었고, 그간 선배들이 주고받던 이야기도 새삼 떠올려보게 되었다. 개중에는 엇갈린 의견도 있었다.

"내레이션 잘하는 사람이 진짜 잘하는 사람이지. 봐라, 내레이션 잘하는 사람들이 얼마나 되니? 손꼽잖아! 그 성우들이야말로 진짜 잘하는 사람이지. 티 안 나게 돈도 많이 벌고."

"내레이션 잘하는 사람들이 연기는 잘 못해. 대사도 내레이션하는 것처럼 하잖아. 죽 읽다가 끝에서만 올리고!"

"대사 잘하는 사람은 감정을 못 빼. 다 자기가 말하는 것처럼 해설한다고. 개성도 다 드러나는데다가 호흡도 짧고."

"내레이션을 진짜 잘하는 사람은 연기도 잘해. 진짜로 연기를 잘하면 내레이션도 잘하고. 그건 불가분이라고. 긴 호흡, 짧은 호흡 다 잘 쓰고, 감정을 문장에 따라 적절히 조절하기도 하고. 물론 그런 성우는 별로 없지만!"

그런 얘기들을 떠올리며 당시 나는 나름대로 이렇게 정리를 했다.

'내레이션은 자기 말을 하기보다는 객관적으로 메시지를 전달하는 전달자여야 한다. 그래서 감정이 절제되어야 하는데 대사를 잘하는 사람은 감정 연기를 진하게 하는 사람이다 보니 내레이션에서 감정이 너무 드러나거나 자기만의 개성이 뚜렷해서 청자가 듣기 부담스러워진다. 메시지보다 메신저가 더 드러나는 꼴이다. 그리고 대사는 좀 짧은 문장들인 데 반해 내레이션 문장은 전반적으로 긴 문장들이 이어지다 보니, 호흡이 불편해서 조(쪼)가 생기거나 자꾸 틀리는 게 아닐까?'

그러면서 결심했다. '나는 둘 다 잘하는 성우가 될 거다! 긴 거, 짧은 거, 둘 다 잘하는!'

히에로 케릭스 쪽박 차던 날!

국어책을 낭독하던 초등학생 때부터 프로 성우가 되어서까지 내 안을 관통하는 내레이션의 중요 개념이 있다면 그것은 '전달'이라는 단어로 압축할 수 있을 것이다. 나는 '전달자'로서의 임무를 잊지 않았다. 내가 말을 말 되게 읽고 싶었던 것도, 느낌을 더 잘 살리고자 했던 것도, 사전을 몇만 번이나 찾아가며 단어의 뜻을 찾고 음의 장단을 찾았던 이유도 다 좋은 '전달자'가 되기 위해서였다. 글의 의미를, 작가의 생각을 잘 전달하는 전달자! 그것이 바로 내가 일찍이 꿈꿨던 '히에로 케릭스Hiero Keryx'의 역할이었다.

히에로 케릭스는 그리스 로마 시기에 존재하던 사제 신분의 사람들을 가리키는 말로 '성스러운 전령'이라는 의미이다. 그리스 신화에 나오는 전령의 신 '헤르메스'의 아들이라고 알려진 '케릭스'에서 이 사제 집단의 명칭이 비롯되는데, 전령이라는 의미 그대로 이들 케릭스는 전쟁이 일어나면 국가들 사이의 소통을 주관하거나 혹은 의회, 집회, 재판의 소집을 알리고 개회를 선언하는 일을 했다고 한다.

재미있는 사실은 이 사람들이 신약 성서 시대까지도 등장하고 있다는 점이다. 당시 예수의 말씀이라고 전승되어

오던 이야기나 사도들의 편지 등을 읽어주는 역할을 바로 이들이 했던 것이다. 초대 교회 시기는 지금처럼 성경을 '눈으로 보는' 시대가 아니었다. 당시엔 종이가 없어 파피루스나 양피지에 글을 써야 했고, 무엇보다 신도들 대부분이 문맹이었다. 그래서 예배나 설교가 바울의 편지 같은 서신이나 복음서를 들려주는 것을 통해 이뤄졌다고 한다. 당시 교회 안에서 이런 낭송 문화는 보편적인 것이었고, 이런 낭송자를 일컬어 '케릭스' 또는 '히에로 케릭스'라고 했던 것이다. 그들의 특별한 능력 중 하나가 바로 '글을 읽는 능력'이었다. 문맹률이 높았던 당시를 생각해 보면 글을 읽는 능력은 지금의 코딩에 버금가는 엄청난 능력이 아니었을까?

방송에서 글의 전달자로서의 내 임무는 대부분 성공적이었다. 공부도 꾸준히 하고 성우로서의 다양한 경험도 엄청난 양으로 쌓았다. 어느 정도 자신감이 붙은, 성우 생활 십수 년차가 되었을 때는 나는 그야말로 '그냥 하면' 되었다. 다들 별 군말이 없었다. 물론 대본 미리 달라고 싸우고, 문장이 말이 안 된다고 논쟁하는 일이 다반사였지만, 나는 이미 내가 '그 사람'인 것처럼 읽고 있었고, 성의와 실력을 다 갖췄다고 생각하고 있었다. '들으라! 내가 바로 히에로 케릭스! 아니, 최고의 전달자! 내레이터 구자형이다!'

그리고 지금으로부터 약 9년 전, 그날이 왔다. 히에로 케릭스 쪽박 차던 날!

뭐라고? 안 들린다고?

"오디오북이요? 음, 난 오디오북은 별로 그다지…… 그게 좀 길어서요. 듣는 것도 그렇지만 녹음하는 건 더 그래요. 그거 몇 시간 동안 읽어야 하던데? 예? 몇십 시간이요? 아유, 난 못하겠네! 너무 진 빠져요. 준비하는 것도 오래 걸릴 테고.

그런데 뭐, 하려면 할 수는 있죠. 나 읽는 것 잘해요! 긴 걸 안 해서 그렇지. 다큐는 보통 두세 시간이면 작업 끝나는데, 이건 뭐 그렇게 길면…… 오디오북보다는 오디오 드라마를 만들고 싶은데…… 오디오북으로 돈 벌어서 오디오 드라마 만들면 되려나?

아, 오디오북은 인세 방식도 되는 거겠죠? 나 그게 꿈인데, 저작권자 되는 거! 인세 받는 거! 목소리 투자하고 인세 받는 거, 괜찮겠는데요! 그래요, 한번 해보죠…… 그런데 공부요? 낭독 공부? 아니, 공부를 또 해야 하나? 나 잘하는데? 좀 다르다고요? 텔링? 내레이션이 아니고 이건 또 텔링이라고 한다고요? 아, 뭐, 그래요, 이름이야 뭐. 그리고 난 공부하는 것도 좋아해요. 해보죠 뭐. 공부 하면 내가 또 한 공부 하거든요. 일평생이 공부니깐. 그럼 사람들도 더 있으면 좋겠죠? 혼자보다는! 그래요. 그럼 내가 공부 좋아하는, 같이 공부할 후배들 좀 찾아볼게요."

북텔러리스트 이진숙 연출과의 첫 만남 자리였다.

영광의 '히에로 케릭스'의 행로는 이 날로 끝났다. 고난의 길! 가시밭길의 시작! 이 나이에! 이제 이대로 영광을 죽 이어나가도 좋을 시기에! 나는 그때 영화 〈매트릭스〉의 네오처럼 빨간 약을 먹고야 만 것이다. 파란 약을 먹을 걸 그랬나? 그러나 내 호기심과 승부욕과 자부심은 그걸 허락하지 않았다. 나는 '이루는' 사람이니까!

그렇게 우리의 첫 모임이 이뤄졌다. 장소는 대학로의 한 극단 연습실. 중견 성우와 이제 막 전속을 벗어난 신입 프리랜서 성우까지 몇몇 성우가 모인 가운데 이진숙 연출은 책꽂이에서 책 한 권을 뽑아 들고 "편하게 한번 읽어보실까요?"라고 주문했다. 책은 몇 사람의 손을 거쳐 나에게도 당도했다.

"이번엔 구자형 선배님?"

"음, 나요? 하하. 뭘 나까지! 정말 해요? 음, 그럼 조금만 읽어볼까요? 흠."

두어 페이지를 읽고 히에로 케릭스의 자신감으로 이진숙 연출의 얼굴을 쓱 바라보았을 때 참으로 뜻밖의 대답이 돌아왔다.

"죄송하지만 잘 안 들려요."

"네? 나 목소리 엄청 큰데?"

"음…… 소리가 안 들리는 게 아니고요, 내용이 잘 안 들어와요."

아니, 후배 성우들 건 그렇다 치고, 내가 한 게 왜 안 들려? 뭐가 안 들려? 진짜? 왜? 어떤 말이 안 들려? 아니지, 이게 사운드가 안 들린다는 게 아니라 내용이 안 들어온다는 거지? 왜? 말 되게 읽었는데? 띄어 읽기가 이상했나? 아닌데? 뭔 말도 안 되는? 응? 안 들려? 진짜? 진짜로? 진짜요? 정말……??

이렇게 해서 지금까지 이어지고 있는 낭독 공부의 대장정이 시작된 것이다. 나는 정말 빨간 약을 먹은 것이다. 그리고 놀랍게도 그 빨간 약의 약효는 9년째 이 모임을 계속할 수 있는 힘으로 발휘되고 있고, 오늘의 내 낭독을 더 아름답게 물들여가고 있다.

'글'은 작가의 '말'이다. '말'은 작가의 '생각'과 또 그 생각에 부수되는 '감정, 혹은 기분, 느낌'을 담고 있다. 그것은 글로 표현되어 있지만 낭독자를 통해 다시 말로 표현된다. 그 말은 심상心像을 떠올리게 한다. 하지만 낭독자가 궁극적으로 전해야 할 것은 그 심상으로부터 얻게 되는 뜻(意)이다. 그것은 말의 의도와도 관련 있다. "왜 이 말을 하는가?" 그것이 말하는(낭독하는) 내가, 말했던 사람(문장의 화자)으로부터 알아낸 비밀을, 말하는 이유다. 그리고 그 말의 주인(화자의 시선)은 한 사람으로 한정되지 않는다. 다른 시선을 통해서도 드러낸다.

예를 들어 소설의 경우, 작가는 등장인물의 대사뿐 아니라 서술 문장에서도 여러 시선으로 바라본다. 그것은 우리가 익히 알고 있듯 제삼자일 수도, 전지적 신일 수도 있지만, 또한 등장인물일 때도 있다. 그리고 그 시선은 그 사람의 생각과 마음(느낌과 감정, 기분)을 반영한다. 사람들은 말에 항상 생각과 감정, 기분 등을 담고 있는 것이다.

그런데 "왜 이 말을 하고 있는가?" 하는 작가의 의도나 전하고자 하는 본질보다 '소리로 표현되는 것'에 치중하다 보면 정작 작가의 뜻 혹은 문장 속 화자의 이야기는 사라지고 만다. 작가의 말 속에 담긴 '뜻'을 드러내지 않고 그것을 감싸고 있는 표면적 이미지(像)만을 드러내게 된다면, 이것은 과연 통通한 것일까? 나는 작가와 통하고 화자와 통한 것일까? 시선의 주체와 통한 것일까? 이들과 통한 바 없이 듣는 청자와는 과연 통할 수 있을까? 말한 사람의 말에 담긴 생각, 그에 부수되는 감정, 기분, 느낌이 듣는 이에게까지 전달되었는지 여부는 낭독자가 그 통로 역할을 잘해냈는지에 달려 있다.

나는 그 '통함'을 '공감'이란 말로도 표현하고 싶다. 공감이 되지 않으면 통할 수 없다. 말은 말한 그때의 시간과 공간 안에서의 화자의 감정을 반드시 포함하고 있기 때문이다. 객관이란 이름으로 그것을 주는 것을 포기하거나, 혹은 낭독자 자신의 것을 주고 있지는 않은가? 어쩌면 그것을 찾으려는 노력을 게을리 하고 있지는 않은가? 선물의 포장에만 온 힘을 기울이는 건 아닌가? 낭독을 할 때면 여전히 나에게 던지는 질문들이다.

우리의 일상에서도 보면 말이나 행동 뒤엔 언제나 화자의 욕구가 담겨 있다. 예컨대 "커피 한 잔 할까?"라는 말에도 앞뒤 문맥과 상황, 감정 상태를 파악해 보면 다양한 욕구를 읽어낼 수 있다. 말 그대로 커피를 마시고 싶다는 얘기일 수도 있고, 얘기 좀 하자는 대화의 초대일 수도 있고, 좀 쉬고 싶다는 제안일 수도 있는 것이다. 화자가 전하고자 하는 그 욕구를 읽어내 주는 것, 그 문장이 전하려는 목적을 알아채는 것, 그래서 단순한 문자의 음성화가 아닌 그 목표를 이뤄내 주는 것, 그것이 낭독인 것이다.

나에겐 아직 숙제가 많이 남아 있다. 질문은 답을 찾게 하지만 그 답은 또 새로운 질문을 낳는다. 그런데 이런 꼬리에 꼬리를 무는 공부가 마냥 괴롭지만은 않다. 새로운 맛을 추구하고 탐구하는 미식가처럼 새로운 무언가를 찾아내는 기쁨이 있다. 그러면 옛 세상은 사라지고 새로운 세상이 찾아온다. 괴롭지만 또한 놀랍다. 그런 내게 〈도마복음〉의 한 구절은 큰 위안과 믿음을 준다. 그 구절을 당신에게 소리 내어 들려주는 마음으로 여기에 옮겨본다.

"구하라. 그리고 구하는 자는 그것을 찾을 때까지 그 구함을 멈추지 마라. 그러나 그것을 찾았을 때 너는 혼란스러울 것이다. 그러나 너는 경탄할 것이다. 그리고 모든 것을 다스리게 될 것이다."

나의 낭독 탐험은 오늘도 계속된다

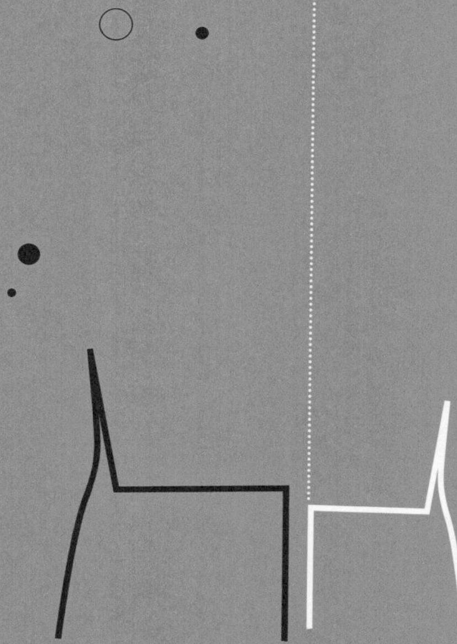

김희선

KBS 23기로 성우가 운명이라 생각한다. 2013년 한국창조경영브랜드대상 방송 부문 대상 수상, 2019년 한국강사협회 명강사로 선정됐고, 같은 해 《스포츠 조선》의 파워브랜드 대상 혁신교육상을 받았다. 다시 태어나도 천생 성우지만, 스스로 빛나기보다 다른 사람을 더욱 빛나게 만드는 재능이 있어 성우 지망생 교육에 심혈을 기울이고 있다. "재미와 감동이 있는 연기"를 표현의 모토로 삼고 있으며 〈방가방가 햄토리〉 〈카드캡터 체리〉 〈강철의 연금술사〉 등을 더빙했다. 저서로 《김희선의 성우 만들기》《성우연기훈련》《오디오북과 낭독》(공저) 등이 있다.

나의 낭독이 누군가의 눈이 될 수 있다니

일찍 돌아가신 큰아버지 큰어머니에겐 아들 삼형제가 있었다. 나와 열 살 남짓 차이 나는 오빠들인데 그중 큰오빠는 시각 장애인이었다. 부모가 계시지 않은 오빠들은 결혼해서 독립하기 전까지 우리 집에서 살았고, 가장 늦게까지 함께 살았던 사람이 큰오빠였다.

넓지 않은 집, 그중 작은 방 하나가 오빠의 공간 전부였다. 그 시절의 오빠는 그저 세월을 견디고 있었던 것 같다. 십대였던 나는 식사를 오빠 방으로 날라주고 무슨 반찬이 어디 있는지 가르쳐주는 정도의 수고로 오빠에 대한 의무를 다

했다고 생각했다. 오빠 방에선 늘 라디오 소리가 들렸고, 음악보다는 뉴스나 사회 전반의 대담 소리들이 들리곤 했는데, 그때의 내겐 너무 낯설고 무겁게만 느껴졌었다. 라디오는 오빠가 바깥 세상과 연결되는 유일한 창구였으며, 때론 친구이기도 했고, 선생이 되어주기도 했던 것 같다. 어쩌면 사람의 목소리가 그리웠던 건지도 몰랐다.

눈을 뜨고 소리를 듣는 것과 눈을 감고 듣는 것은 여러모로 다르다. 눈은 우리의 감각을 가장 먼저 일깨우는 기관이다. 또한 감각을 잘 속이는 기관이기도 하다. 자동차의 사이드미러에 쓰인 "사물이 보이는 것보다 가까이에 있습니다"라는 문구를 볼 때마다 나는 보이는 것이 모두 진실은 아니라는 걸 되새기곤 한다. 눈을 감으면 촉각, 후각, 미각, 청각 같은 다른 감각들이 살아난다. 그중에서도 눈을 대신해 세상과 이어주는 역할을 가장 잘 해내는 건 단연 청각이다. 게다가 청각은 인간의 상상력을 타고 들어가 한 번도 가본 적 없는 낯선 세상으로까지 우리를 이끈다.

초등학교 4학년 때 시력을 잃어 10년간 세상을 본 것이 전부였던 오빠는 그렇게 청각을 통해 세상과 연결되고 어쩌면 우리가 눈으로 볼 수 없는 것들까지 더 깊이 소통하고 교감해 왔는지도 모른다.

큰오빠는 기숙사가 있는 서울 맹학교에 다녔는데, 엄마는 큰오빠를 보러 학교에 자주 찾아가곤 하셨다. 엄마를 따라가기도 했던 나는 깨끗한 교정과 함께 시각 장애인 언니 오빠들의 자연스럽고 질서정연하게 움직이던 모습이 아직도 기억에 남아 있다. 건물 사이로 걸어오던 오빠가 우리가 낸 기척 소리를 알아듣고 인사를 하던 모습이 어린 나에겐 매우 인상적이었다. 보지도 못하는데 어떻게 한마디 말로 사람을 알아볼까? 목소리에도 지문이 있다는 걸 그때는 몰랐었다.

사람마다 인상이 다르고 표정도 다양하듯이 목소리에도 인상이 있고 말에도 표정이 있다는 것을 나는 나중에 성우가 되고 난 뒤에, 그리고 낭독 수업과 낭독 봉사자를 위한 교육을 하면서 더 많이 느끼고 실감할 수 있었다. 누구라도 목소리를 통해 많은 정보를 감지할 수 있지만 특히 시각 장애인들의 '귀 센스'는 놀라우리만치 섬세하다. 그들은 귀로 '보는' 사람들이니까. 한 시각 장애인은 목소리에서 '낭독 봉사자의 기분'뿐 아니라 건강 상태까지 느껴진다고도 했다. 특히 의미심장하게 와 닿은 말은 "이 사람이 어떤 마음으로 낭독을 하는지 알아차려진다"고 한 말이었다.

어려서부터 시각 장애인 오빠와 함께 지내면서 이들에

게 '소리로 만나는 세상'이 얼마나 소중한지 알고 있던 나는 2015년부터 경기도 시각장애인협회에서 주관하는 낭독 봉사자를 위한 교육을 해마다 진행하면서 좋은 낭독은 어때야 하는가 고민을 해왔는데, 이 이야기를 듣고 낭독자의 '마음가짐'이 무엇보다 중요하다는 점을 더욱 깊이 새기게 되었다.

'좋은 낭독' 이야기가 나왔으니 몇 가지 팁을 더 얹고 가고 싶다. 좋은 낭독을 위해서는 다른 이의 낭독을 많이 듣는 것이 도움이 된다. 내가 듣기에 어떤 낭독이 좋았고, 어떤 낭독이 몰입하기 힘들었는지 파악해 보면 스스로의 낭독에서도 고칠 점들이 찾아지기 때문이다. 소통과 공감도 아주 중요한 요소이다. 텍스트를 통해 공감한 바를 청자에게 전달하는 데 낭독자가 순수한 통로가 될 때, 그러면서도 청자로 하여금 상상하고 해석할 여지를 갖게 할 때 좋은 낭독이 될 수 있다.

그리고 책 속 이야기를 낭독자 역시 청자와 함께 알아간다는 기분으로 읽을 때, 그 이야기가 '지금 여기'에서 살아나면서 더욱 생생하고 재미있어진다. 청자가 내용에 몰입하는 것을 방해하지 않도록 낭독'조'(조)를 없애는 것, 처음 본 글도 틀리지 않고 매끄럽게 읽는 초견력初見力을 기르는 것도 중요하다.

오디오북처럼 긴 시간 낭독을 하다 보면 지쳐서 자칫 입술로만 글을 읽게 되는데, 그러면 발음이 뭉개지기 쉬우므로 입을 크게 벌리고 치아를 보인다 생각하고 읽으면 도움이 된다. 목이 아플 수도 있는데, 그럴수록 목에서 힘을 빼고 배나 가슴에 집중해서 낭독하면 도움이 된다. 목은 소리가 나오는 통로일 뿐이다.

그런데 이렇게 낭독에 대한 기술과 마음 자세를 가르치고, 직접 낭독하며 자칭 '낭독 전문가'라 자부하던 나에게 작은 사건이 생겼다. 1년 전 어느 날부터 밤늦게까지 책을 읽고 나면 한쪽 눈이 뿌옇게 흐려지고, 밝은 곳에 있다가 갑자기 어두운 데에라도 들어간 듯 시야가 좁아지는 증상이 생긴 것이다. '폐쇄각 녹내장'이라고 했다. 녹내장은 심하면 실명까지도 갈 수 있는 안과 3대 질병 중 하나이다. 다행히 치료를 하면 좋아질 수 있다기에 나는 급하게 일정을 잡고 수술을 했다.

눈을 앓아보니 "눈이 보배"라는 말이 진심으로 와 닿았다. 사흘만 볼 수 있다면, 첫째 날에는 스승인 설리번 선생님의 얼굴을 보고, 둘째 날엔 새벽 먼동이 트는 모습과 밤의 영롱한 별을 보며, 마지막 날엔 아침 일찍 큰길에 나가

출근하는 사람들의 활기찬 모습을 보고 싶다 했던 헬렌 켈러의 기도가 가슴에 와 닿았다.

수술 후엔 작은 글씨의 책들을 오래 집중해서 읽기가 힘들어졌다. 그러다 보니 오디오북을 찾아 듣게 되었고, 나는 낭독자에서 '낭독을 듣는 사람'이 되었다. 그 과정에서 누군가 나 대신 책을 읽어주는 것이 얼마나 고마운 일인지, 시각장애인을 위한 낭독 봉사가 얼마나 가치 있는 일인지 새삼 깨닫게 되었다. 나의 낭독이 누군가의 눈이 될 수 있다는 건 정말 멋진 일이고 감사한 일이다.

내 생애 최고의 낭독 시간

"어머니! 아이가 수업 시간에 여기저기 막 돌아다녀요."

초등학교 4학년 아들의 담임 선생님이 말했다. 말수도 적고 조용하고 순한 아이, 어쩜 이런 천사 같은 아이가 내 아들이 되었을까 늘 감사해하는 나에게 담임은 아이의 발달 검사를 권유했고, 그 결과 나는 'ADHD'(주의력 결핍 및 과잉행동 장애)라는 병명을 처음 알게 되었다. 이 병명은 2000년대 초반만 해도 그다지 알려지지 않았기에 생초보 ADHD 엄마에겐 힘겨운 시간의 시작이었다.

진단을 받은 날, 나는 아이가 아주 어렸을 때부터 4학년인 당시까지 그린 그림과 공책을 살펴보았다. 스케치북 크기에 비해 점점 더 작아지는 사람의 모습…… 그건 마치 아이의 마음속 자신의 크기 같았다. 하얀 도화지는 갈수록 점점 더 어두운 색깔들로 메워졌는데, 나는 그것이 아이의 마음 빛깔인 것만 같아 눈물이 났다.

온갖 세미나를 좇아다니며 증상에 대해 공부했고 아이와 함께 여러 병원을 전전했다. 가장 쉬운 방법은 약을 복용하는 것이라 했지만, 키가 자라지 않고, 구토를 할 수 있으며, 헛것을 볼 수도 있다는 의사의 말에 약 복용을 포기했다. 치료 효과가 가장 높은 방법을 포기해야 할 때의 좌절감은 이루 말할 수가 없었다. 과연 내 선택이 맞는 것일까 얼마나 고민했는지 모른다.

그 다음으로 병원에서 권한 것은 행동 치료와 심리 치료를 받아보라는 것이었다. 평소 말수가 적은 것은 생각을 정리하여 입 밖으로 내는 것이 힘겨웠기 때문이라고 했다. 아들은 늘 복화술을 하듯 작게 말했고 말하는 문장도 짧았다. 그렇게 일주일에 두 번, 아들을 데리고 언어 치료 연구소에 다니게 되었다.

어느 날 언어 치료를 마치고 상담을 하면서 그날 무엇을 배우고 집에서 지도할 것은 무엇인지 이야기를 듣는데, 선생님이 가르치는 언어 치료 방식이 낭독 수업과 비슷하다는 것을 발견하게 되었다. 선생님은 이야기가 있는 한 장 길이의 지문을 보여주고 아이로 하여금 큰소리로 읽고 줄거리를 말하게 했다. 천천히 따라 읽게 하고 발음을 교정해 준 뒤 그 주제를 파악하게 하고 다시 내용에 대한 문답을 반복하는 식이다. 그건 초등학생용 낭독 수업이었다!!

나는 그때부터 아들과 낭독 수업을 하기 시작했다. 가장 어려운 학생을 상대로 가장 긴장된 낭독 수업이 펼쳐졌다. 틈이 날 때마다 도서관과 서점에 들렀고, 전래 동화나 명작 동화 등에서 재미난 이야기를 찾아 지문을 만들었다. 그리고 아이가 재미를 잃지 않도록 커다란 리액션과 칭찬을 아끼지 않았다. 천천히 한 걸음씩…… 처음엔 말귀를 잘 못 알아듣는 아들의 반응에 목소리가 점점 커지고, 답답해서 울컥! 하고 차오르는 눈물도 여러 번 삼켜야 했다.

시각 장애인을 위한 낭독에선 상상력을 가동시켜 흥미진진함을 유도했다면, 아들과의 낭독 수업은 정확한 발음과 발성 훈련을 겸한 스토리텔링이었다. 오디오북 낭독에서는 책의 세상과 듣는 사람을 연결시키는 친구 역할이었다면, 아들과의 수업에선 원인과 결과의 관계를 깨닫게 하기 위한 선생님 역할이었다. 얼마나 많은 수업이 진행되었는지는 기억나지 않는다. 그저 절실하고 조마조마한 마음으로 시간의 터널을 지나왔을 뿐이다. 아들의 학년이 올라갔고 대충 책 한 권을 떼었다 싶을 즈음 우리의 낭독 수업도 끝이 났다.

ADHD는 단기간에 나을 수 있는 것이 아니다. 아들이 그나마 과잉 행동 장애가 아닌 주의력 결핍 장애였기에, 주변 사람들에게 폐가 될 만한 일을 만들지 않았다는 게 고마울 뿐이었다. 생각이 복잡하고 사소한 일에도 걱정이 많아 늘 위축되던 아들이 다행히도 자신감을 찾은 것이 나로서는 가장 큰 수확이었다.

그런 아들이 군대를 다녀오고 대학을 가고 학우들의 신임을 얻어 동아리 회장까지 했을 땐 세상을 다 얻은 것같이 기뻤다. 호텔조리학과를 나온 아들은 지금 작은 카페의 매니저이자 요리사로 일하며 행복하게 지낸다. 자그마했던 아이가 나보다 더 커지고 어느새 의지해도 좋을 만큼 듬직해졌다.

물론 지금도 어디 가서 "엄마가 성우입니다!"라는 말이 씨알도 먹히지 않을 것 같은 목소리와 표현력이지만, 그럼에도 나는 그런 아들의 말하는 모습이 '절제미의 달인' 이

병헌 말투와 비스무리~하다고 말하곤 한다.

아들과의 낭독 시간은 내 인생 최고의 낭독 시간, 잊을 수 없는 수업이었다.

낭독 유발자, 북텔러리스트

서른아홉 살이 되었을 때 성우로서의 위기가 왔다. 대본을 어떻게 연기해야 할지, 학생들을 어떻게 가르쳐야 할지 막막하고 힘들었다. 연기에 대한 창의력은 바닥이 나고, 성우 생활의 끝을 보는 것만 같았다. 평생 성우를 꿈꾸며 연기를 시작했는데, 머리에 든 것도, 손에 쥔 것도 아무것도 없는 것같이 그저 막막하고 두려웠다. 그래서 어떻게든 포기하지 않기 위해 다시 연기 공부를 시작했다. 나이 마흔에 나는 다시 대학생이 되었다.

나는 재능을 타고나기보다는 끊임없이 노력하는 열정의 사람인데, 그런 열정과 노력을 필요로 한 또 하나의 분야가 내레이션이었다! 낭독은 성우라면 누구나 잘하고 싶고 도전하고 싶은 분야이다. 그러나 내레이션의 기회는 쉽게 주어지지 않는다. 프리랜서 성우가 되면 라디오 연기보다 애니메이션을 맡는 확률이 훨씬 높기 때문이다. 목소리는 애니메이션에 특화되어 가고, 감각은 기술에 익숙해진다. 마치 장인을 꿈꾸는데 기술자가 되어가는 느낌이랄까?

아무튼 이렇게 위기와 열정이 동시에 폭발하고 있을 때 북텔러리스트를 알게 되었다. 2014년 2월, KBS 동기인 구자형 성우에게 낭독 모임이 있다는 이야기를 들은 그날, 나는 바로 북텔러리스트의 일원이 되었다. 돌아보면 빠른 결단이었고, 최고의 선택이었다!

북텔러리스트의 첫 낭독 작품은 마쓰모토 세이초의 추리 소설 〈지방지를 구독하는 여자〉였다. 자신을 협박하던 남자를 살해한 시오타 요시코는 자신에 대한 수사 진행 상황을 알기 위해 지방 신문을 구독 신청한다. 구독 이유로 "신문에 실린 소설이 재미있어서"라고 밝히는데, 자신의 범죄 기사가 실린 것을 확인하고는 "소설이 재미없어져서 구독을 취소한다"고 통보한다. 이에 자존심이 상한 소설가 스키모토 다카시의 추리에 의해 그녀의 범죄 사실이 밝혀지고, 절망한 요시코는 끝내 자살하고 만다는 내용의 단편 소설이다.

소리 내어 통독하는 데 80분이면 족한 이 단편을 우리는 두 달이 걸려서야 마지막 문장을 읽을 수 있었다. 이진숙 연출의 입에서 나오는 "잠깐만요" 소리가 우리의 낭독을 자꾸

멈춰 세웠기 때문이다. 그동안 어떻게 낭독을 해왔길래 한 문장을 넘어가기가 이렇게 어려운지 머리가 하얘지는 순간들이었다. 지니고 있는 낭독 습관과 편견을 없애기가 그렇게나 어려웠다.

특히 두어 페이지 지나서 나오는 서사 부분은 땀이 삐질삐질 흐르던 마의 부분이었다. 지방 도시의 모습을 스케치하고 그 도시를 감싸는 햇살과 공기, 산의 모습을 묘사하는 부분이었는데, 도시의 시각적인 부분은 물론 감각적인 부분까지도 포함하고 있어 낭독이 어려웠다. 작가의 관점에서 그 내용을 이해하고 다시 한 번 그것들을 느끼면서, 청자가 이해하고 공감할 수 있도록 말로 그림을 그리듯이 낭독을 해야 했다.

여러 번의 시도 끝에 마침내 오케이 사인이 나는 순간, 우리는 마치 올림픽에서 금메달이라도 딴 것처럼 즐거워했다. 듣는 사람과 동행하는 낭독, 단어가 가리키는 내용과 상황을 보고 몸짓 하나의 의미도 놓치지 않는 낭독, 낭독자가 먼저 받아들이고 느낀 그대로 들려주는 낭독. 이것이 연출이 우리에게 바라는 낭독이었다.

그것은 청자들의 귀를 사로잡을 뿐 아니라 그들을 이야기로 빨려들게 하는 강력한 마법이었고, 낭독하는 우리도 더욱 집중할 수 있게 하는 방법이었다. 나는 자꾸 낭독이 하고 싶어졌다. 지금까지와는 다른 낭독의 맛에 새로운 재미가 느껴졌다. 북텔러리스트는 나에게 즐거운 낭독 유발자가 되어주었고, 어느새 낭독은 자신의 문을 열어 나를 한 걸음 안으로 딛게 허락해 주었다.

'그분'이 오시면 낭독과 하나가 된다

북텔러리스트로서 훈련을 시작하고 계절이 세 번 바뀌었을 즈음, 우리는 첫 낭독 공연 〈읽어드릴까~압쇼〉를 열었다. 라디오 드라마와 달리 낭독은 오롯이 낭독자 한 명이 그 무게를 감당해야 한다. 특히 소설 낭독의 경우엔 청자에게 흥미를 유발시킬 수 있는 능력이 중요하고, 낭독자 자신이 이야기 속에 들어가서 그 내용을 느끼며 읽고 있는지 계속 자문해야 한다. 그러므로 낭독 공연에서 읽을 작품은 가장 나다운 작품, 내가 그 안에 들어가서 함께 느낄 수 있는 작품이어야 했다. 어떤 작품이 좋을까? 만들어진 캐릭터가 아니라 몰입과 진심이 무엇보다 절실한 작품……

문득 포털 사이트에 나에 대해 어느 독자가 써놓은 글이 떠올랐다. "전면에 드러나는 화려함은 없지만, 반드시 있어야 할 곳에서 제 몫을 다 해내는 성우. 그래서 다른 사람들을 더 빛나게 만드는 성우." 나는 그 말이 마음에 들었고, 인생에서 누군가를 가장 빛날 수 있게 하는 존재라면 '엄마'가 아닌가 하는 생각이 들었다. 성우를 하면서도 맞춤옷처럼 편안하게 느꼈던 것이 엄마 역할이기도 해서, 나는 엄마가 화자인 글을 낭독하면 좋겠다고 생각했다.

떠오르는 작품이 있었다. 고 박완서 선생의 《나의 가장 나종 지니인 것》! 하지만 이내 고개를 절레절레 흔들었다. 나는 지금까지 그 작품을 한 번도 편안한 마음으로 읽은 적이 없다. 화자인 그 엄마의 불행이자 작품을 쓴 박완서 선생의 불행이 너무나 가슴 아파서 차마 소리 내 읽을 수가 없었던 것이다.

이 소설은 1980년대 민주화 시위로 대학생이던 아들을 잃은 '나'가 손윗동서와 전화 통화하는 형식으로 풀어낸 글이다. 아들을 잃고 혼자 남겨진 엄마는 '장한 어머니'라는 호칭의 무게를 견뎌야 했다. 실제로 박완서 선생에게 1988년은 참으로 잔인한 해였다. 남편을 병으로 잃은 지 반년 만에 외아들마저 사고로 보낸 해였으니까. 그 아픔으로 한동안 절필했던 선생은, 다시 힘을 내어 이 통곡 같은 글을 세상에 내놓았다.

이 글의 화자인 어머니는 집에 식구가 있을 때보다 없을 때를 더 좋아한다. 식구들의 마중을 받으면 아들의 빈자리가 더 크게 느껴져서 견딜 수가 없는 것이다. 아무도 없는 집을 열쇠로 따고 들어오며 일부러 큰소리로 아들 이름을 부른다. "에미 왔다" 하며 들어가 연방 아들에게 말을 건다. 아무런 대답이 돌아오지 않을 것을 알면서도 말을 걸고, 그럴 때마다 집 구석구석이 아들로 가득 차 있어 아들이 자신 안에 함께 살아있음을 느끼는 어머니!

살을 저미는 것 같은 이 소설을 과연 내가 낭독할 수 있을까? 차마 자신이 없어 이 소설에 잡히지 않으려고 책이 있는 쪽으로는 눈길도 주지 않았다. 건강한 우리 아들들에게 이 슬픈 이야기가 작은 생채기라도 낼까봐 가슴이 조마조마하기도 했다. 자식에 관한 거라면 하찮은 미신이라도 믿게 되는 게 부모 마음이니까.

하지만 강한 부정은 긍정이라 했던가? 피하고 있었다는 것은 강하게 끌리고 있었다는 것의 반증이었다. 결국 난 내 머릿속에 이 작품이, 박완서 선생이 꽉 들어차 앉았음을 인정해야 했다. 내 목소리로나마 그분을 위로할 수 있다면 좋겠다는 생각마저 들었다.

그러나 나는 그런 아픔을 경험한 적이 없다. 배우가 비슷한 경험을 했다면 연기를 훨씬 잘할 수 있겠지만, 경험이 없다면 주변 사람들을 통한 간접 경험이나 관찰도 도움이 된다. 이도저도 없다면 그땐 상상력을 발휘해야 한다. 러시아의 연출가이자 배우인 스타니슬랍스키는 이것을 'Magic If'(내가 만일)라는 말로 표현했다. 내가 만일 그 사람이라고 믿는다면, 나는 그 인물 자체가 될 것이다!

이 이론이 1930년대에 미국으로 건너가 '메소드 연기'라는 말로 정착하게 된다. 메소드 연기의 달인 알 파치노는 "오로지 진실할 뿐이다. 거짓을 말할 때조차도"라는 말을 남기기도 했는데, 연기란 내가 그 사람이 되어 그 순간을 진짜라고 믿는 것이 아닐까? 이 순간을 나는 '그분이 오셨다'고 표현하기도 한다.

낭독을 하다 보면 종종 그분이 오심을 느낄 때가 있다. 그럴 땐 나라고 믿고 있던 에고가 사라지는 느낌이다. 감정의 변화가 시작된다. 호흡이 달라지고, 표정과 몸짓이 변한다. 이것은 내 의지에 의해 계획적으로 진행되는 일이 아니다. 감정이 이끌어내는 반응이며, 어느 순간 저절로 작동된다. 《나의 가장 나종 지니인 것》에서도 그랬다. 피가 저절로 뜨거워졌다 싸늘해지고 심장이 조여들었다 펴졌다를 반복했다. 그 인물이 되어 내용 자체에 빠지니 저절로 다양한 어미

처리가 나왔고, 다음 장면을 어떻게 표현해야 할지 미리 생각하지 않아도 되었다. 좋은 소리여야 한다는 강박에서도 벗어나 소리에 신경 쓰지 않으니 오롯이 내용에 집중할 수 있었다.

우리 북텔러리스트의 첫 공연에서 나는 낭독하는 내내 속으로 울었지만 '그분'이 오셔서 진심으로 행복했다.

쌀쌀한 손님 같던 낭독, 재미난 친구가 되다

스물두 살, 일찌감치 성우의 길에 들어섰지만 사실 순탄치만은 않았다. 나는 노역 연기로 KBS 공채에 합격했고, 전속 시절에 가장 많이 했던 배역도 중년이었는데, 프리랜서 첫해에 주어진 역할이 만화 영화 〈이상한 나라의 폴〉에 나오는 꼬마 악당 버섯돌이였던 것! 자신이 없었다. 한두 마디 이상 대사가 길어지면 악당 버섯돌이가 착한 버섯돌이로 변해 있었던 것이다. 나 때문에 녹음이 지연됐다. 속된말로 '까였다.' "더 얄밉게! 더 악하게!!"를 외치던 PD의 갈라진 목소리가 지금도 귀에 들리는 듯하다.

결국 그 역할은 다른 성우에게로 넘어갔다. 이런 일이 비단 이때뿐이었겠는가! 성우 인생은 오름과 내림이 있는 사인sine 곡선의 반복이라는 생각을 많이 한다. 내가 일을 하고 싶다고 막 할 수도, 일을 쉬고 싶다고 팍 쉴 수도 없는 직업이기에 긴장의 끈을 놓을 수도 없다. 가끔의 소소한 성취와 성공, 그보다 많은 실망과 실패가 있는 배우의 삶. 그러나 내가 아직 성우를 하고 있다는 건 그때마다 그 일들을 견디고 다시 일어났기 때문일 것이다. 성취하고 성공함으로 인해 얻는 행복과 기쁨만큼이나, 아니 어쩌면 그 이상으로 실망과 실패를 받아들이고 다시 일어나는 것이야말로 중요한 일이라는 걸 나는 알고 있다.

내겐 낭독 울렁증이 있었다. 문장이 길어지고 어려운 발음이 섞이면 호흡이 빨라지고 속이 울렁거렸다. 프리랜서 활동 초반 한창 유행하던 070 유료 전화 서비스를 많이 녹음했었다. 주로 외과적 수술을 홍보하는 의료 서비스와 전국 부동산 정보, 그리고 딱딱한 수험 정보들에 대한 안내가 대부분이었다. 어떤 녹음은 초보 군인을 위한 군대 생활과 각종 장비 매뉴얼이었는데, 알지도 못하면서 글자만 읽었던 기억이 난다.

마음은 실리기 어려웠고 틀리지 않으려 긴장한 채로 녹음을 진행하면서 '내레이션은 어려운 것, 피하고 싶은 것'이란 트라우마가 생겼다. 아무렇지 않은 척했지만 낭독은 내게 친해지고 싶은데 좀처럼 곁을 내주지 않는 도도한 존재 같았고, 때론 쌀쌀한 표정의 손님 같아서 늘 그 앞에선 주눅이 들곤 했었다.

그러던 내가 북텔러리스트를 만나면서 낭독과 화해를 했다. 낭독은 더 이상 쩔쩔매는 내 앞에서 갑질하는 손님이 아니었다. 내 마음을 알아주는 재미난 친구가 되었다. 텍스트를 어떻게 해석하느냐에 따라 마음껏 변화하는 팔색조가 된 것이다. 낭독은 듣는 사람에게 감동도 주지만 내 자신에게도 치유의 도구가 되어준다. 특히 좋은 작품을 낭독할 때면 내 안의 행복감과 감사함은 배가된다.

아직 오디오북이 활성화되기 전인 2014년에 일본 작가 히스이 고타로의 《삶을 바꾸는 아침 첫 생각》이라는 책을 녹음한 적이 있다. 아들을 위해 매일 아침 엄마가 들려준다는 생각으로 정성껏 읽었다. 그 내용 중에 〈기적을 일으키는 것〉이란 제목의 글이 있다. 내 삶에 기적이 일어나지 않는다면 그건 내가 적극적으로 그 환경에 '뛰어들지 않았기 때문'이라는 것이다. 기적은 내가 일으키는 것이 아니라 내가 뛰어든 환경이 나에게 주는 선물이라는 말.

그렇다. 작가 마크 트웨인이 말했던 것처럼, 20년 후 우리는 했던 일보다 하지 않았던 일로 인해 더 실망할 것이다.

그래서 난 여전히 내가 좋아하는 낭독이라는 세계에서 탐험하고, 꿈꾸고, 발견해 나아가려 한다. 그리고 이 재미난 것을 더 많은 이들과 나눌 것이다. 20년 후, 후회하지 않기 위해서라도!

낭독으로 나와 너의 경계를 허물다

정훈석

KBS 25기 성우. 낭독은 공감과 소통이고, 과거와 미래에 대한 소통이며, 작가와 또 청자와의 소통이라 생각한다. 그 소통을 통해 서로 공감하며 나 스스로와 듣는 이들을 위로할 수 있다면 좋겠다. 〈알라딘〉 〈어벤져스 1〉 〈랭고〉를 더빙했고, 공연 〈누가 사랑을 아름답다 했는가〉, 영화 〈그날, 바다〉에 출연했으며, 영화 〈변호인〉에 목소리 출연했다. 오디오북 《오만과 몽상》 등을 낭독했다.

나 그리고 타인

초등학교 입학 전이었나? 밖에 나가 노는 일이 마냥 신나기만 했던 나는 꽤나 개구쟁이였다. 눈 내리던 어느 날, 조용히 장롱 서랍을 빼내 그 안에 든 옷들을 탈탈 털어내고는 서랍만 들고서 밖으로 나갔다. 온 천지가 하얗게 눈으로 덮여 있었고, 당시 우리 집은 산동네여서 여기저기 비탈이 많았다. 마음에 드는 장소를 골라 친구들과 서랍 눈썰매를 타기 시작했다. 너무나 신이 나서 몇 번만 타야지 했던 생각은 다 잊고 서랍 바닥이 너덜너덜해질 때까지 정신없이 탔다. 그러다 해가 산허리에 걸릴 때쯤 정신을 차려보니 큰일이었다. 집에 어떻게 들어가나, 도망을 갈까…… 하지만 곧 엄마에게 걸려서 도망이고 뭐고 정신없이 혼이 났다.

그런 개구쟁이였지만 중·고등학교 성장기를 보내면서 나는 점점 내성적인 아이가 되어갔다. 몸집도 많이 왜소했고, 학교 생활도 별 재미가 없었다. 특별히 따로 관심 가는 것도 없어서 조용하게만 보냈다. 학교에서 집, 집에서 학교, 그 중간에 오락실을 들르는 것이 하루 일과의 전부였다. 스스로를 가둬갔다고 해야 할까? 그러다 보니 말수도 점점 줄고, 친구들과도 멀어지고, 내가 관심 있는 일이 아니면 전혀 신경 쓰지 않는 그런 아이가 되어버렸다. 성인이 되어서도 마찬가지였는데, 그러면서 나는 나와 타인의 경계를 매우 확실하게 짓는 사람이 되어 있었다. 그런 나를 보며 주위에선 사회성이 떨어진다고들 했는데, 솔직히 인정한다. 내가 봐도 정말 심했으니까.

성우가 되어서도 그런 면은 크게 변하지 않았다. KBS 입사 초기에는 라디오 드라마 외에도 쇼 프로나 연예 오락, TV 드라마(드라마 속 내레이션) 등등 많은 곳에서 나를 찾아주었다. 아마도 새로운 목소리가 들어와서였을 것이다. 하지만 몇 번 하다 잘리기 일쑤였다. 분위기를 너무 몰랐고, 내 영역 밖이라는 생각에 준비도 부족했다. 누군가에게 조언을 구할 생각도 하지 않았고, 조언을 해주는 이도 없었다. 타인에게 관심을 두지 않았으니 주변에 사람이 없는 것도 당연한 일이었을 것이다. 지금 생각하면 참 아쉽지만, 그때는 오로지 라디오 드라마가 내 관심사의 전부였다.

그렇게 벽 아닌 벽을 쌓고 살아갈 때 북텔러리스트를 만났다. 그리고 그 안에서 조금씩 세상과 나의 경계를 허물기 시작했다. 돌아보면 낭독은 나의 벽 안으로 누군가를 초대하는 문이었다. 시작은 한 선배 성우로부터였다. 외화나 광고 쪽으로 인기가 많던 구자형 선배는 나와 함께한 작업이 거의 없었음에도 나를 잘 챙겨주었고, 누군가를 사귀기 힘들어하는 나는 나를 챙겨주는 그 선배하고만큼은 잘 어울렸다. 허구한 날 집에 찾아가기도 하고 운동도 같이 하고 며칠씩 여행을 가기도 했으니까.

그런데 그런 선배가 나에게 연극 연출자와 함께하는 낭독 모임을 제안한 것이다. 사실 나는 책을 썩 좋아하지도 않았고, 낭독에 대한 깊은 성찰도 없었으며, 중요성도 그다지 느끼지 못하던 터였다. 그럼에도 하겠다고 한 건 선배와 함께하면 재미있을 것 같았고, 무엇보다 직업이 성우인데 낭독이야 뭐 어렵겠나 하는 단순한 생각 때문이었다. 그런데 그 가벼운 생각이 고생의 시작일 줄은 꿈에도 몰랐다.

소리 내는 법부터 다시 배우다

처음 모여 낭독하던 날을 기억한다. 단편 추리 소설 한 편을 꺼내들고 읽기 시작했다. 조금은 떨렸지만 그래도 명색이 성우인데 낭독이 뭐 어렵겠냐 하는 가벼운 마음으로 읽기 시작했다. 그런데 몇 줄 넘어가지도 않았는데 바로 연출이 멈춰 세웠다. 목소리에 너무 힘이 들어간단다. 그런가? 나는 나름 지금껏 자연스러운 소리를 추구해 온 성우라고 생각했는데, 힘이 들어갔다고? 긴장을 해서 그런가? 흠! 흠! 목을 가다듬고 집중을 하며 다시 자연스러운 소리를 내고자 애썼다. 몇 줄이나 읽었을까? 이번엔 소리의 방향이 잘못됐단다. 소리의 방향? 무슨 방향? 내용이 잘 전달되면 됐지, 방향이라니? 보이지도 않는 소리를 어디로 보내라는 건지 머리가 복잡해지기 시작했다.

내가 이해를 못하는 것 같자 지금 읽은 부분은 내용상 소리가 그렇게 아래로 떨어지면 안 된다며 좀 더 앞쪽 공간으로 보내보란다. 이어서 "이야기 속 공간은? 지금 상황은? 시간은?" 등등 질문이 계속되었고, 나의 낭독은 점점 수렁에 빠지고 있었다. 낭독에 대한 나의 이해부터 전면 수정해야 하는 걸까? 그렇다면 그동안의 내 연기에도 문제가 있었던 건 아닐까? 이런 질문들마저 떠오르며 속을 어지럽혔다. 그 뒤로도 연출의 지적은 한동안 계속됐다.

그렇게 지적을 당할 때는 속이 좀 쓰렸지만, 한편으론 낭독에서 연출이 정말 중요하다는 생각도 들었다. 오디오북 시장이 한창 커지고 있는 요즘, 대부분의 녹음 현장에는 연출이 없는 것으로 알고 있다. 있어도 극소수일 것이다. 책이나 태블릿 하나 들고 들어가 PD나 엔지니어와 창 하나를 사이에 두고 마주보고 앉아서 읽다가 소리 톤이 이상하거나 NG가 나면 소통을 하는 정도가 전부이리라. 물론 녹음 현장에서 한 문장 한 문장 이렇게까지 집요하게 파고들 순 없다. 그럼에도 이런 연출이 있을 수 있다면 낭독이 훨씬 생생하게 살아날 것임은 분명하다.

북텔러리스트 연출을 맡은 이진숙 대표는 연극 연출의 경험에 음악 전공자로서 지닌 '소리에 대한 민감함'까지 더해, 어떻게 하면 성우들의 소리가 더 좋아질 수 있는지 빠르고 정확하게 파악했던 것 같다. 목소리만으로 시공간을 표현하고 상황을 표현하라고 요구할 때는 무대 연출 경험이 큰 몫을 했으리라. 그중 내게 가장 크게 다가왔던 숙제가 바로 소리의 방향에 대한 것이었는데 그건 정말이지 쉽지가 않았다. 오랜 성우 생활로 늘 마이크 앞에서만 소리를 내던 나에게는 어쩌면 소리의 방향이 굳어졌을 가능성이 크고, 그렇다 보니 그 틀을 깨기가 쉽지 않았다.

소리의 방향이란 쉽게 설명하자면 이런 것이다. 내가 누군가에게 인사를 할 때 가까이 있는 사람에게는 그리 크지 않은 목소리로 가볍게 인사를 건넨다. 그럴 때는 소리의 방향이 아래로 향해도 상관없다. 하지만 상대가 멀리 떨어져 있다면 목소리도 커지고 소리도 앞으로 뻗거나 위로 향하는 느낌으로 그가 있는 곳까지 보내야 한다. 사람들은 일상에서 실제로 소리를 그렇게 내고 있지만 딱히 신경을 쓰지 않기 때문에 인지하지 못할 뿐이다. 낭독에서 그런 부분까지 염두에 두고 읽는다면 공감각적인 생생함을 더할 수 있다. 소리 하나로 공간을 표현하고 상황을 알려주고 상대의 위치와 관계를 표현하고, 심지어는 계절과 하루 중의 어느 때인지까지도 표현해 낼 수가 있는 것이다.

하지만 처음에는 이런 표현을 잘하려면 소리를 어떻게 사용해야 하고 얼마나 노력을 해야 할지 짐작도 되지 않았다. 구성원들에게 욕 한 번 먹고 여기서 그만두면 속 편하겠는데, 무슨 생각이었는지 나는 꾹 참고 이 만남을 이어갔다.

북텔러리스트와의 만남은 어찌 보면 내 성우 경력의 최대 고비인 동시에 새로운 시작이었다. 조금 과장하자면 소리 내는 법을 처음부터 다시 배우는 기분이었다. 그것도 성우가 아닌 연극 연출자에게 낭독을 배우고 있다는 사실이 뭔가 흔쾌하지 않았다. 그렇다 보니 티는 내지 않았지만 연출과의 사이가 처음엔 그리 원만하지 않았다. 새로운 책을 접하면 서로가 떠올린 그림이 달랐고 의견 충돌이 생기기 일쑤였다.

하지만 그가 알려주는 대로 해보면 즉각 표현이 달라지는 게 느껴지니 뭐라 반박도 못하겠고, 그런 경험들이 쌓여가자 낭독이 점점 재미있어지고 때론 신기하기마저 했다. 집요할 정도로 파고들며 성우들의 변화를 위해 노력하는 연출자의 열정 때문이었을까? 어느덧 그는 내가 세워놓은 높은 벽 밖의 사람이 아니라 벽 안의 사람이 되어가고 있었다. 그리고 그런 살아있는 낭독으로 한 걸음씩 다가가는 동안 나는 잊고 있던 어린 시절의 라디오 드라마가 떠올랐다.

목소리가 그려내는 세상

어릴 적, 우리 집은 그다지 넉넉하지 않았는데 나는 모두가 그런 줄 알고 살았던 것 같다. 개구쟁이였던 어린 시절엔 아침을 먹고 나면 점심때까지 산으로 들로 뛰어다녔고, 뛰놀다 배고프면 밭에서 무 한 뿌리 캐서 옷에 쓱쓱 문질러 배를 채우고 목마르면 우물에서 물 길어 마시며 놀았다. 이런 얘기를 하면 친구들은 같은 서울에서 산 것이 맞냐며 놀라기도 하는데, 실제로 우리 집 마당에는 수도 대신 물 한 바가지 붓고 연신 펌프질을 해야 물을 끌어올릴 수 있는 펌프가 있었다.

그러니 TV가 없는 것도 당연했다. 아버지는 라디오를 즐겨 들으셨는데, 초등학교 저학년 때였던가, 라디오에서 드라마가 나오는 것을 우연히 듣게 되었다. 신기했다. 조그만 상자 안에 또 다른 세상 속 사람들이 살고 있었던 것이다. 어린 내가 들어도 정말 멋지고 예쁜 목소리의 그들은 웃고 떠들며 무언가 얘기를 들려주고 있었고, 나는 알 수 없는 묘한 매력에 끌려 들었다.

특히 한 성우의 호흡이 매력적으로 느껴졌던 기억이 난다. 늦은 밤 골목길을 걷는 듯한 울림이 있는 구두 발자국 소리, 잠시 멈춤이 있고 이어서 라이터를 켜며 담배를 한 모금 빨고는 후~ 내뱉는 소리…… 순간 내가 있는 방 안은 이미 딴 세상이 되어 있었고, 나는 모자를 푹 눌러쓴 그 사람 옆에서 그를 보고 있는 듯한 착각에 빠졌다. 정말이지 놀라운 경험이었다. 그런 생생한 느낌과 더불어 성우들의 열연은 나를 흥분시키기에 충분했다. 어린 나는 하루하루 드라마 시간을 기다리며 다음엔 또 무슨 내용이 나오려나 기대하기에 이르렀다. 그렇게 라디오 드라마를 자주 듣다 보니 어느 날은 성우들 흉내를 내 부모님을 웃기기도 했고, 혼자 있을 때면 동화나 교과서에 나오는 대사들을 그들처럼 연기해 보며 나만의 세계를 만들기도 했다.

당시의 라디오 드라마 인기를 지금 젊은 친구들은 아마 짐작하기 어려울 것이다. 지금이야 다양한 매체가 있고 즐길 것들도 많아 선택의 폭이 넓지만, 당시에는 큰맘 먹어야 갈 수 있는 영화관과 좀 산다는 집에서나 볼 수 있는 TV, 그것도 흑백 TV가 전부였던 시절이니, 재미있다 하는 라디오 드라마는 당연히 인기도 많고 더불어 거기에 출연한 성우들의 인기도 높았다. 내가 들었던 드라마 중 지금까지 기억나는 제목의 드라마가 있는데 〈아차부인 재치부인〉이라는 드라마다. 여기엔 당대 유명 성우들이 총출동했었다. 유강진, 배한성, 양지운, 장유진, 이선영, 전원주…… 이런 기라성 같은 성우들이 출연했으니 재미없을 리가 있나. 성우가 되어 이분들을 만났을 때, 그리고 내 어릴 적 상상 속 공간에 있던 그 목소리의 주인공들과 내가 함께 작업을 하게 되었을 때는 정말이지 감개무량했다.

내가 본격적으로 성우라는 직업에 관심을 가진 것은 초등학교 3~4학년 무렵, 우리 집에 TV가 들어오고 나서부터였다. TV는 또 다른 세계였다. 특히 만화 영화는 환상 그 자체였다. 그러나 그것은 맘 놓고 볼 수 있는 게 아니었다. 재미있는 만화 영화를 할 시간이 하필이면 아버지의 퇴근 시간과 겹쳤기 때문이다. 아버지가 오신 것 같으면 나는 재빨리 TV를 끄고 공부하는 척해야 했다.

그래서 성우에 대한 꿈을 꾸게 되었는지도 모른다. 성우가 되면 만화를 원 없이 볼 수 있을 것이고, 운이 좋다면 직접 출연도 할 수 있으며, 게다가 돈도 벌 수 있을 테니 이거야말로 1석3조가 아니겠는가. 나도 성우가 되어야 했다. 그리고 정말로 성우가 되었다!

난 내가 어릴 적 경험했던 그런 세상을 내 목소리로 직접 구현할 수 있을지도 모른다는 생각에 마냥 흥분하기도 했다. 하지만 다른 데서 문제가 생겼다. 사람들과 그다지 어울리지 않는 나였기에, 나도 모르게 세워둔 벽이 너무나 높았기에, 그 벽 안의 사람이 주는 일이나 나와 가까운 사람과 함께하는 일이 아니면 거부부터 하고 봤다. 학연도 지연도 없으면서 사회성마저 떨어졌으니 문제는 문제였다. 그런데 어쩌겠는가, 내 안의 내가 이런 모습인 걸.

그런 내가 낭독으로 무대에 서다니!

북텔러리스트 활동이 조금씩 자리 잡혀가면서 우리의 낭독 연습 과정과 낭독하는 모습을 인터넷 방송으로 내보낸 적이 있다. 그러나 그 정도로는 갈증이 남았던 걸까, 우리는 직접 청자와의 만남을 추진하게 되었다. 일명 낭독 공연!

우리가 무대에 올린 낭독 공연은 여러 편이 있다. 순서대로 소개하자면 〈읽어드릴까~압쇼〉를 시작으로 푸드 스타일리스트와 함께한 〈맏물 이야기〉 〈낭독 만찬〉, 신세기 작가와 협업으로 이뤄진 〈블루〉 그리고 〈자정의 픽션〉 등이다. 이외에도 카페 같은 데서 작은 공연을 여러 번 했었다.

그중 가장 기억에 남는 것이 첫 공연 〈읽어드릴까~압쇼〉다. 첫 공연이라서 더 그럴지도 모르겠다. 왠지 시장통에 와 있는 것 같은, 정감이 가면서도 친근하고 가볍게 접근할 수 있는 공연명. 지금 생각해도 참 잘 지은 것 같다. 물론 내가 지었다.

장소는 서울 연남동의 아주 조그만 시장통에 붙은 소극장 '연남동 플레이스 막사'였다. 이진숙 연출의 지인들이 스태프로 함께 해주고 우리가 무대를 직접 꾸미면서 참 재미있게 준비를 했고, 북텔러리스트들이 총출동해서 여러 작품을 낭독했다. 그때 내가 맡은 낭독 공연은 〈메밀꽃 필 무렵〉. 장돌뱅이 허생원은 봉평 장터에 들를 때면 자신의 동료 조선달에게 옛 여인 이야기를 하며 그리워한다. 어느 날 술집에서 동이라는 젊은이를 만나게 되고, 여러 정황으로 비추어볼 때 동이가 옛날에 헤어진 여인과의 사이에서 태어난 아이임을 짐작하게 된다는 내용으로, 메밀꽃이 흐드러진 봉평 장터를 배경삼아 작가의 뛰어난 풍경 묘사와 인물들 간의 감정 표현이 두드러진 작품이다.

이 작품은 내게 낭독의 참맛을 알게 해준 작품이라 해도 과언이 아니다. 준비 과정에서 어려움도 컸지만 그만큼 얻은 것 또한 많았으니까. 무대 공연이었기에 연습할 때 내가 가장 신경 쓴 부분은 내용 전달과 발음이었고 그 이외의 것들은 상대적으로 소홀했다. 이진숙 연출은 그런 부분을 역시나 귀신같이 잡아냈다. 예를 들면 여름날 봉평 장터의 그 뜨거움과, 슬슬 자리를 정리하는 장돌뱅이들과 그 틈에서 장난치는 각다귀(남의 것을 뜯어먹고 사는 사람)들이 나오는 장면에서 등줄기에 땀이 흘러내리는 듯한 더운 여름날의 시골 장터를 어떻게 소리로 구현해 낼지를 고민하라는 식이다. 영상이라도 있다면 조금은 쉽게 넘어갈 수도 있겠으나 오로지 소리로만 그것을 표현해야 하니 쉬운 일이 아니었다. 소리를 어떻게 사용해야 더 시골 장터 같은 구수한 목소리를 낼지, 얼마만큼 상상력을 동원해야 등줄기에 흐르는 땀의 느낌을 담아낼 수 있을지 정말 열심히 찾고 헤맸다.

읽고 또 읽고 계속 지적을 당하길 얼마나 했을까? 그러던 어느 날 '그래 이거다!' 싶은 톤을 찾아냈다. 그러고 나니 작품이 새로운 느낌으로 다가오기 시작했다. 읽으면서 나 스스로도 '그래, 이게 낭독이지!' 싶었다. 작가가 표현하고자 하는 것과 완전히 결이 같은지는 장담할 수 없지만, 그 느낌을 더 확실히 알 수가 있었고 이야기 속으로 쉽게 빠져들 수 있었다. 문장 하나하나가 재미있고 더 선명하게 살아났다. 그러면서 빨리 무대에서 이 이야기를 들려주고 싶다는 생각이 들었고, 준비하는 시간은 더 신이 났다.

공연 당일. 공간이 작으니 무대 역시 아기자기했다. 무대에 앉으면 객석까지 거리는 1~2미터나 됐을까? 서로의 숨소리까지 느낄 수 있는 거리. 겨울이라 나는 관객들을 위해 핫팩을 준비했다. 거기에 볼거리를 더하기 위해서 객석의 관객들이 핫팩에 열을 내는 동안 예전에 잠시 아동극 할 때 썼던 상투를 머리에 쓰고 수염을 무대 위에서 직접 그리는 작은 퍼포먼스를 선보였다. 막이라고 할 것도 없이 그렇게 준비가 다 되었을 때, 심호흡 한 번 크게 하고는 한겨울에 들려주는, 땀이 끈적끈적한 여름날의 이야기를 시작했다.

"여름 장이란 애시당초에 글러서……"

공연 중간중간 관객들의 반응을 보며 낭독이 이런 거구나, 이제야 내가 제대로 낭독을 하는구나 하는 생각이 들었다. 자꾸만 객석으로 눈이 갔다. 내 낭독에 관객들이 감응하는 모습에 감동받은 것 때문만은 아니었다. 이들 역시도 듣기에서만 그칠 게 아니라 낭독자로서 함께 이 세계를 즐길 수 있을 텐데 싶은 마음이 들었고, 왠지 낭독을 통해서는 내 높은 담장 안으로 낯선 이들을 초대할 수 있을지도 모르겠다는 기분이 들어서였다.

낯선 이들을 나의 세상에 초대하다

우리 북텔러리스트들은 이렇게 맛있는 낭독을 다른 사람들도 맛보게 하고 싶었다. 책을 더 가까이 하고 낭독에 친숙해질 수 있는 방법을 고민하다가 낭독 클럽을 만들기로 했다. 우선은 오디오 드라마나 오디오북을 즐겨 듣고, 성우들의 활동에 관심이 있고, 또 우리 공연에도 관심 갖고 찾아주는 이들을 대상으로 했다.

북텔러리스트 중에서는 몇 명만 참여하기로 했는데, 이진숙 연출이 내게 참여 의사를 물어왔다. 관계 맺음에 서툰 내가, 더구나 누군가를 가르치고 조언한다는 것은 생각만으로도 어색했고, 무엇보다 아직 나 자신도 미숙하다는 생각에 부담감이 커서 선뜻 대답하지 못했다. 사실, 아무나 쉽게 들이지 않는 나만의 벽, 그 벽을 허물지 않은 채 그들을 진심으로 대할 수 있을지가 가장 큰 의문이었다. 내가 주저하자 연출도 나를 이해하고 있었는지 너무 심각하게 생각하지 말고 우리가 평소 낭독 모임을 하던 대로 진행하면 될 거라며 나를 설득시켰다.

그렇게 일반인을 대상으로 한 낭독 클럽이 만들어졌고, 이진숙 연출 외에 나를 포함해 세 명의 성우가 함께하기로 했다. 모임은 격주로 이뤄졌고, 한 반에 8~9명 정도씩 두 반이 만들어졌다. 첫 주에는 연출을 통해 책에 쉽게 접근하는 방법과 낭독을 이해하는 문을 열게 된다. 그 다음에는 세 명의 성우가 각자의 방법으로 참여자들과 소통하며 본격적인 낭독 입문을 돕는 방식이었다.

첫 시간이라 그들도 나만큼 부담스러웠을까? 한 문장 한 문장 읽어 내려가는 목소리에 마른 긴장감이 묻어났다. 호흡도 짧아졌다. 그럴 때면 읽는 것을 멈추게 하고 잠시 심호흡을 시켰다. 숨을 깊게 들이쉬고 천천히 내뱉으면 긴장이 좀 풀리니까. 나도 그들과 함께 숨을 쉬며 떨림과 어색함을 느린 호흡에 은근슬쩍 실어 보냈다. 이번엔 간단한 스트레칭으로 어깨와 목, 입 주위 근육도 함께 풀어준다. 긴장을 하게 되면 시야가 좁아져서 내용 파악은 더 힘들고 읽는 속도는 빨라지며 발음이 꼬여서 계속 틀리게 된다. 차라리 조금 쉬면서 템포를 늦추는 게 좋다.

그렇게 한 뒤 다시 읽기가 시작됐다. 확실히 긴장이 좀 풀리니 호흡이 깊어지고 읽는 소리에 나름 안정감이 생겼다. 내용도 훨씬 귀에 잘 들어온다. 그렇게 돌아가며 낭독을 해보니 각자가 가진 문제점이나 해결하고 싶어 하는 부분들이 드러났다.

한 사람은 얼마 읽지 못하고 목이 아프다고 했는데, 그도 그럴 것이 책을 읽는 내내 목소리가 완전 하이톤이었다. 평소 친구들과도 좀 오래 얘기한다 싶으면 목에 무리가 많이 간다고 했다. 이런 사람은 목소리 톤을 낮추는 게 관건이다. 그러려면 평소 생활에서도 목소리 톤에 신경을 써야 하고, 특히나 이런 사람들은 말하는 속도도 남들보다 빠른 경향이 있기 때문에 천천히 말하는 습관을 들이는 게 도움이 된다. 사실 말하는 중에 높아지고 빨라진 자신의 말투를 스스로 알아채기는 쉽지 않다. 살아오면서 굳어진 습관이니 말이다. 그래서 전문가의 도움을 받든지, 아니면 가족이나 친구들에게 부탁해서 목소리 톤이 높아지거나 말이 빨라질 때마다 얘기를 해달라고 하는 것도 방법이다.

자신에게 맞는 편안한 목소리 톤을 찾는 방법으로 내가 사용하는 방법은, 하루 일과를 마치고 잠자리에 누웠을 때 최대한 편안한 자세로 천장을 바라보며 말을 해보는 것이다. 그렇게 하면 몸이 이완된 상태에서 나오는 편안한 목소리를 만날 수 있다. 등이 바닥이나 침대에 붙어서 울리는 그 목소리에 집중해 본다. 어떨 때는 내 소리지만 참 편안하고 좋게 들리기도 한다. 누워서 말할 때는 저절로 복식 호흡이 되기 때문에 그 또한 좋은 연습이 된다. 몸의 그 느낌을 기억했다가 평소에 대화를 하거나 낭독을 할 때 적용해 보는 것이다.

또 다른 사람은 평소 아이들에게 책 읽어주는 걸 좋아했다는데 오랫동안 책을 읽으면서 자신도 모르게 어떤 '조'(조)가 생겨버렸다. 하나의 리듬을 만들어서 모든 내용을 그 리듬에 넣어 읽고 있었다. 계속 반복되는 리듬으로 읽어 내려가면 듣는 이가 쉽게 피곤해지고 흥미를 잃게 된다. 이런 사람들은 우선 문장을 한 가지 음으로 읽는 연습이 필요하다.

문장을 덤덤하게 하나의 톤으로 읽으면서 기존의 리듬을 빼는 연습을 하는 것이다. 그런 뒤 내용에 따라 목소리의 톤도 잡고, 감정도 찾아내고, 또 무엇을 말하고 어디를 강조할지를 찾아가다 보면 내용에 맞는 새롭고 다채로운 리듬이 생겨난다. 그래야만 내용을 정확히 전달할 수 있고, 듣는 이들의 귀도 밀당을 하듯이 사로잡을 수 있게 된다.

또 다른 사람은 목소리가 좋아서 잘만 읽으면 참 가능성이 있겠구나 싶었는데, 성격이 급한 탓일까 오독이 너무 많았다. 문장을 읽는 속도가 너무 빨라서 입은 '가'를 말하고 있는데 눈은 이미 '나' '다' '라'를 보고 있으니 머릿속에서 충돌이 생기는 것 같았다. 낭독은 그야말로 '지금 여기'에 충실해야 가능한 일이다. 급한 마음을 버리고 지금 읽고 있는 문장에만 충실하는 게 좋다. 그래야 그 문장에 감성을 드러내고 마음도 담아낼 수 있다. 한 문장이 끝나고 쉴 때, 아무 소리도 나지 않는 그 침묵의 시간이 낭독자 본인에겐 꽤나 길게 느껴져 자기도 모르게 바로 다음 문장을 소리 내 읽곤 하는데 다른 사람의 낭독을 한번 들어보라. 문장과 문장 사이, 쉼의 시간이 충분할 때 듣는 사람도 여유 있는 호흡으로 글을 따라가게 됨을 알게 될 것이다.

이렇게 한 사람 한 사람의 낭독을 들으며 얘기를 나누다 보니 어느새 하나라도 더 주고 싶다는 생각에 빠져 있는 나를 발견하게 되었다. 그리고 한 사람 한 사람이, 그들 목소리 하나하나가 모두 아름답게 느껴졌다. 내 안에서 일어난 놀라운 변화였다. 타인들에게 이런 느낌을 받다니! 아직은 많이 서툴지만 그래도 열심히 책을 읽어 내려가며, 책 속 이야기와 진심으로 만나고 그걸 표현하려 애쓰는 그들의 모습에 점점 내 안의 벽이 허물어지고 있었다.

'내 담장 안으로 초대를 해볼까……?'

나는 어쩌면 이들과 함께할 수도 있지 않을까 하는 생각을 하고 있었다. 낭독과 더불어라면 말이다.

각자 가진 문제들이 천천히나마 보완되고 좋아지면서 자신들도 더 재미를 느껴서였을까, 모임은 항상 정한 시간을 넘기기 일쑤였고 날 잡아서 밤새 낭독을 했으면 좋겠다는 얘기까지 나오곤 했다. 목소리로 그려주는 그 세상을 상상하며 서로의 낭독을 맛있게 들었다. 제법 나아진 이들의 낭독을 나는 그저 감상 모드가 되어 듣기만 할 때도 많아졌다. '성우들이 아닌 일반인들의 낭독이 이렇게 재미있었던가? 이렇게 집중을 하게 만들다니!' 하며 말이다.

낭독을 통해 책을 가까이 하게 됨은 물론이고, 자신의 목소리를 찾고 일상에서도 남들에게 더 잘 전달되게 말할 수 있게 되었다느니, 평소에 그저 즐기기만 하던 오디오북도 나름대로 평가할 수 있는 귀가 열리기도 했다느니 하는 피드백을 들을 땐 얼마나 뿌듯했는지 모른다. 그들의 목소리를 짧게나마 직접 옮겨본다.

"이전에는 한 번도 《작은 아씨들》의 주인공 조가 어떤 목소리를 가졌을지, 어떤 말투로 이야기할지 생각해 본 적이 없었다. 어쩌면 등장인물들은 내 안에서 한 번도 살아있었던 적이 없었을지도 모르겠다. 그런데 낭독을 시작하면서는 언제나 책 속 등장인물의 목소리를 상상하게 됐고, 그러면서 등장인물의 감정도 더 크게 느꼈다. 낭독은 나의 독서경험을 크게 확장시켰고, 새로운 경험들을 선물해 주고 있다."(권서영)

"첫 모임 때, 심하게 긴장해서 쉬운 문장도 엄청 틀리게 읽고 감상을 나누는 순간조차도 염소 목소리로 말했었는데, 그런 내가 벌써 낭독 클럽을 만난 지 2년이 되어간다. 내가 편한 상태에서 나오는 소리가 타인에게도 더 듣기 좋다는 걸 확실히 깨닫게 된 시간이었다. 그리고 눈으로만 읽는 책 읽기와는 다르게 낭독은 책 내용에, 인물들에 더 깊이 빠져들게 하는 마법이란 것도 알게 되었다."(민재원)

"오디오북과 같은 단순 낭독에는 큰 흥미를 느끼지 못했던 내가 처음으로 낭독의 매력을 느끼게 된 건 북텔러리스트의 공연 〈만물 이야기〉에서였다. 가만히 서서 책을 읽어주는 것일 뿐인데, 그림이 그려지고 상상할 수 있어서 좋았다. 나는 대학 때 낭독 동아리에서 1년여 정도 함께 책을 읽었는데, 그때는 또박또박 읽기만 하면 된다고 생각했고, 돌아보면 그저 읽어 내려가는 데에 급급했던 것 같다. 낭독 클럽에서 함께 낭독하며 '듣기 좋은 낭독'이 무엇인지 조금이나마 알아가고 있는 것 같다. 내가 하이톤으로 말하는 습관이 있다는 것도 알게 되었고, 의식적으로 톤을 낮추기 위해 노력해서 지금은 어느 정도 편안한 목소리를 찾게 된 것 같아 자신감도 생겼다. 당연히 목도 덜 아프다. 주변 사람들로부터 이전보다 목소리가 안정되고 듣기 좋아졌다는 평을 들을 때도 있다. 이것만으로도 기분 좋은 변화인데, 낭독 클럽의 다른 멤버들에게 재밌게 잘 읽었다는 칭찬을 듣는 날이면 정말 뿌듯하다. 낭독을 직접 할 때도, 다른 사람의 낭독을 들을 때도 점점 재미를 느끼고 있는 나는 앞으로도 오랫동안 낭독과 함께할 생각이다."(오정희)

"책을 많이 읽으면 좋겠다는 단순하기 그지없는 생각으로 첫 모임에 참석했다. 그래서였을까, 첫 달 수업은 솔직히 '헬'이었다. 이해를 못해서 더 그랬다. 그래도 새로운 사람들과 만나고 책에 관해 의견을 나누는 건 긴장되지만 좋은 순간들이었기 때문에, 기왕 시작한 거 끝까지 가보자며 버텼다. 그러면서 책을 대하는 방법과 생각도 달라졌다. 여러 상황을 겪고 나니 벌써 2년이라는 시간이 지나갔다. 살면서 이렇게 성실했던 적이 있었던가? 지금도 낭독할 때는 긴장되고 후들후들 떨리지만 그래도 낭독하는 게 재밌다. 이런 재미를 다른 사람들도 맛보았으면 좋겠다."(엄지영)

낭독의 힘! 그리고 낭독이 주는 행복감으로 낭독 클럽은 지금도 계속되고 있다. 더욱 심도 있는 낭독을 위해서 소수의 인원으로 꾸린 심화반이 있는데, 이들을 성우 시험에 도전시켜 볼까 하고 생각해 봤다는 건, 안 비밀!

읽는다는 것, 말한다는 것, 이야기한다는 것

이용순

KBS 24기 성우. 세포 속까지 느림보. 천천히 깨닫고 이슬비처럼 스며드는 삶이 좋다. 표현의 중요성을 깨닫고 실천하다 보니 어느새 내향적이었던 성향이 외향형으로 바뀌었다. 낭독과 함께하는 요즘 행복하다. 소설 극장 〈리진〉 〈난설헌〉 등의 내레이션을 했고, 〈그레이 아나토미〉 〈구름빵〉을 더빙했다. 오디오북 《네가 어떤 삶을 살든 나는 너를 응원할 것이다》 《몽실 언니》 등을 낭독했다.

예고 없이 찾아온 병

나는 성우다. 늘 어떻게 하면 표현을 잘할 수 있을지, 말을 잘할 수 있을지 고민하며 살아왔다. 그러나 정작 경청하는 사람이 되고 나서야 어떻게 말하고 읽어야 하는지 알 수 있게 되었다.

봄을 많이 타는 내게 4월은 항상 잔인한 달이었다. 하지만 결혼을 하고 나서, 정확히는 아이를 낳은 후로는 1년 중 5월이 가장 힘든 달이 되어버렸다. 5월에는 첫째아이 생일이 있다. 어린이날도 있고, 어버이날도 있다. 어버이날에는 창원에 있는 시댁과 일산의 친정을 번갈아 오가며 어른들을 챙겨야 했다. 그러다 보니 5월은 초반부터 녹초가 되기 일쑤였다. 특히 내 저질 체력이 문제였는데, 차로 하는 장거리 여행이 가장 큰 무리를 줬다.

4년 전 5월도 마찬가지였다. 하지만 늘 그랬듯, 어버이날 이후 일주일 정도 푹 쉬거나 심해봐야 며칠 앓고 나면 그만이라는 생각에 피곤한 상태에서도 친정과 시댁 식구들을 만날 약속을 잡았다. 다른 점이라면 대학원 진학 후 점점 줄어든 성우 일이 그즈음 갑자기 늘어나서 어버이날 이후에도 바로 쉴 수가 없었다는 것뿐. 그래도 일이 겹쳐 들어온 상황은 오랜만이라 감사하는 마음으로 모두 수락했다.

시댁에서 하루를 묵고 올라오니 저녁이 다 되어 있었다. 맥주 한 잔을 곁들인 외식으로 간단히 끼니를 해결하고 차에 오를 때였다. 웬 거미줄 같은 게 눈앞을 가려 무심결에 손으로 걷어냈다. 하지만 걷히질 않았다. 다시 한 번 손으로 이마 위를 휘저었던 것 같다. 특이한 점은 그게 황금색이었다는 것. 하지만 곧 사라졌기 때문에 더 이상 염두에 두지 않았다.

다음날, 자고 일어났더니 눈앞에 날파리 같은 것이 서너 개 떠다니기 시작했다. 15년 전 라식 수술을 받은 후로는 시력이 1.0에 가까워 항상 시야가 맑고 선명했는데, 자꾸 먼지 같은 것이 눈앞을 가리니 불편했다. 안과를 갈 시간도 빠듯해 우선 인터넷에서 증상을 검색해 보았다. 증상을 치니 곧바로 낯선 용어가 떴다.

비문증.

요즘은 다행히도 "흔치는 않지만 망막 질환이나 출혈로 인한 경우도 있으니 안과 전문의의 정밀 검진이 필요하다"는 내용이 인터넷에 검색되지만, 당시에는 "노안이 오기 전 전조 증상이거나 몸이 안 좋을 때 나타나는 일시적 현상으로 딱히 치료제는 없다"는 내용만 검색되었다. 질환이라기보다는 증상에 가깝고, 딱히 치료도 안 된다고 하니, 당장 병원에 가는 일이 급하지는 않을 것 같았다.

예정된 스케줄을 소화하며 바쁜 한 주를 보냈다. 성우들이 하는 일로는 라디오 드라마 연기, 더빙, 내레이션, 광고 등이 있는데 나는 주로 내레이션과 더빙 연기를 많이 했다. 라디오 드라마와 내레이션은 대본만 보고 분석하면 되지만(그렇다고 대본만 한 번 읽고 대충 할 수 있는 쉬운 일이라는 뜻은 절대 아니다), 더빙은 원작 배우나 캐릭터가 연기한 영상에 입 길이도 맞춰야 하는 일이라 사전 시사가 반드시 필요하다. 그 주에는 더빙만 세 건이 있었는데 공교롭게도 모두 주인공 역이었고, 거의 한 페이지도 빠지지 않고 등장할 정도로 대사가 많아 시사하는 데 꽤 많은 시간이 걸렸다. 게다가 입 길이가 잘 맞지 않는 영화도 있어 더 힘들었다. 예컨대 대사는 많은데 입 길이가 짧거나, 반대로 대사는 적은데 입 길이가 길어 애드립이 필요한 경우이다. 눈이 상당히 피곤했다. 하지만 시사를 대충 하면 NG가 많이 나서 동료들에게도 민폐가 되고 연기의 흐름도 끊기기 때문에 평소보다 시사를 더 철저히 할 수밖에 없었다. 그래서인지 며칠 사이 눈앞의 부유물이 한두 개 더 늘어나 있었다.

그렇게 일주일 일정을 마무리하고 금요일 저녁이 되었다. 갑자기 오른쪽 눈 아랫부분이 까맣게 보이기 시작했다. 조반월(손톱 반달) 같은 모양에 크기도 그것과 비슷했다. '각막에 이상이 생겼나? 아니면 염증이 생긴 걸까? 내일은 동네 안과라도 꼭 들러봐야겠다'고 생각했다.

다음날 아침이 되자 긴장이 풀려서인지 몸이 천근만근이었다. 몸이 너무 무겁고 졸려서 병원 가는 걸 미루고도 싶었지만 눈 밑의 까맣게 보이는 부분이 마음에 걸렸다. 주말 동안 더 나빠지면 어쩌나 하는 걱정에 겨우 몸을 일으킨 게 12시가 다 되어서였다. 병원 접수처에서 비문증 증세를 말하니 동공을 확대하는 약인 산동제를 넣고 한 시간 정도 대기한 뒤 검사부터 하고 진료를 봐야 한다 길래 월요일에 다시 오겠다며 돌아섰다. 차라리 그 시간에 자는 게 더 낫겠다 싶었다. 그런데 막상 병원 문을 나서려니 까맣게 보이는 증상이 또 영 꺼림칙했다. 그래서 비문증 외에 다른 걸 상담받고 싶다고 다시 진료를 신청했다.

문진을 하고 내 눈을 확대경으로 들여다본 의사는 난처한 표정을 짓더니 다짜고짜 보호자는 데려오지 않았느냐고 물었다. 나는 "성인이 안과에 오면서 보호자도 데려와야 하는 거예요?"라고 반문했고, 의사는 "아, 이걸 본인에게 직접 어떻게 말해야 할지……"라며 말끝을 흐렸다. 결국 그날 나는 산동제를 넣고, 월요일로 미루려 했던 안구광학 단층 촬영(눈 CT)을 했다. 진단 결과는 망막박리였다.

'망막? 과학 시간에 한 번쯤 들어는 본 것 같은데 그게 어디쯤 있는 거였더라?' 눈 안쪽이라는 것만 어렴풋이 생각났다. 병명도 생소한데 의사는 당장 응급 수술을 해야 한다고, 빨리 수술하지 않으면 시력을 완전히 잃을 수도 있다고 했다.

문제는 토요일이라 일산에는 수술하는 곳이 없을 테니 서울의 안과 전문 병원으로 당장 가야 한다는 거였다. 청천벽력 같았다. 하지만 응급을 요한다는 말에 정신이 번쩍 들었다. 서둘렀다. 의사가 추천한 K안과병원은 인터넷에는

'24시간 진료'라고 소개되어 있었지만, 막상 전화로 확인해 보니 전문의 진료는 오후 3시까지만 가능하다고 했다. 일산 IC를 돌아 나오자 자유로는 꽉 막혀 있었고, 내비게이션이 알려주는 도착 예정 시간도 3시에 가까웠다. 속이 바짝바짝 타들어 갔지만 천만다행히도 진료 마감 10분 전에 병원에 도착할 수 있었다.

K안과병원 망막센터에 도착해 의뢰서를 내밀자 모든 것이 일사불란하게 이루어졌다. 거기서도 진단 결과는 마찬가지였다. 마치 애도하는 듯한 표정의 담당 의사를 보자 내 상태가 얼마나 심각한지 직감할 수 있었다. 의사는 망막이 떨어져 물먹은 벽지처럼 축축 처지기 때문에 점점 보이지 않게 될 거라고 했다. 오진일지도 모른다는 실낱같은 희망은 한순간에 사라졌다. 그는 "주말에는 수술을 하지 않으며, 다음 주까지 수술 일정이 꽉 차 있다"고 했다. 하지만 "워낙 응급 상황이니 월요일 일과가 끝난 후 따로 시간을 내서 수술을 해주겠다"고 했다. '당장 응급을 요한다는 수술을 이틀씩이나 기다려야 한다니……' 막막하고 불안했지만 일정 외의 시간을 내서 수술을 해준다는 것만으로도 고마웠다. 그러더니 의사는 "오늘 하루만이라도 실컷 똑바로 누워 자두라"는 당부를 했다. 그때까지도 나는 수술 후 어

떤 고통이 기다리고 있을지 상상도 못했다.

다음날인 일요일, 입원 수속을 마치고 혼자 병실에 누워서야 내가 처한 상황이 현실로 다가왔다. '실명할 수도 있다니……' 두려웠다. '나는 앞으로 어떻게 되는 건가?' 시간이 갈수록 오른쪽 눈 아래쪽의 검은 부위가 점점 더 커졌고 수술 당일에는 거의 절반 이상이 까맣게 보였다. '앞을 볼 수 없다면 어떻게 살아가야 하나?' 암담하기만 했다. 세상이 다 끝나버리는 것만 같았다.

담당 의사는 수술 과정 중 주사침처럼 생긴 절제기를 안구에 깊이 찔러 넣어야 하는데 그 자체를 두려워하고 고통스러워하는 환자가 많다며 전신 마취를 권했다. 망막은 아직까지 현대 의학 기술로는 직접 손을 대는 것이 불가능하다고 했다. 그래서 떨어진 망막을 직접 붙일 수는 없고, 유리체를 절개해 빼낸 다음 그 공간을 가스로 채워 가스가 위로 뜨는 힘을 이용해 망막이 저절로 붙을 수 있게 해야 한다고 설명해 주었다. 치료 기간을 보통 3주 가량 예상한다면서, 망막은 눈의 맨 안쪽에 세로로 위치해 있으므로 "망막이 잘 붙게 하려면 머리를 들면 안 된다"고 했다. 그러니 가장 좋은 자세는 엎드려 누워 있는 것이라고 했다. 나는 그렇게 3주 정도를 엎드려 있어야 했다. 입원하기 전날 "실컷 똑바로 누워서 자두라"고 한 담당 의사의 말이 무슨 얘기인지 그제야 실감할 수 있었다.

나는 수술한 다음날 퇴원했다. 엎드린 채 누워 있으려면 얼굴을 묻을 일명 망막 베개가 필요했다. 얼굴을 묻고 숨 쉴 수 있도록 가운데에 구멍을 뚫어놓은 이 베개는 눈, 코, 입을 제외한 나머지 얼굴을 받쳐야 하니 딱딱하기도 했고, 높이도 15센티미터 정도 되었다. 수술한 눈을 안대로 감싸고 그 위로 투명 플라스틱 보호대를 쓴 상태에서 딱딱한 망막 베개에 얼굴을 파묻고 있으면 세상은 그야말로 암흑이었다. 사람은 시야가 확보된 만큼의 공간을 자신의 공간으로 인식한다는 것을 그때 처음 깨달았다.

망막 베개에 얼굴을 묻으면 바닥까지 15센티미터 남짓, 좌우로는 20~30센티미터의 여유가 전부였다. 그 속은 빛이 완전히 차단되어 깜깜했다. 나는 마치 그 공간 크기만 한 관 속에 갇힌 기분이었다. 두려웠다. 어떤 날은 숨 쉬는 것도 힘들게 느껴졌다. 허리가 아파 앉거나 밥을 먹을 때는 고개를 90도로 숙이고 있어야 하니 목이 부러질 것처럼 아팠다. 베개에 얼굴 신경이 눌려 생기는 통증 때문에 밤이면 20~30분 간격으로 잠에서 깼다. 생지옥이 따로 없었다. 어서 3주가 지나가기만 바랐다.

듣는다는 것

무엇이든 잃고 나면 그 소중함을 깨닫게 된다. 눈이 아프기 전까지는 무언가를 본다는 게 너무나 당연했기에 볼 수 없을 때 어떤 불편함을 겪게 되는지 생각하지 못했다. 한쪽 눈만 수술했을 뿐인데 잠깐 일어나 물 한 잔 마시러 가는 것도 쉽지 않았다. 물론 고개를 들 수 없어 더 어려웠겠지만 벽에 부딪치기도 하고, 거리나 방향을 가늠하는 것도 자연스럽지가 않았다. 당연히 움직임에 제약이 많았다. 종일 엎드려 누워 있으려니 할 수 있는 것이 없었다. 유일하게 할 수 있는 건 듣는 것뿐이었다.

처음에는 음악도 듣고, 좋아하는 라디오 프로그램도 들었다. 그런데 몸이 편치 않아서 그런지 전혀 즐겁지도 않고 DJ의 말도 귀에 들어오지 않았다. 모든 게 그저 소음 같았다. 그들과는 전혀 다른 세상에 나 혼자 동떨어진 기분만 더 들었다. 그러나 밤에는 수시로 잠을 깼으므로 홀로 깨어 있는 그 긴 시간을 함께해 줄 무언가가 절실히 필요했다.

문득 오디오북 생각이 났다. '맞아, 오디오북이 있었지!'

성우로 일할 때나 북텔러리스트 활동을 하면서 가끔 모니터링을 위해 듣기는 했지만, 순수하게 '독자'로서 오디오북을 찾아 들은 건 그때가 처음이었던 것 같다. 북텔러리스트들의 낭독물, MBC 윤소라 성우를 비롯한 동료 성우들의 오디오북을 닥치는 대로 들었다. 어둠 속에서 들어서인지 내 신경은 온통 오디오북에만 쏠렸다.

그런데 참 이상했다. 이야기를 가만 듣다 보니 망막 베개 속 그 조그만 암흑의 공간이 마치 암전 상태의 연극 무대처럼 느껴졌으니 말이다. 두렵고 답답하기만 하던 그 어둠이 오히려 곧 시작될 공연을 기다리는 설렘과 기대의 순간을 제공했다. 나는 이내 일본의 어느 바닷가 비바람이 휘몰아치는 곳에서 누군가에게 쫓기는 주인공을 보게 되었고, 동유럽 외로운 고택의 흔들의자에 앉아 있는 할머니의 쓸쓸함을 동정하고 있었다. 그런 밤이면 한동안은 얼굴의 통증도 잊을 수 있었고, 듣다가 깊은 잠에 빠지기도 했다.

늘 말을 전하는 쪽이었기에 상대적으로 들을 일이 적었다. 어떻게 하면 낭독을 잘할 수 있을까 하고 표현하는 방식에만 관심을 쏟았지 듣는 것에 집중해 보지는 못했던 것이다. 그런데 망막 수술 후 회복 기간 동안 오디오북을 귀 기울여 들으면서 듣는 즐거움과 행복감에 젖을 수 있었고, '듣는 독서'가 이런 점이 좋구나 고스란히 느낄 수 있었다. 오디오북 낭독자는 아무것도 볼 수 없는 나 대신 책을 읽어주며 외로운 나를 위로하고 아픔을 잊게 해주었다. 이 책을 내가 눈으로 읽었다면 누군가 내 곁에서 직접 이야기를 들려주는 것 같은 따뜻한 느낌과 위안까지 얻지는 못했을 것이다. 실제 목소리가 전해주는 생동감은 듣는 이의 상상력을 배가시켜 마치 이야기가 눈앞에서 펼쳐지듯 생생하게 다가왔고, 나는 움직이기 힘든 몸의 제약도 잠시 잊고 시공간의 한계마저 맘껏 넘나들 수 있었다.

그때까지 낭독을 성우가 하는 '일'의 하나로만 여겼던 나는, 그동안 내가 그런 가치 있는 일을 해왔다는 사실에 새삼 뿌듯하고 감사한 마음마저 들었다. 그리고 어떻게 하면 잘 읽을 수 있을지 함께 고민하며 지냈던 북텔러리스트들과의 시간이 그리워졌다.

'내가 다시 낭독하는 게 가능할까?'

만약 시력을 회복할 수만 있다면, 다시 책을 '읽을 수만' 있다면, 내게 그런 기회가 다시 주어진다면, 나는 볼 수 없거나 절망에 빠진 누군가를 위한 낭독을 꼭 해야겠다고 결심했다. 아이러니하게도 오디오북 독자가 되고 나서야 나는 낭독의 가치와 재미를 깨달을 수 있었다.

읽는다는 것, 말한다는 것, 이야기한다는 것

성우가 된 지 어느덧 30여 년이 지났다. 친구를 따라 응시한 고등학교 방송반 시험에 합격하면서 방송과 첫 인연을 맺었다. 대학 방송국 아나운서, KBS 리포터를 거쳐 대학 졸업 후 MBC CM 성우가 되었다. 순탄했고, 무엇엔가 이끌리듯 그 자리까지 가게 되었다. 그러다 CM 성우 선배들의 영향으로 '그래도 성우라면 연기를 해야 하지 않나?' 하는 생각이 들었고, 얼마 지나지 않아 KBS 성우 시험에 도전해 운 좋게도 합격했다. 방송 경험을 살려서 한 내레이션에서 점수를 후하게 받은 모양이었다.

하지만 연기 경험이라곤 기껏해야 초등학교 학예회 때 해본 것 정도였고, 라디오 드라마도 대학 방송제 때 한 편 해본 게 전부였던 나는 합격 후 선배들과 연기 전공 동기들이 하는 것을 어깨너머 배우면서, 눈치껏 혹은 단순한 감각에 의존해 그때그때 최선을 다하는 수밖에 없었다. 그래서 연기에 대해서는 늘 자신이 없었고, 이제라도 연기를 제대로 배우고 싶었다. 다시 대학에 진학해 연기를 전공해야 하나 고민도 하고 극단도 기웃거리다가 결국 대학원 진학을 선택했다.

그렇게 해서 들어간 D 대학원, 안민수 교수님의 마스터 클래스 시간 때의 일이다. 유치진의 〈소〉라는 희곡을 '장면scene'을 나눠서 조별로 발표를 할 때였다. 대부분 학부 때부터 연기를 전공한 학생들이었는데, 그들은 움직임은 좋았지만 아직 연극'조'도 남아 있고 화술에서는 부족함이 많아 보였다. 그래서인지 교수님도 그들에게 "말을 해"라며 조언을 하셨다.

내 차례가 되었다. 다행히 나와 같은 조를 이룬 학생은 아역 배우 출신인데다 당시에도 TV 드라마에 출연 중인 연기자였다. 그리고 나도 성우였으니 우리는 적어도 화술에서는 그 반의 본보기가 될 거라 기대했다. 발표 후 학생들도 "역시 성우라 다르다" "목소리가 너무 좋다"며 부러워했다. 하지만 교수님의 반응은 전혀 달랐다. 우리에게 돌아온 피드백 역시 "말을 해!"였다. 그러면서 교수님은 "가끔 TV를 보면 말을 제대로 못하는 연기자들이 허다하다"고 개탄하셨다. 연기는 몰라도 화술에는 자신이 있던 나에게는 가히 충격적인 말이었다. 나는 성우다. 성우인 내가 말을 하고 있지 않다니! 이게 무슨 말인가?

그때부터 '말을 한다는 것이 무엇일까?'라는 중대한 고민이 시작되었다. 교수님은 묻는 말의 어조부터 지적하셨다.

예를 들어 "무슨 일이야?"라고 물을 때 우리 말은 종결 어미가 올라간다는 것이다. 그러고 보니 성우들이 더빙물에서 묻는 말의 종결 어미를 떨어뜨리는 경우를 종종 본 것 같고 나도 그랬던 것 같았다. 심지어 그게 멋있게 들린 적도 있었다. 더빙이란 애니메이션이나 외화에서 외국말에 우리 말을 덧입혀 현지화하는 작업을 말한다. 따라서 화면과 대본을 동시에 보면서 입 모양과 동작, 상황에 맞게 연기를 하는데, 그와 동시에 이어폰을 통해 영어 등의 원음을 들으면서 녹음을 한다. 원음을 들어보면 "What happening?" 하고 종결 어미가 떨어진다. 그 소리를 들으면서 녹음을 하다 보니 원음의 영향을 받기가 쉬운 것이다. 이런 현상은 특히 의문문에서 두드러지게 나타난다.

그 후로 나는 일상 생활 속의 우리말과 드라마나 영화 속에서 연기자가 하는 말들을 더욱 유심히 듣게 되었다. 특히 성우들이 쓰는 말을 자세히 관찰했다. 그러다 보니 자연스럽게 논문도 성우들의 화술에 대해 다루게 되었다. 연기에 있어서 '말하기'에는 어느 정도 귀가 트여가고 있었다. 그즈음 때마침 낭독을 공부하는 성우들의 모임이 있다는 소식을 듣게 되었다. 내가 성우로서 제대로 '말'을 하고 있는지 자성하는 한편 낭독에 대해서도 의문을 품고 있던 시기였으니, 혼자 답을 찾지 못해 고전하던 나로서는 함께 공부하고 깨칠 절호의 기회가 찾아온 셈이었다.

그렇게 북텔러리스트에 합류하게 되었다. 북텔러리스트의 가장 큰 매력은 연출자가 있다는 점이었다. 그것도 무대 연출만이 아니라 오디오북 제작까지 해온 연출자였다. 성우들에게는 독특한 화술이 있다. 아무래도 소리만으로 모든 걸 표현하려다 보니 아주 정확한 발음과 조금은 과장될 수 있는 호흡을 쓰는 것이다. 그런데 정작 우리 자신은 그것을 잘 모른다. 우리의 화술이 자연스러움과는 살짝 거리가 있다는 사실을 말이다. 그런데 성우가 아닌 연출자라면 객관적으로 우리를 평가할 수 있을 터였다. 게다가 다년간 오디오북에 애정을 가지고 연출과 제작을 했다 하니 우리가 자신의 화술을 알아차리고 고칠 수 있는 더없이 좋은 기회가 될 것 같았다.

기대대로 이진숙 연출과 북텔러리스트들은 낭독에서 자연스러운 말하기를 추구했다. 내가 추구하던 이상과도 맞아떨어졌다. 기쁘기 그지없었다. 하지만 기쁨도 잠시, 오래된 말 습관을 고치기란 여간 어려운 게 아니었다. 성우가 된 지 얼마 안 된 후배들은 오히려 '자연스러운 말하기'가 되는데, 나는 무언가 틀에 박히고 정제된 듯한 말투가 쉽게 고쳐지지 않았다. 지금에 와서 생각해 보면 말에 대한 고민은 많았으나 '자연스러운 말하기'가 무엇인지 그때까지도 완전히 이해하지 못했던 것이다.

책은 작가가 독자에게 하고 싶은 '말'을 글로 쓴 것이다. 말을 문자화한 것이 글이라면 이것을 소리로 표현할 때는 다시 원상태인 말로 회복하는 것이 당연할 것이다. 또한 말이란 대상이 있고 의도가 있게 마련이다. 그런데 명확한 상대도 없이 왜 이 말을 하는지 이유도 모른 채 한다면 자연스러운 말하기를 기대하기는 어려울 것이다.

낭독을 '읽기'가 아닌 '말하기'로, 나아가 '이야기하기'로 하면 더 좋겠다는 확신을 갖게 된 것은 아마 눈 수술을 한 다음 어둠 속에서 오디오북을 경청하게 되면서부터였던 것 같다. 낭독자가 마치 자신이 실제 겪은 일이나 스스로 생각하는 것을 이야기하듯 들려줄 때 책의 내용이 훨씬 더 생생하게 전달되었기 때문이다. '말하기'는 듣는 사람으로 하여금 작가와 교감할 수 있도록 해주고, '이야기하기'는 그들을 책 속 세상으로 함께 데리고 들어가는 가교 역할을 하는 것 같다.

일정이 계속 겹치면서 북텔러리스트 모임을 잠시 쉰다는 게 어느새 6년여의 긴 시간이 지나버렸다. 그 사이 눈 수술을 하고 '듣는다는 것'에 대해 새롭게 깨달으면서 낭독에 대한 갈증은 더 커졌지만, 너무 오래 쉬다 보니 다시 시작하기엔 용기가 필요했다. 2020년 나는 마침내 다시 모임에 나갔다. 하지만 코로나 상황이 닥치면서 모임은 곧 온라인으로 대체됐는데, 나에게는 그것이 오히려 또 다른 전환점이 되었다.

멤버들이 돌아가면서 낭독을 할 때면 나는 눈의 휴식을 위해 화면을 끄고 마치 라디오를 듣듯 소리에만 집중했다. 그랬더니 눈 수술 후 망막 베개 밑의 어둠 속에서 본 그 연극 무대가 다시 나타났다. 아니 환상이 펼쳐졌다. 그것도 실시간으로. 거기다 혼자가 아니라 북텔러리스트들과 함께 낭독을 들을 때면 마치 다 같이 둥글게 손을 맞잡고 시공간을 초월한 여행을 하고 있는 듯한 기분이 들었다. 내가 낭독을 할 때에는 상황에 몰입한 나머지 '내'가 사라지는 황홀경을 맛보기도 했다.

이런 경험을 하고 나니 자꾸 더 낭독을 하고 싶어지고, 성우가 아닌 주변 사람들에게도 책을 소리 내 읽어보라고 마구 권하고 싶어졌다. 뭔가 특별한 경험인데 좋은, 뭐라 말로 설명할 방법은 없지만 계속 끌리는 이 기분 좋은 느낌, 그 묘한 매력을 다른 사람들에게도 알려주고 싶은 마음이 샘솟듯 일어났다.

이런 내 마음이 세상에 전달되기라도 한 걸까, 코로나의 영향 때문인지 일도 많이 줄어든 상태에서 낭독 수업 제안이 들어왔다. 감사한 일이 아닐 수 없었다. 그리고 1년여의 시간이 지났다. 낭독 수업을 하면서 참 많은 수강생들을 만났다. 그들이 매일같이 보내오는 낭독 파일을 듣느라 밤을 새우는 날도 종종 있었다. 몸은 피곤했지만 즐거웠다. 세상 어디에서도 들을 수 없는 오디오북이었다. 그들이 읽은 책은 다양했고 다음 내용이 궁금한데, 나는 내 눈으로 읽기보다는 그들의 낭독을 통해 듣고 싶은 욕구가 더 컸다.

그들의 낭독이 성우들만큼 매끄럽지는 않지만 그들의 목소리에는 그들이, 그들의 삶이 고스란히 녹아 있었다. 그래서 같은 책을 읽더라도 열이면 열 모두 전달되는 느낌이 달랐다. 낭독하는 그들의 말에는 그들만의 감성과 인생이 투영되어 있었다. 그래서인지 어떤 책은 마치 낭독자가 그 책 속의 인물로 느껴지며 그 상황이 생생히 전해져 왔다. 물론 같은 낭독자라도 책의 내용에 충분히 젖지 않은 경우에는 그가 읽는 내용이 전혀 상상이 가지 않거나 공감되지 않는 경우도 있었다. 그럼에도 그런 날것의 감정들이 나는 너무나 좋았다.

그들이 낭독을 배우기 시작한 이유는 제각각이었다. 좋은 목소리를 갖고 싶어서, 책을 좋아해서, 자녀에게 동화책을 잘 읽어주고 싶어서, 장애인이나 어르신을 위한 책 읽기 자원 봉사를 하기 위해서 등등. 나는 낭독 수업을 처음 시작할 때 바른 발성법을 알려주고, 발음을 교정해 주고, 바르게 읽는 법을 알려준다. 물론 낭독에서 이 모든 것은 기본이다.

하지만 더 중요한 점은 내가 아닌 다른 사람에게 '읽어주는 것'만이 낭독의 목적이 되어서는 안 된다는 점이다. 낭독은 나와 '더불어' 듣고 있는 다른 사람이 '함께' 읽는 독서여야 한다. 낭독을 하면서 읽는 데 급급한 나머지 낭독자가 낭독 후에 무슨 내용을 읽었는지 기억하지 못한다면 그건 반쪽짜리 낭독을 한 것이나 마찬가지다. 낭독자가 책 속 상황을 그려보고 그것을 오감으로 느끼면서 표현한다면 책의 내용을 잘 파악할 수 있을 뿐더러 작가나 책의 등장인물과도 더 잘 공감할 수 있다.

내가 낭독 수업에서 맨 처음 맡았던 반은 전국시낭송협회 회원들로 이루어져 있었다. 50대부터 70대까지 오랜 기간 시 낭송가로 활동해 온 분들이었는데, 기초반 2회차 수업을 마친 지 며칠 지나지 않아 남편 상을 당한 분이 있었다. 그녀는 남편의 갑작스런 죽음에 대한 충격으로 일상으로 쉽게 돌아오지 못하고 있었다. 나는 그녀를 어떻게든 위로해 주고 싶었지만, 그렇다고 수업 참여를 권유하기가 조심스러웠다. 심심한 애도와 함께, 외롭고 힘들 때 다른 분들의 낭독을 들으며 위안을 찾아보시라는 말밖에는 전할 수 없었다.

그러고 5주쯤 지났을까? 다른 수강생 한 분이 올려놓은 낭독 파일에 그녀의 댓글이 달렸다. 그 낭독이 마음에 와 닿아 본인도 낭독을 다시 해야겠다는 생각이 들었다고 했다. 그 책은 낭독으로 치유를 경험한 내용이었는데, 이미 알고 있는 내용이었음에도 다시 누군가의 목소리를 통해 들으면서 더욱 공감을 한 것이 아닌가 싶었다. 바랐던 대로, 그녀는 낭독을 하면서 점점 활기를 되찾았다. 이후로도 나는 혼자 낭독을 하면서 스스로 상처를 치유하게 되었다는 사람들을 자주 보게 되었다.

도대체 낭독의 어떤 점이 우리를 이렇게 치유로 이끌기까지 하는 걸까?

책의 내용이 주는 울림도 분명 있겠지만 내 경험에 비추어보건대 소리를 내어 말로 표현해 보는 그 과정 자체가 주는 힘이 있는 것 같다. 물론 우리는 일상에서 늘 말을 하며 살아간다. 하지만 자신의 감정을 충분히 알아차리지 못하는 현대인들이 허다하고, 알고 있더라도 적절한 언어를 찾지 못해 표현하지 못하거나 여러 이유로 감추고 사는 경우도 많다.

그런데 좋은 글을 마음에 담고 입으로 표현하다 보면 그 속에 담긴 감정까지도 느끼고 쏟아내게 되는 것이다. 또한 책 속 화자의 입을 빌려 내 안에 있던 우울감이나 긴장을 해소하기도 하고, 기쁨과 감사의 마음을 구체적인 소리로 표현하게도 된다. 이렇게 내 몸을 울리며 소리가 발현되는 과정 자체에서 우리는 쾌감을 느끼기도 하고, 예전에 미처 알아차리지 못한 자신의 생각이나 감정이 정리되기도 한다. 거기에 더해 오감을 통한 감각적 체험마저 더해진다면 낭독하는 나 자신에게뿐 아니라 듣는 사람에게도 교감을 일으켜 그 치유의 폭은 더욱 커질 것이다.

낭독을 하면서 나를 잠시 잊고 책 속 상황에 빠져들었던 신기한 경험, 눈 수술 후 오디오북을 들으며 받았던 위로,

그리고 낭독 수업을 하면서 깨닫게 된 낭독의 힘, 나는 그것들을 아직 그 맛을 경험해 보지 못한 사람들에게 널리널리 전하고 싶다.

빨강 머리 앤과
해리 포터를 만나는
가장 생생한 방법

조경아

KBS 37기 성우. 2021년 KBS 라디오 연기대상 최우수상, 2022년 제49회 한국방송대상 성우상 수상. 10여 년간 애니메이션을 제작하며 머릿속 상상을 그림으로 표현하다가, 지금은 목소리로 표현하는 일을 하고 있다. 〈시사기획 창〉 등 다수의 다큐 내레이션을 했고, 〈스타크래프트 2〉 〈주먹왕 랄프 2〉 등을 더빙했다. '포터모어' 지정 《해리 포터》 시리즈 한국어판 오디오북 단독 낭독자이다. 그 외 《빨강 머리 앤》 《안나 까레니나》 《오베라는 남자》 《가재가 노래하는 곳》 등을 낭독했다. 세상을 여행하는 멋진 할머니가 되는 것이 꿈이다.

나를 찾아서

어릴 적 나는 무엇이든 무난하게 해내는 아이였다. 공부도 적당히 상위권, 만화를 좋아해서 그림도 적당히, 음악 시간에 반주를 할 수 있을 정도로 피아노 연주도 적당히. 새로운 것을 습득하는 것도 느린 편이 아니었다. 그냥 어른들이 하라는 대로 하며 살았던 듯하다. 딱히 하고 싶은 것도 없이 그냥 그렇게 무탈하게.

스스로에 대한 고민과 성찰 없이 보내버린 대가를 나는 대학에 온 직후부터 혹독하게 치르기 시작했다. 지방에서 20여 년을 살다가 서울에 올라와 맞닥뜨린 문화적 충격은

실로 어마어마했다. 세상에 이렇게 다양한 사람들이, 이렇게 다양한 일을, 이렇게나 열심히 하면서 살고 있다니. 설상가상으로 적당히 성적에 맞춰 들어간 학과는 적성에 맞지도 않았다. 난 무엇을 하며 살고 싶은 거지?

그러던 중 학과에서 1인 1악기를 권유하여 비올라를 배우게 됐다. 잘 모르는 악기니까 한번 도전해 볼까 하는 막연한 마음으로 시작했다. 그러나 웬걸, 전공 수업은 들어가지 않아도 비올라 연습은 게을리 하지 않았다. 비올라 특유의 애잔한 선율만 들어도 가슴이 벅차오르고, 내 호흡에 맞춰 악기가 진동할 때마다 온몸에 전율이 흘렀다. '이거 너무 재밌잖아.' 허무와 불만으로 점철된 대학 생활에서 처음으로 느껴보는 감정이었다. 그러면서 깨닫게 된 것. 나는 무언가를 표현할 때 재미를 느끼는구나.

그제야 난생처음 나 자신에 대해 고민하기 시작했다. '나는 표현하는 일을 하며 살고 싶어. 그런 일이라면 예체능 계열의 일일 텐데 이제 와 음악을 배워 업으로 삼기엔 너무 늦었지? 타고난 몸치니 운동 계열은 패스~ 미술 쪽은? 그림은 만학도도 많잖아. 그렇지만 그림을 배운 적이 없으니 당장 순수 미술 쪽은 힘들겠고, 그럼 상업 미술 쪽은 어떨까? 뭐든 곧잘 배우는 편이니까 실전에 투입돼 배우면서 바로 일할 수 있는 그런 계열의 일이라면 도전해 볼 수 있지 않을까? 나, 만화 좋아하잖아? 앞으로의 시대를 생각하면 컴퓨터로 할 수 있는 만화 관련 일을 하면 재밌지 않을까?…… 애니메이션?' 지금은 말도 안 되는 생각이란 걸 알지만 그 당시 내 생각은 그렇게 단순했다. 일단 나는 무엇이라도 시작해 봐야 했다.

학원을 다니며 애니메이션 제작법을 배우기 시작했다. 학원 선생님은 대학 졸업 후 늦게 그림을 시작한 내가 안쓰러웠는지 수강 몇 개월 만에 바로 실전에서 일할 수 있게 자리를 주선해 주셨다. 그렇게 자연스럽게 현장에서 일하게 되었으니 지금 생각해도 무척 운이 좋았던 것 같다. 그러나 배우면서 충분히 일할 수 있을 거란 나의 순진한 생각은 곧 처참하게 무너졌다.

나를 제외한 동료들은 모두 어릴 때부터 그림을 그리며 탄탄하게 실력을 쌓아온 사람들이었다. 결국 동료들이 스승이 되고, 직장은 배움터가 되고, 집은 연습실이 되었다. 열등감에 몸서리치는 나날이었다. 그런데도 나는 그 괴로움을 감내할 만큼 애니메이션이 참 좋았다.

그렇게 애니메이션 제작자로 10여 년을 살았다. 애니메이션 기획부터 영상 제작을 아우르는 전반적인 작업에 두루 참여하며 많은 작품을 제작했다. 그중 가장 긴 시간 함께한 프로그램이 KBS 1TV에서 방영한 〈TV 동화 행복한 세상〉이다. 5분 남짓한 짧은 시간 동안 시청자 사연이나 유명인의 일화를 감동적이고 따뜻하게 그려낸 동화 같은 애니메이션이었는데, 11년의 방영 기간 중 7년을 참여했다. 희한하게도 내가 KBS 성우 공채에 합격한 직후 프로그램이 종영되었는데, 애정이 많았던 만큼 종영 소식에 가슴이 아팠다. 성우의 꿈을 갖게 해준 프로그램이기에 더욱 그랬다.

나에게 낭독은 이렇게 시작되었다

10여 년을 애니메이션 제작자로 살다가 어느 날 갑자기 성우가 되겠다고 결심한 것은 아니다. 성우는 나와는 거리가 먼, 다른 누군가의 직업으로만 인식되던 그때에는 애니메이션을 잘 만들고 싶다는 마음밖에 없었으니까.

〈TV 동화 행복한 세상〉의 전체 제작 과정에서 내 작업은 작가가 쓴 시나리오를 받는 것으로 시작된다. 그 시나리오로 전체 설계도, 즉 콘티를 제작하고, 콘티에 따라 레이아웃과 원화 및 동화에 해당하는 그림을 그린 후, 애니메이팅과 편집을 해서 만든 영상 파일을 방송국에 넘긴다. 5분 남짓한 작품을 위해 혼자서 약 3~4주 동안 제작을 한다. 그 후 사운드 작업은 방송국의 몫.

방영되는 프로그램을 모니터링하다 보면 그림 실력과는 별개로 늘 걸리는 게 있었다. 나는 캐릭터들이 말하는 장면에서는 실제 표정도 지어보고 직접 녹음도 하면서 제작을 하곤 했다. 이 정도 표정에 이 정도 시간을 만들어주면 대사를 하는 데 무리가 없을 거라고 가늠하면서 말이다. 그런데 막상 방영된 걸 보면 성우가 대사를 바꿔서 녹음한 부분들이 보이는 것이다. 원래 시나리오의 대사와 그 감정대로 표현하기에는 내가 만든 영상이 마땅치 못했던 걸까? 물론 공동 작업으로 만드는 프로그램이니만큼 서로 보완해 주는 거라고 생각할 수도 있지만, 내가 미처 살피지 못해 누군가 그걸 메운다고 생각하면 그냥 넘어갈 수만은 없는 문제였다.

그즈음 팀에 입사한 막내가 대학 졸업 작품이라며 포트폴리오를 보여주었는데, 자신이 직접 더빙해서 제작한 애니메이션이었다. 이를 본 동료들이 학교에서 작품을 만들고 직접 더빙했던 일화를 즐겁게 얘기하기 시작했다. 애니메이션 제작자라면 연기에 관심이 없을 수가 없다. 애니메이션에 캐릭터 연기가 필요하기 때문이기도 하지만, 애니메이션을 만드는 과정 자체가 연기를 하는 과정이기 때문이다.(적어도 나는 그렇다고 생각한다.) 캐릭터의 표정을 그릴 때 애니메이터가 자기도 모르게 똑같은 표정을 짓기도 하고, 캐릭터의 행동을 묘사할 때 애니메이터도 똑같이 움직이는 상상을 하거나 직접 움직여 봐야만 그 감을 잡을 수 있다. 캐릭터가 어떤 감정을 갖고, 어떤 말을 하고, 어떤 행동을 하느냐에 따라 전반적인 애니메이팅에 영향을 주기 때문에 자신도 모르게 끊임없이 연기를 할 수밖에 없다. 그래서 애니메이션을 제작하는 동료들이 스스로는 인식하지 못할지언정 내면에 연기 감각이 존재하는 것을 많이 봐왔다.

그때 꽤 오랫동안 성우에 관심이 있었다는 한 동료가 말했다. "성우 지망생 동호회가 있던데 생각난 김에 거기나 한번 가볼까?" 그래, 내가 연기를 좀 잘할 수 있다면 완성도 있는 애니메이션을 만들 수 있겠지. "저도 같이 갈래요!"

그렇게 던진 말이 내 인생에 얼마나 큰 반향을 불러올지 그때는 전혀 알지 못했다. 상상으로만 하던 연기가 성우 공부를 통해 내 입으로 직접 구현이 되자 가슴속에서 또 다른 열망이 타오르고 만 것이다. 어쩌면 성우라는 직업이 내게 필연이었는지도 모르겠다. 열정적인 지망생 친구들과 훌륭한 선생님을 만나면서 성우가 되고 싶다는 꿈이 구체화되었고, 감사하게도 KBS 전속 성우 공채에 합격하게 되었다.

애니메이션 제작에 필요한 대사 연기에 도움을 받고자 성우 공부를 시작한 거지만, 정작 성우가 되고 싶다는 생각을 한 후 가장 먼저 관심이 갔던 영역은 내레이션이었다. 〈TV 동화 행복한 세상〉의 영향이었을 것이다. TV 동화에도 대사 연기가 있지만, 내레이터가 중심을 이끌어가고 그 사이사이 연기가 감초 역할을 하는 형식인데다, 워낙 정적이고 따뜻한 내용이라 그 연기마저도 서정적인 연기가 주를 이루다 보니 이야기를 전달해 주는 내레이터에 더 집중이 될 수밖에 없었다.

TV 동화의 내레이터가 여러 명 있었으나 가장 유명한 사람은 이금희 아나운서가 아닐까 싶다. 그 당시 푸근함이 필요한 휴먼 다큐에서 가장 많이 들을 수 있는 목소리이기도 했다. 성우가 된다면 나도 따뜻한 감성을 담아 편안한 목소리로 이야기를 전하는 이야기꾼이 되고 싶었다. 심지어 내가 만든 TV 동화 애니메이션에서 내가 내레이션을 할 수 있으면 참 좋겠다는 어렴풋한 소망을 품기도 했다.

하지만 막상 전속 성우가 된 뒤에 내레이션을 할 기회는 그리 많지 않았다. 연기는 라디오 드라마에 참여해 부족하나마 기본기를 다져갔지만, 라디오 프로그램에 가끔씩 들어가는 멘트를 제외하곤 내가 바라던 긴 호흡의 내레이션을 할 기회는 별로 없었다.

내레이션 말고도 잘 오지 않는 기회가 또 하나 있었다. 바로 아역. 아역 연기에 거의 무지한 상태로 입사하기도 했고, 딱 들어도 아역을 잘할 것 같은 예쁘고 낭랑한 목소리의 동기들 틈에서 나한테까지 차례가 올 리 만무했다. 전속 기간을 거치고 프리랜서가 되면 애니메이션 더빙도 해야 하고, 그러려면 아역도 할 줄 알아야 하는데 그 또한 난감하기는 마찬가지였다.

이런 상황에서 나의 열등감은 전속 생활과 함께 또다시 시작되고 있었다. 남들보다 상대적으로 늦은 출발, 연기 전공자들, 어려서부터 성우가 되고 싶었던 사람들, 내가 절대 갖지 못한 시절을 몸에 체화하고 있는 사람들 틈에서 나는 또 허우적댔던 것이다.

어떻게든 방법을 찾아야 했다. 내레이션을 잘하려면 문어체 문장을 많이 읽어야 하는데, 그런 글이 가장 많은 것은 책이 아닌가. 소설의 경우에는 대사도 있으니 연기 연습도 할 수 있겠지. 그래서 선택한 것이 '책을 소리 내어 완독하기'였다. 1년여 정도 1~2주에 한 권씩 소리 내어 읽었다. 장르를 가리지는 않았지만, 연기까지 할 수 있는 소설을 많이 읽었다. 책 한 권을 아이 목소리로도 읽어보고, 노인 목소리로도, 그냥 내 목소리로도 읽어보았다. 나에게 낭독은 그렇게 시작되었다.

성우는 2년의 전속 기간을 보내고 나면 프리랜서가 된다. 공채로 뽑혔던 방송국에 귀속되어 그곳에서만 활동하는 것이 아니라 모든 미디어에서 활동할 수 있게 되는 것이다. 그러나 이 새로운 환경은 내게는 전혀 접하지 못했던 새로운 일들을 해내야 하는 망망대해이기도 했다.

나에게 2년의 전속 기간은 프리랜서 생활의 버팀목이 되어주기에는 너무 짧았다. 혼자서 주먹구구식으로 연습해온 낭독도 한갓 방구석 연습일 뿐이었는지 막상 현실로 닥친 새로운 일에는 거의 도움이 되지 않았다. 전속 때는 그다지 해보지 못하던 홍보나 다큐 등 내레이션 녹음을 접하게 되면서, 이놈의 내레이션을 도대체 어떻게 해결해야 할지 혼란의 연속이었다. 부족한 실력에 일이 따라올 리 없었고, 지난날 애니메이션을 하며 벌어둔 돈은 바닥을 보이기 시작했다.

그럼 난 또 뭘 해야 하는 거지? 다시 애니메이션을 만들어야 하나?

낭독의 세계가 나에게 준 첫 번째 선물

그때 '북텔러리스트'를 만났다. 북텔러리스트를 만든 이유부터 이 모임이 추구하는 방향, 낭독을 어떻게 하고 앞으로 다가올 오디오 콘텐츠 시대에 성우는 어떻게 살아가야 하는가 등등에 관해 장장 세 시간에 걸쳐 말씀해 주던 구자형 성우의 모습이 아직도 생생하다. 이미 북텔러리스트의 낭독 방식인 '북텔링'에 대해 들은 바 있던 나는 이 '북텔링'이 나의 내레이션 문제를 해결해 줄 수 있을지 모르겠다는 생각으로 곧바로 모임에 참관했다.

모임에는 일곱 명의 성우와 연출자가 와 있었다. 선배 성우 한 분이 소설의 한 부분을 낭독했다. 와, 역시! 이렇게 깔끔하고 이렇게 아름답게 표현하다니. 그런데 조용히 듣고 있던 연출자의 피드백은 달랐다. "음…… 무슨 말을 하는지 안 들려요." 문장에 들어 있는 정서와 감정을 생각하지 않고 그저 깔끔하게 '읽었을' 뿐이라는 거였다. 그리고 목소리에 무엇을 담아야 할지 서로 의견을 주고받은 뒤 같은 문장 다시 낭독. 그런데 세상에! 갑자기 글이 내 가슴에 후욱 들어오는 게 아닌가! 앞의 낭독보다 표현은 다소 거칠어졌을지 모르겠지만, 분명 그 문장이 나에게 말을 걸어오고 있었다. 게다가 고작 몇 문장 들었을 뿐인데 그 소설의 전반적인 인상까지 느껴지는 것이다. 놀라운 경험이었다.

이후 또 한 번 인상적인 경험을 했다. 구자형 성우가 〈이상한 나라의 앨리스〉를 낭독할 때였는데, 딱히 목소리를 변조한 것도 아닌데 성인 남성이 연기한 앨리스에서 너무 귀여운 꼬마 여자아이가 보였다. 낭독의 세계가 이렇게 놀라운 것이었다니! 그때까지의 나의 낭독은 그저 소리 내 읽기에 급급했던 게 아니었나 생각마저 들었다.

그러다가 책과의 교감이란 이런 것이 아닐까 짐작했던 찰나가 있었다. '거울 게임'을 하던 순간이다. 마주본 두 사람이 마치 거울이 된 듯 똑같이 움직이는 게임이었다. 상대의 동작을 눈으로 보고 뒤따라 하는 것이 아니라, 시선은 상대의 눈을 향하면서도 감각을 최대한 끌어내 '거울처럼' 동시에 움직이는 것이었다. 쉽사리 이해되지 않았지만 해보는 수밖에. 그런데 맙소사! 어느 한 순간 나의 의식이 확장되어 상대의 공간까지 아우른다는 느낌이 들었다. 내가 움직이는 건지 상대가 움직이는 건지 선후를 알 수 없고, '나'이면서도 동시에 '너'인 것 같은 그 생경한 감각. 1초도 안 되는 지극히 짧은 순간에 벌어진 일이었다. 이런 식으로 책과 하나가 되어 호흡할 수 있다면, 책이 전하고자 하는 어떤 말도 내 입을 통해 표현할 수 있을 것 같았다. 그러나 그 한 순간의 체험이 갑자기 실력을 향상시켜 줄 리는 없었다. 이 감각을 어떻게 해야 일상화할 수 있을까?

특히 가장 교감이 되지 않는 장르의 책이 있었으니 이른바 '전지적 작가 시점'의 소설들이었다. 낭독자인 내가 '누구'로서 말해야 하는지 갈피가 잡히지 않았다. '전지적 시점' 외의 책들은 '나'라는 화자가 글이 전개되는 내내 뚜렷하게 존재한다. 하지만 이 '전지적 시점'의 글들에서는 화자가 쉽게 파악되지 않는다. 일단 '나'가 등장하지 않고, 말하는 사람이 작가인가 싶다가도 어느 순간 주인공의 시선으로, 갑자기 주인공의 친구의 시선으로 말하기도 한다. 어떨 때는 작가이자 동시에 주인공인 것 같기도 하다. '나'는 도대체 '누구'여야 한단 말인가? 이 오묘함은 내가 일상에서는 도저히 느낄 수 없고 상상할 수 없는 인지認知 저 너머의 감각이었다.

그렇게 더딘 걸음 속에서도 몰입이 되는 시점이 있었던 모양이다. 간헐적이긴 했지만 그 다양한 시선으로 책 속 세상을 볼 수 있었던 기묘한 순간들이 찾아왔고, 의외로 내가 자주 경험하는 상황임을 깨달았다. 바로 내 꿈속에서다.

"소녀는 마주잡은 두 손을 가슴에 품고 눈을 꼭 감은 채 잔뜩 웅송그리고 앉아 있었다. 유모가 자그마한 소녀의 어깨를 그러안고 불안한 숨을 연신 내뱉었다. 그 숨소리를 가만히 듣고 있던 소녀는 숨을 한 번 들이켜고 천천히 눈을 떴다. 그리고 자신의 손바닥 위에 놓인 그것을 유심히 바라보았다.

그녀가 수호해야 하는 바로 그것, 한 손으로도 쥘 수 있는 자그마한 파란 돌.

지구상에서 이렇게 티끌 한 점 없이 깨끗하고 짙은 파랑을 소녀는 본 적이 없다. 이 돌과 나를 지키기 위해서 우리 부족이 그렇게 처참한 죽음을 당해야 했다니. 그러나 정신 차리고 끝까지 지켜야 한다. 약탈자들이 눈앞까지 다다랐다.

마음을 다잡은 소녀는 눈을 들어 주위를 둘러보았다. 이제야 주변이 눈에 들어오기 시작했다. 아직 동이 트기 직전이었다. 차가운 시멘트 바닥, 그 바닥과 연이어 보이는 회색 벽과 천장이 주변을 에워싸고 있고, 오직 전면을 통해서만 바깥을 내다볼 수 있었다.

전면은 천장부터 바닥까지 모두 유리로만 되어 있고, 여덟 개의 커다란 유리창이 가느다란 가름대로 연결되어 있었다. 각각의 유리창마다 또 다른 수호자 8인의 실루엣이

어슴푸레 보였다. 그들은 비슷한 간격을 두고 떨어져 각자의 방식대로 약탈자들을 막기 위한 준비를 하고 있었다. 그녀와 운명으로 연결된 8인의 수호자. 그들을 찾기 위해 또 얼마나 많은 희생이 있었던가……"

갑자기 웬 삼류 소설이냐고? 안심하셔도 좋다. 이런 책은 없다. 이것은 내 꿈의 일부이다. 꿈에서 보고 기억나는 대로 적은 것이다.

나는 어려서부터 이런 꿈을 많이 꿔왔다. 만화나 판타지, SF를 좋아하는 나의 취향과 연관이 있는 것 같기도 하다. 꿈에서 나는 오감이 다 살아있고, 심지어 심신의 고통도 그대로 느껴서 고통으로 울부짖거나 행복한 순간에는 웃음을 터트리며 깨어난 적도 한두 번이 아니다. 감각이 극단적으로 살아있을 때는 순간적으로 꿈과 현실이 구분이 안 되어 눈을 뜬 지금이 꿈인지, 방금 전까지 겪었던 것이 현실인지 헷갈릴 때도 있었다.

모든 사람이 꿈에서 이런 식의 내용이나 리얼한 감각까지 다 경험하는 건 아니라는 걸 지인들과의 대화를 통해 알게 되었다. 그러나 내용이나 감각의 정도는 다를지라도 대부분의 사람들이 공감하는 부분이 있었다. 꿈을 꾸는 내가 꿈속의 모든 상황을 알고 있으면서 나를 외부에서 보기도 하고 나 자체가 되기도 하는 기묘한 감각을 꿈속에서는 자연스럽게 받아들이고 있다는 것이다. 이런 감각을 현실에서도 느낄 수 있으면 얼마나 재밌을까?

나는 파란 돌에 얽힌 내력과 소녀, 그리고 수호자 8인의 이야기를 모두 알고 있다. 그들의 생각과 감정도 모두 알고 있다. 유모에게 안겨 있는 소녀의 모습을 밖에서 바라보다가 어느 순간 소녀의 몸속으로 들어간 듯 소녀의 시선으로 손에 쥔 파란 돌과 건물 내부의 모습을 보기도 한다. 이것이 어떻게 가능하단 말인가? 하지만 꿈에서는 가능하다. 전혀 이상한 감각이 아니다. 이 감각을 현실로 그대로 옮기면? 그것이 바로 낭독을 할 때 내 눈앞에 펼쳐지는 세계이다.

그 감각의 방식을 인지하고 나자, 책 속 세상이 눈에 보이듯 그려지기 시작했다. 한번 시각이 열리자 뒤이어 다른 감각들이 자연스레 따라왔고, 책 속 세상과 등장인물들이 느끼는 감각, 그 감각에 이은 감정들까지도 생생하게 느껴지기 시작했다. 이게 바로 내가 늘 느끼고 싶었던 꿈속 세상, 꿈속에서의 감각이 아닌가? 한 세상을 온전히 이해하는 '나'인 동시에 그 세상에 존재하는 '누군가'이기도 한 감각.

단순히 눈으로 글을 읽을 때는 보이지 않던 세상이었다.

단지 잘 낭독하기 위해서, 내 눈으로 실제 본 것처럼 말하기 위해서 열심히 책 속 세상을 보았을 뿐인데 눈에 보이는 활자를 넘어 생생하게 살아 움직이는 세상이 내게 다가왔다. 이것이 낭독의 세계가 나에게 준 첫 번째 선물이었다.

그리고 두 번째 선물

무엇이든 자세히 보아야 예쁘고 오래 보아야 사랑스러운 법이라고 했던가? 감각이 열리자 보이는 것들이 많아졌고, 책이 점점 더 재밌어지기 시작했다. 무엇보다도 기쁜 것은 눈으로만 읽을 때는 내 취향이 아니라 재미없다고 생각했던 작품들마저도 낭독을 통해 재미를 느끼게 되었다는 것이다.

몇 년 전 '박경리 문학공원'에서 주최하는 낭독 공연 대회 소식을 듣게 되었다. 전속 생활이 끝나서 동기들과 함께 일을 하는 것도, 각자 생활이 다른 탓에 만나는 것도 어렵던 시기였다. 함께 모여 무언가를 하면 좋겠다는 생각에 여자 동기 성우들과 이 대회에 참가하기로 했다. 박경리 소설을 20여 분 정도의 낭독 공연으로 제작한 영상을 주최측에 보내면, 심사 후 선정된 본선 진출 팀이 8월 15일에 열리는 '토지의 날'에 실제로 공연을 하는 방식이었다. 우리는 본선 진출 팀에 선정되었고 최종에는 대상도 받았다. 공연은 너무나도 즐거웠다.

하지만 준비 과정은 몹시 힘들었다. 고백하건대 그때까지 박경리 작가의 책을 거의 읽어본 적이 없었다. 워낙 유명해 억지로 읽다 포기한 《토지》 몇 권과 학창 시절 문학 수업 때 접한 몇몇 단편이 전부였다. 그나마도 선호하는 문체가 아니어서 기억에 남아 있는 책 내용도 거의 없었다. 다른 성우들도 비슷한 상황이라 진도가 쉽게 나가지 않았다. 낭독을 하겠단 욕심만으로 우리의 기호를 최대한 배제하고 작품 선정부터 시작했다.

20여 분으로 짧게 각색하려면 단편이 용이하겠지. 여자 성우만 있으니 웬만하면 남자 대사가 거의 없는 작품으로 하자. 듣는 재미가 좀 있어야 하니 심리 묘사 위주보다는 대사가 많고 사건이 다채로운 쪽을 택하자. 그렇게 선정한 작품이 〈불신 시대〉였다. 공연에 맞게 각색하기 위해 면밀히 뜯어보고 분석하기 시작했다. 이때부터였다, 작품이 완전히 다르게 보이기 시작한 것은.

전쟁에서 남편과 아이를 잃고 주인공은 환상에 시달린다. 심신이 동시에 무너져가는 고통을 어떻게든 극복하고

자 종교와 의술에 의지해 보지만 그 모두에게 배반당하고 외로움 속에 홀로 극복할 수밖에 없다. 그럼에도 생명에의 의지는 놓지 않는다. 이 모든 것이 단어 하나하나 문장 하나하나에 절절히 박혀 있어 각색하는 중간에도 마음이 울컥해지곤 했다. 주인공 외의 인물들도 얼마나 생동감이 넘치는지 눈앞에 드라마가 펼쳐지는 듯했다. 그런 정서와 감정을 모두 말에 담아 낭독을 하니 재미가 없을 수가 없다. 주연 성우는 눈물을 보이며 열연했고, 관객들도 함께 눈물을 흘렸다.

고전이라고 해서 꾸역꾸역 읽었던 《안나 까레니나》도 다시 보니 어찌 이리 재미있는지. 우연찮게 KBS 라디오 〈소설 극장〉이란 프로그램과 오디오북 플랫폼에서 동시에 캐스팅되어 비슷한 시기에 같은 번역본으로 낭독하면서 7개월 정도를 이 작품과 함께 보냈다. 처음 캐스팅 제안이 왔을 때는 책의 두께에 질리기도 했지만, 의무감으로 억지로 읽었던 책에서 내가 과연 다시 재미를 느낄 수 있을까 싶었다. 그러나 다시 읽은 《안나 까레니나》는 감탄이 절로 나왔다. 거의 나노 단위의 심리 묘사와 생생하고 활기찬 상황들이 너무나도 흥미진진했던 것이다. 당시 러시아의 제도나 사회상, 등장인물의 입을 빌린 톨스토이의 고민과 사상을 엿보는 재미도 꽤나 쏠쏠했다.

무엇보다도 낭독자로서는 긴 호흡으로 만연체를 표현해 내는 희열이 있었다. 생각에 생각이 꼬리를 물고, 사건에 사건이 거듭되고, 설명에 설명이 덧붙여지는 표현의 향연에 도취되다 보면 그 문장 위에서 나도 모르게 왈츠를 추고 있다는 착각마저 들 정도였다. 게다가 내가 내 목소리와 말법으로 오래, 긴 춤을 출 수 있는 시간과 공간을 주니, 낭독자인 나는 즐겁게 노닐 수밖에. 물론 워낙 만연체라 도대체 마침표가 언제 나오나 눈이 갈피를 못 잡는 순간이 허다했지만 말이다.

재미를 느끼지 못했던 작품에서만 재미를 찾게 된 건 아니다. 애초에 무척 재밌게 읽었던 작품들도 낭독을 하다가 새로운 재미를 느끼게 되는 경우가 많았다. 2000년대 들어 내가 단연 사랑한 소설가는 김애란이다. 전속 시절 혼자서 소리 내어 책을 읽던 시기에 가장 많이 읽은 책의 작가이기도 하다. 무거울 수 있는 얘기들을 술술 읽게 만드는 적절한 속도감이라든가, 그 속에 반짝 빛나는 위트와 유머 감각, 내 맘을 어쩜 이리 적확하게 표현했는지 연신 감탄하게 만드는 감각적인 문장들이 참 좋았다. 그중 〈침이 고인다〉는 내 개인사와 겹쳐 보이는 지점이 있어 펑펑 울며 읽은 까닭인지 무척 슬프고 고독한 이미지로 남아 있었다.

북텔러리스트에서 이 작품을 낭독하게 되었다. 작품에 덧씌워놓은 나의 모습을 최대한 지우고 나니 다른 많은 것들이 보이기 시작했다. 고달픈 청춘의 삶을 살아가는 주인공이 겪는 아이러니한 상황에 실소를 터트리기도 하고, 아무렇지 않게 그려지는 일상의 모습들이 어찌나 섬세한지 작가의 통찰력에 깜짝 놀라기도 하며, 주인공의 심리를 따라가면서 사람과 사람 사이의 거리, 타인을 내 공간에 들인다는 것이 어떤 의미인지 생각하며 마음이 먹먹해지기도 했다. 이처럼 다채롭게 반짝이는 작품을 슬프고 고독한 회색 작품으로만 인식하고 있었다면 얼마나 아까운 일이었겠는가.

나에겐 낭독 버킷 리스트인 두 작품이 있었다. 하나는 《빨강 머리 앤》. 어른이 된 지금도 내 마음속에는 항상 빨강 머리 앤이 살고 있다. 고난 속에서도 긍정의 힘을 잃지 않고, 상상력으로 유쾌하게 살아가는 사랑스러운 앤을 내가 표현해 내고 싶었다. 그래서 지하철 안에서 전화로 오디오북 낭독 제안을 받았을 때는 많은 사람들 속에서 빽~ 소리를 질렀을 정도로 엄청나게 기뻤다.

다시 읽은 《빨강 머리 앤》은 예전에 읽었던 느낌과 사뭇 달랐다. 앤에 집중되었던 시선이 마릴라 아줌마와 매슈 아저씨를 비롯한 주변 사람들에게로 옮겨간 것이다. 특히 마릴라! 앤의 사랑스러움과 강인함은 그녀를 받아주고 공감해 준 마릴라가 없었다면 절대 빛을 보지 못했으리라. 앤은 엄청난 수다쟁이라 여는 따옴표가 한번 시작되면 2~3페이지 정도 지나서야 닫는 따옴표가 나오는 경우가 허다하다. 내가 낭독한 작품이 올라가 있는 오디오북 플랫폼에서 "귀에서 피 나오게 말 많은 앤"이란 댓글을 보고 얼마나 웃었는지 모른다. 예전엔 그렇게 말하는 앤의 감정과 표정만 보였다면 지금은 앤을 바라보는 마릴라의 얼굴 표정도 함께 보인다. 가끔 고개를 끄덕이며 맞장구를 쳐주기도 하고, 엄격하게 바라보기도 하고, 때론 피식 웃었다가도 얼른 웃음을 거두기도 하는 마릴라의 다양한 얼굴. 앤과 마릴라의 대화를 낭독하면서(거의 일방적으로 앤이 말하고 있지만) 앤을 바라보는 마릴라의 따뜻한 시선이 절로 나의 시선이 되어 나는 앤을 더욱 사랑하게 되었다.

또 다른 낭독 버킷 리스트 작품은 《해리 포터》였다. 내 유년 시절을 풍요롭게 한 작품이 《빨강 머리 앤》이었다면, 《해리 포터》는 성인이 된 이래 가장 신나게 읽은 책이다. 애니메이션과 만화를 좋아하는 이유이기도 한데, SF와 판타지 세계가 주는 비현실성 속의 지독한 현실성이 나는 좋다. 《해리 포터》는 바로 그 세계로 나를 이끈 첫 작품이다.

2021년 2월말, 《해리 포터》 오디오북을 1인 낭독으로 읽게 되었다. 2022년 4월 1일이 마지막 녹음이었으니 장장 1년 넘게 해리와 함께 산 셈이다. 영국 '포터모어'사 측에서 나를 한국어 내레이터로 선정했다는 얘기를 들었을 때는 호그와트 입학 통지서를 받은 해리가 이런 심정이었을까 싶을 정도로 얼떨떨했다. 내가 과연 이 책을 제대로 낭독할 수 있을지에 대한 걱정을 기쁨이 압도할 정도로. 정말 잘해내고 싶었다. 눈으로 읽을 때는 스쳐 지나갔던 장면, 대사 한 마디뿐인 단역들까지도 세심하게 분석하며 나름 열심히 낭독해 갔다.

낭독을 위해 다시 읽다 보니 예전에는 재미와 흥분에 가려 보지 못했던 해리의 고난과 성정이 새삼 새롭게 보이기 시작했다. 해리가 번민과 괴로움 속에서도 올곧게 성장해 갈 때 마치 나도 그와 함께 그 길을 걷는 듯했다. 다른 수많은 인물들은 또 어떤가? 그들은 때론 부딪치고 마찰을 일으키기도 하지만 해리를 믿고 그와 함께 그 모든 역경을 헤쳐 나간다. 해리가 그들에게 갖는 신뢰와 고마움에 나도 가슴이 뻐근했다. 이 얼마나 고귀한 여정인가? 이런 주인공이 초대하는 마법의 세계를 맘껏 즐기지 않을 이유가 없다.

이렇게 책 속 다양한 인물들을 만나는 과정에서 그들의 이야기에 동화되어 어느 순간 나도 함께 울고 웃는 행복한 경험을 할 수 있었다. 그런데 그 정도까지 감동적이거나 슬픈 장면이 아니라 생각되는데도 자꾸 울컥 감정이 북받쳐 오르거나, 감정이 지나칠 때는 내가 나를 통제하기 힘들 정도로 거기에 휩싸이는 상황을 여러 번 겪기도 했다. 돌이켜 생각해 보니 영화나 드라마를 볼 때도 비슷한 상황을 겪었던 적이 꽤 많았다. 감정은 경험과 연결되어 있다. 감각을 통한 경험과 그에 수반되는 감정들…… 누군가의 감각을 동일하게 느낀다면 그것은 그야말로 간접 경험을 넘어 직접 경험이 된다. 도대체 어떤 감각과 경험들이 나의 감정을 자꾸 건드린 걸까?

그것은 아주 오래전 어린 시절까지 거슬러 올라가 내 안에 상처로 남아 있는 것들과 맞닿아 있었다. 세상을 살아가기 위해 두른 철갑옷 안에 가둬놓고 그 존재 자체를 까먹거나, 알고는 있지만 지우고 싶었던 기억들, 상처들…… 그것들은 직면하고 싶지 않은 것들이었다. 그런데 나는 작가의 문장에서, 어떤 인물의 말 속에서 나의 그것들을 직면하고 말았다.

막연했던 나의 감정들은 작가가 써놓은 정교한 문장들 안에 구체화되어 있었고, 내 이야기가 아니라 남의 이야기라고 생각했기 때문에 거부감 없이 투명하게 바라볼 수 있었던 것이다. 등장인물의 목소리라고 생각했던 것은 나조차 듣지 못하던, 혹은 말하고 싶지만 정리가 되지 않은 채 부옇게 흐르고 있던 내 안의 목소리였고, 그 소리로 나는 나 자신과 다시 만나고 있었다. 책에는 수많은 인물들의 인생이 그려져 있으니 그런 순간이 오는 것도 이상한 일은 아니었다.

그렇게 나는 실체를 모르던 내 내면의 목소리를 그들의 입을 빌려 말할 수 있었고, 비로소 있는 그대로의 나 자신을 인정하게 되었다. 책 속 다른 사람의 이야기를 통해 나를 온전히 들여다보게 된 것이다. 이것이 낭독이 나에게 준 두 번째 선물이다.

낭독, 그 아름다운 세계

나는 새로운 것을 습득하는 데 느린 사람이 아니라고 생각했다. 이제 와보니 나는 금방 습득하는 사람이 아니었다. 무언가를 이해하고 체화하는 데 생각보다 오랜 시간이 걸리는 사람이란 걸 낭독을 하면서 깨달았다. 결국 난 긴 호흡을 갖고 살아가야 하는 사람인 것이다. 그래서 성우의 일 중 가장 긴 호흡으로 해야 하는 오디오북 녹음이 나는 참 좋다.

나는 끊임없이 표현하는 일을 찾아나갔고, 내 목소리로 표현하는 일을 좋아하며, 그중에서도 또 다른 세상의 이야기를 전하는 그 순간에 가슴이 뛴다.

나는 그런 사람이다.

성우는 글을 말로 변환해서 표현하는 직업이다. 낭독은 성우로 살아가는 내가 완성해 가야 할 당연한 일이기도 하지만, 낭독이 좋은 건 독서를 할 때 예전보다 더 큰 재미를 주기 때문이다. 눈으로 스윽 읽었을 때 간과하기 쉬운 작가의 의도나 숨은 뜻을 파악하게 될 때의 설렘, 심지어 그것을 내 입으로 표현할 때의 기쁨, 내가 하나의 세계와 공감하고 소통했다고 느끼는 순간의 희열. 그렇게 나의 세계가 넓어진다.

독서는 책이라는 하나의 세계를 이해하는 과정이라고 생각한다. 낭독은 그 세계를 가장 적극적으로 만나는 순간이다. 그러니 여러분도 직접 낭독해 보시라 권하고 싶다. 눈으로만 읽었을 때 미처 보지 못했던 것을 발견할 수 있고, 당신의 목소리를 통해 당신의 내면을, 당신의 세계를 만날 수 있을 것이다.

계속 낭독을 공부해 가는 중이고 결과물에 대해선 여전히 아쉽지만 그래도 고민의 결과를 펼칠 수 있고, 이런 낭독의 즐거움을 여러 사람과 공유할 수 있어 기쁘기 그지없다.

나의 낭독이 당신에게 하나의 세계를 선사할 수 있기를, 나의 기쁨이 당신의 기쁨으로 확장되기를 소망한다.

“멸치 어디 있어?” 이 한 마디를 내뱉기까지

김경옥

아나운서. 따뜻한 사람이고 싶다. 마음에서 흘러나오는 누군가의 말에 귀 기울이고 그의 마음을 움직이고 싶다. 그것이 낭독을 통해서라면 더없이 좋겠다. 더 많은 사람들이 낭독을 만나기를 바라며 낭독 전도사를 꿈꾼다. 경인방송 〈뮤직인사이드 김경옥입니다〉의 제작 · 진행을 맡고 있으며, 개막식 · 준공식 등 다양한 행사 MC를 하고 있다. 〈아시아 음악을 찾아서〉 등의 내레이션을 했고, 네이버 오디오클립 ‘낭만 헤르츠’를 진행했으며, 오디오북 《태아 성장 보고서》 《뇌가 좋은 아이》 등을 낭독했다.

그것은 인연이었을까?

"여보세요……"

전화기 너머 조심스러운 목소리가 내 쪽으로 넘어온다. "혹시, 경옥이 언니 맞아요?" 여전하다, 이 목소리. 스물다섯 살이 되던 해 나는 여러 고민 끝에 아나운서 준비를 시작했다. 그 시작점에서 만난 그녀, 함께 아나운서를 준비하던 동생이었다. 앞이 보이지 않는 깜깜한 터널을 확신 없는 마음으로 걸어 나가던 그때, 우리는 나름의 동지애를 느끼며 그 시간을 함께 보냈다. 그러다 서로 아나운서가 되고서는 연락이 끊겼는데, 십몇 년 만에 그녀가 연락을 해온 것이다. 구자형 성우의 목소리에 반해 그를 '파던' 중 북텔러리스트를 알게 됐고, 그러다 그 명단 한 귀퉁이에 있던 내 이름을 발견하고 반가운 마음에 연락을 했다는 것이다. 한참 추억 속을 기분 좋게 헤매다가 문득 그녀가 물었다.

"언니, 근데 언니는 어떻게 거길 들어가게 된 거예요? 다들 성우고, 언니 혼자 아나운서던데……"

"아, 그게 말이지……"

말하자면 길다. 아니, 말하자면 놀랍다.

2017년 어느 날, 방송국 PD 선배가 티켓 한 장을 나에게 건넸다.

"여기 한번 가봐. 경옥 씨한테 좋을 것 같은데."

'무슨 티켓이길래 나한테 좋을 것 같다는 거지? 북텔러리스트? 이게 뭐야?'

테러리스트가 가장 먼저 머릿속에 그려지며 이름 한번 웃기다 생각했다. 그리고 뒤이어 내 눈에 들어온 공연의 제목.

'낭독 만찬? 뭘 낭독하고 그러는 건가? 그나저나 공연 이름 한번 참 잘 지었다. 만찬이라니……'

그 만찬을 맛보고 싶어 나는 친구와 공연장을 찾았다. 그 당시 개인적인 이유로 마음이 아주 피폐해지고 너덜거리던 참이라 공연이라도 좀 보면서 현실에서 벗어나고 싶었다.

자그마한 공연장 한쪽에 자리를 잡고 앉았다. 소공연장에서는 규모가 큰 공연에서는 느낄 수 없는 묘한 무언가가 있다. 공연을 '보는 것'이 아니라 공연 속으로 '들어와 있는' 그런 느낌. 그렇게 첫 번째 무대가 시작됐다.

나는 성우들을 잘 모른다. 외화에 빠져본 적도, 애니메이션을 몹시 좋아해 본 적도 별로 없다. 단지 내레이션으로 많이 나오는 익숙한 목소리의 성우 이름만 몇 알고 있었다. 고백하건대 공연 무대 위에 있던 성우를 나는 단 한 명도 알지 못했다. 심지어 성우에 관심 있는 사람이라면 모를 수 없는 그 유명한 구자형 성우마저도. 그렇게 성우 세계에는 문외한인 내가 공연 내내 숨 쉬는 것조차 조심스러워하며 그 속으로 빠져들었다. 책을 읽으며 시작된 공연이 어느 순간 연기가 되고 또 어느 순간 실제가 되는 놀라운 공연. 성우들의 말투, 목소리 톤, 표정 하나하나까지 모두 기억해 두고 싶었다. 그리고 그 모든 감정과 감동이 모여 딱 하나의 생각을 하게 했다. '나도 저거 하고 싶다.' 그렇다. 매 순간 나는 나를 무대 위에 세워놓고 말도 안 되는 상상을 한 것이다.

공연을 보며 이런 기분이 든 게 처음은 아니다. 뮤지컬이나 연극을 보면 곧잘 나를 무대 위에 세워보곤 한다. 내가 저 무대 위에 있다면 얼마나 좋을까? 하지만 또 이내 현실로 돌아와 '나는 노래가 안 되니 뮤지컬은 안 될 거고, 연기는 타고난 감각이 있어야 하는 거니까 그것도 안 되겠지' 하며 아쉬워할 뿐이었다. 그런데 이건 낭독 공연이었다. 나는 공연을 보는 내내 그 가능성을 헤아려보았다. 나는 '나도' 잘 읽을 수 있을 거라는 결론을 내렸다. 아나운서로 십수 년을 일했고, 낭독 비슷한 것들을 늘 해온 사람이니까. 출연진들을 하나하나 유심히 보며 나는 어떤 역할을 해볼 수 있을까 생각했고 그렇게 두 시간여가 흘렀다.

공연을 보고 난 후 나는 계속 내가 북텔러리스트의 일원이 되어야만 할 것 같은 기분에 사로잡혀 이런 내 마음을 그 팀에 어떻게 전달할 수 있을까 궁리했다. 지금이 아니면, 이 시기를 지나면 나의 이런 의욕과 희망도 희미해져 버릴 게 분명했다. 지금이어야만 했다. 검색창에 출연진 중에서도 유명한 '구자형'이란 이름을 쳐봤다. 연락처라도 찾으면 바로 전화를 해볼 요량이었다. 그러나 유명인인 그가 누구나 찾아볼 수 있는 그런 곳에 떡하니 개인 전화번호를 올려놓을 리 만무했다. 나는 그와 연락이 닿을 때까지 인터넷 곳곳을 뒤지며 흔적을 남겼다. 내가 애타게 찾고 있다는 소식이 전달되지 않을까 기대하며.

한편으로는 막막한 마음도 들었다. 연락이 닿을까? 아니,

나를 받아주기는 할까? 혹시라도 '얘 뭐니?' 하며 황당해하지는 않을까? 또 혹시라도 북텔러리스트 멤버들이 다 같이 모여 있는 자리에서 '나 이런 애한테 연락받았다. 어이없지 않니?' 하면서 한바탕 웃고 넘기는 에피소드로 끝나지는 않을까? 하지만 '이렇게라도' 해야 할 것 같았다. 되든 안 되든 일단은 이렇게라도 해보고 싶었다. 시간이 지난 후 '용기를 좀 더 내볼걸' 하고 후회하고 싶지 않아서 무작정 덤빈 것이다.

사람을 만나고 친해지는 일에 몹시 조심스럽고 소심해진 요즘의 나를 비추어보면 참 아이러니가 아닐 수 없다. 왜 그곳의 문을 그렇게도 두드렸는지, 왜 그렇게 그곳에 들어가고 싶었는지…… 논리적인 설명이 어려울 땐, 이 대답이 최고다. 인연. 인연이었던 거다. 북텔러리스트와 만날 인연이었고, 낭독과 반드시 만날 인연이었던 거다. 어쨌든 그 당시의 나는 용감무쌍하게 그렇게 무작정 구자형 성우를 찾아 헤맸다.

아나운서와 북텔러리스트

나는 한 방송국에서 15년 동안 일하다, 아이를 낳고 2년 후 프리랜서 아나운서로 전환했다. 가족과 함께하는 시간이 중요했던 나는 프리랜서가 되고 나서 무엇보다도 아이와 함께 보낼 수 있는 시간이 많아져 좋았다. 이와 함께 또 하나 좋았던 것은 진짜 나의 일을 할 수 있게 되었다는 것이다. 직원이었을 때에는 '주어진 일'을 해야 했고, 내 앞에 놓인 업무를 하기에 급급했다. 프리랜서가 되고 나서야 나는 비로소 나의 일을 하기 시작했다.

처음 시작은 살기 위해서였다. 그 누구도 나에게 쉽게 일을 주지 않는다는 것을 깨닫고, 나는 고민하기 시작했다. 나는 무엇을 잘할 수 있고, 앞으로 무슨 일을 하면서 살고 싶은지. 처음이었지 싶다, 나의 지금과 미래를 냉정하게 바라본 것은. 고정된 월급을 받는 것이 아니기에 불안한 것은 사실이지만, 그럼에도 나는 다시 선택을 해야 한다면 역시 똑같은 선택을 할 것이다. 퇴사를 하고 나서야 '진짜 나'를 만난 것 같았으니까. 그리고 이제야 나의 역량과 꿈을 키워나갈 수 있을 것 같은 느낌도 들었다. 그리고 그 중심에 낭독이 있었다.

북텔러리스트에 들어가 낭독을 처음 했던 때가 기억난다. 당시 나는 아나운서로 10년 넘게 일하고 있던 터라 읽는 것쯤은 어렵지 않을 거라 생각하고 호기롭게 책을 펼쳤다. 그리고 속으로 이런 생각까지 했다. '내가 좀 잘 읽어서 놀라시겠는데.' 하지만 놀란 것은 나였다. 그게 아니란다. 그렇게 읽으면 안 된단다. 잘못 읽어도 한참 잘못 읽고 있단다. 몇 시간째 같은 쪽에서 헤매다 집으로 돌아오는 길, '나는 지금까지 뭘 배운 건가?'부터 '내가 왜 이걸 하겠다고 해서 이런 고생을 하나?'까지 참 많은 생각이 들었다.

낭독을 처음 시작했을 때 나는 틀리지 않고 잘 읽어내면 된다고 생각했다. 정확한 발음과 또랑또랑한 발성으로 오독 없이 읽으면 된다고. 그러나 실은 그것이 문제였다. 발음과 발성에 너무 신경을 쓰다 보니 아주 큰 부분, 즉 무엇을 이야기하고 있는지를 놓친 것이다. 화자가 어떤 말을 하고 있는지, 책의 내용이 무엇인지 파악을 못하는 거다. 아나운서로 10년 넘게 일해 온 사람이 무슨 내용인지도 모르고 기계적으로 읽고 있다니! 나 스스로도 이해할 수 없었지만 사실이었다.

나는 그랬다. 5분 분량의 뉴스를 진행하는 동안 틀리지 않으려 애썼다. 뉴스 한 꼭지(하나의 이슈를 서너 문장으로 보도하는 뉴스 대본)당 한 번 정도는 틀려주시는 후배가, 틀리지 않고 읽는 내 뉴스는 인간미가 없다고 했을 정도로, 나는 오독을 하지 않으려 늘 진땀을 뺐다. 그랬더니 뭔 내용인지를 모르겠는 거다. 글을 보고 이해하는 뇌의 기능은 정지

시킨 채 눈으로 본 글자를 틀리지 않게 소리 내도록 명령하는 뇌의 기능만 열심히 가동시키고 있었던 것이다. 그게 오랜 습관으로 굳어져서인지 내용을 좀 제대로 파악하며 읽어보자 하고 집중을 해도 1분을 넘기기가 어려웠다.

의기양양하게 한 번도 안 틀리고 5분 뉴스를 하고 나온 나에게 누군가 물었다. "아까 뭐라고 한 거야? 대통령이 뭐라고 했다고?" 나는 순간 당황했다. 아무 기억도 안 났기 때문이다. 내가 지금 뉴스로 보도하고 나온 얘기인데 내가 모른다니! 이쯤 되면 '내가 이해력이 달리나?' 생각이 들 지경이다. 해가 갈수록 자꾸만 내 자신이 부끄러워지고 결국 자신감이 떨어졌다. 고치고 싶고 달라지고 싶었지만 방법을 알 수가 없었다. 이건 나에게 참 버거운 숙제였다.

그러다 낭독을 만난 것이다. 북텔러리스트의 낭독법이 아니었다면 아마 지금까지도 나는 비슷하게 낭독하고, 비슷하게 기억하고, 이 정도면 잘했다고 스스로 위안하고 있었을지 모르겠다. 하지만 북텔러리스트의 낭독은 달랐다. 좋은 발성으로 안 틀리고 그냥 읽는 것이 아니라 한 문장 한 문장 곱씹으며 어떤 마음으로 읽어야 하는지 늘 고민하게 만들었다. 그래야 그에 맞는 속도와 호흡과 말투가 따라오기 때문이다. 내가 지금까지 해온 낭독은 글자를 소리로 변환하는 작업에 불과했던 것이다.

'어떤 생각으로 이런 말을 하는 걸까? 어떤 마음인 걸까? 많이 슬펐을까? 아니면 그 슬픔을 철저하게 외면하고 있는 걸까? 착한 사람인가? 음흉스런 마음을 담고 있나?' 자꾸만 글 속 인물들을 이해하려고, 제대로 보려고 애쓰게 되었다. 그리고 애를 쓰다 보면 주인공이 바로 옆에 서 있는 것처럼 가깝게 느껴졌다. 그가 바라보는 것을 함께 바라보며 함께 안타까워하거나 속상해하고 그의 마음을 토닥이게도 되었다. 그 순간 나는 사람들에게 그의 이야기를 들려주는 존재가 된다. 내가 마치 그인 것처럼.

그걸 배워가는 과정들이 쉽지만은 않았다. 내가 아닌 타인의 감정이 되어 그의 말을 낭독의 방식으로 전한다는 것은 나에게 무척 버거운 일이었다. 나는 감정을 덜어내는 일에 익숙해져 있었기 때문이다. 2008년도에 라디오 방송국에 입사한 이후로 줄곧 뉴스만 했다. 뉴스가 무엇인가? 거기에 감정이란 게 들어갈 수 있는 것인가? 요즘에는 좀 더 자연스러운 뉴스 진행을 보기도 하지만, 그렇다 해도 아나운서가 아무 때나 자기 감정을 드러낼 수는 없다.

언젠가 어떤 아나운서가 뉴스를 전하면서 웃은 일이 있었다. 사람들은 "자질 부족이다" "뉴스가 장난이냐?"며 비난했다. 또 어떤 아나운서는 뉴스 클로징 멘트를 하다가 웃었다는 이유로 뉴스에서 하차하기도 했다. 당시 아나운서 국장이 뉴스 앵커의 필수 자질을 나열했는데 그중 하나가 '감정의 절제'였다. 앵커의 표정이나 말의 뉘앙스, 분위기 따위가 보도하는 뉴스에 영향을 미칠 수 있기 때문에 우리는 아나운서를 준비하면서 '평조'라는 것을 훈련한다. 그야말로 아무 리듬도 넣지 않고 감정도 넣지 않고 기계처럼 읽는 훈련이다.

그런데 이제 낭독을 하려고 하니 감정을 잘 표현하는 것이 매우 중요하게 되었다. 담지 않기 위해 노력했던 그 감정을 다시 주워 담아야 하는 상황이 된 것이다. 그건 빼는 것보다 훨씬 더 어려운 일이었다.

이런 혼란스러움은 낭독 이전에도 한 차례 겪은 적이 있었다. 뉴스를 몇 년간 하다가 라디오 디제이로 방송할 기회가 생겼다. 누구보다 잘하고 싶었다. 방송이 끝나고 나오면 "오, 경옥 씨! 잘하는데~ 좋은데~" 얘기를 듣고 싶었다.

잘 준비했고 긴장 속에 첫 라디오 진행을 마쳤다. 스튜디오 문을 열고 나오는데 누군가 말했다. 내 진행이 너무 딱딱하다고. 어떤 부분이 딱딱하다는 거지? 뭐가 문제인 거지? 나는 나답고 아주 자연스러웠다고 생각하는데. 그 당시에는 답답하고 막막했다.

일단, 말투부터 문제였다. '습니다'에 익숙한 뉴스 진행자는 라디오 음악 프로그램을 진행할 때에도 '입니다' '습니다'를 주로 쓴다. 그리고 속도. 어쩜 속도도 그렇게 일정하고 기계적일 수가. 라디오 진행자는 뭔가를 읽는 사람이 아닌 '말'을 해야 하는 사람이다. 실제로 작가의 원고를 읽고 있다고 하더라도 내 생각처럼 읽어야 한다. 그러나 뉴스에 익숙한 사람은 말하는 것처럼 하지 않는다. 말하고 싶은 마음은 굴뚝같겠지만 마음과 다르게 아주 딱딱하게 읽어 내려가는 것이다.

그래서 '입니다, 했습니다'를 '해요, 했죠'로 바꾸고, 말도 조금 느리게도 해보고, 친구에게 들려준다 생각하며 그의 얼굴을 떠올리는 등 내 딴에는 바꿔보겠다며 고군분투했다. 이제 좀 자연스러워졌겠지 생각하며 방송을 마치고 나온 어느 날 누군가가 말했다. "경옥 씨, 라디오가 꼭 뉴스 같아~" 별일 아니라는 듯 툭 내뱉고 지나가는 그 사람의 뒤통수를 한참을 바라보았다. 어쩌면 노려보았을지도……

그랬던 나에게 이제는 한술 더 떠 내 감정 말고 화자의 감정을, 주인공의 감정을 담으란다. 연기라는 것도 좀 해보라는 것이다. 목소리 연기자인 성우들 앞에서 서툰 나의 연기가 얼마나 웃길까 싶어 입을 떼기도 전에 내 마음은 쥐구멍부터 찾곤 했다. 에라, 모르겠다, 일단 내뱉고 나면 나는 민망할 정도로 얼굴이 빨개졌고, 그렇게 모임 내내 '볼 빨간' 채로 있다가 집에 돌아가서는 잘 안 됐던 대사 하나를 붙잡고 씨름하곤 했다.

박형서 작가의 〈자정의 픽션〉이라는 작품으로 낭독 공연을 했을 때였다. 내가 맡은 역할의 첫 대사는 "멸치 어디 있어?"였다. 밤늦게까지 마트에서 일하고 주린 배를 부여잡고 집에 와 국수라도 끓여먹을 심산으로 냉장고에서 멸치를 찾는다. 그런데 멸치가 보이지 않는다. 피곤하고 배고파 죽겠는데 이놈의 멸치가 안 보이니 짜증이 났을 거다. 그 상태로 남자 친구를 향해 말한다. 멸치가 어디에 있는 거냐고. 그녀의 마음 상태가 어떨지 짐작해 보자면 짜증이 스멀스멀 올라오지만, 너무 짜증나서 버럭 화를 낼 정도는 아니다. 하지만 이렇게 늦게까지 일하고 돌아와야 하는 현실에 대한 답답함과 남자 친구에 대한 원망스런 마음을 담아 묻는 멸치의 행방. 그 감정을 담아 읽는 게 초짜인 내가 되겠냐 말이다.

나는 자나 깨나 불조심도 아니고 자나 깨나 멸치를 찾기 시작했다. 샤워를 하다가도 멸치가 어디에 있는지 묻고, 밥을 하다가도 멸치, 화장을 하다가도 멸치를 찾았다. 네 살 아이를 뒤에 태우고 운전을 하다가 신호에 걸려 정차했을 때에도, 신호등에게 약간의 짜증과 원망의 마음을 담아 물었다. "멸치 어디 있어?" 때마침 횡단보도를 건너는 사람이 있어 그 사람 얼굴을 보면서도 "멸치 어디 있어?" 했다. 그랬더니 뒤에 앉아 있던 아이가 당황스러운 말투로 "며치? 며치?" 하며 두리번거리는 거다. 아이는 그 순간 엄마가 자기에게 물어보는 줄 알고 어떻게라도 찾아주고 싶었나 보다. 그렇게 연습을 했건만 공연 당일 나는 진짜 그녀가 되지 못한 채 아쉬운 마음으로 무대를 내려와야 했다.

낭독, 나를 변화시키다

글 속 화자의 마음을 헤아려보고, 주인공의 감정을 함께 느껴보려 애쓰는 것, 낭독이란 소통의 과정이라는 생각이 든다. 소설 속의 이야기에 귀를 기울이고 느끼고 그것을 나의 목소리로 낭독하다 보면 죽어 있던 인물들이 살아나는 것 같은 느낌을 받는다. 소설 속 인물들과 소통하고, 나아가 나의 낭독이 사람들의 소통의 욕구를 자극할 수 있기를 바란다면 너무 비약일까?

어느 날 밤 누워서 최은영 작가의 〈그 여름〉이라는 단편을 읽고 있었다. 나의 양쪽에는 두 아들이 곤히 잠들어 있고, 나는 자그마한 북라이트에 의지해 조심스레 책장을 넘기고 있었다. 열여덟 소녀 이경과 수이, 둘은 첫 만남부터 강렬하게 서로에게 끌리고 여느 커플처럼 사랑을 시작한다. 하지만 적극적으로 자신의 마음을 말하고 다가가는 이경과 다르게, 수이는 늘 주저하고 조심스럽다. 그것이 이경을 사랑하지 않아서가 아니었음을 이경은 잘 알지 못한다. 수이의 삶에는 늘 이경이 있었고 그녀가 없는 삶은 상상할 수도 없는 일이었다. 그러나 이경은 결국 사회로 진출하면서 다른 사람에게 관심이 생겨버린다.

나의 연애나 그녀들의 연애나 크게 다를 바가 없다 느꼈는데, 그래서였을까? 이경의 마음도 수이의 마음도 다 이해가 돼서 나는 읽는 내내 조마조마했다. 둘의 마음이 조금도 변하지 않기를 바라는 마음으로 읽었던 것 같다. 아니 어쩌면 수이의 마음이 되어 이경이 내 곁을 떠나지 않기를 바라고 있었는지도 모르겠다. 나는 처음에도 그랬고 지금도 여전히 그 모습 그대로, 이경을 사랑하는 마음 그대로 나무처럼 여기 서 있다고 이경에게 말하고 싶었는지도 모르겠다.

하지만 결국 이경은 수이의 곁을 떠난다. 이경이 챙겨 온

짐 박스를 멀찍이 떨어져 앉아 바라보고만 있던 수이가 말한다. "행복했었어." 잠들어 있는 두 아이 사이에서 조용히 눈으로만 책을 보다가 그 순간 입을 떼어 소리 내 읽어보고 싶어졌다. 하지만 입을 뗀 후 나는 아무 말도 못했다. 자꾸만 숨을 고르게 되고, 그러다 소리를 냈는데 울음소리였다. 입을 뗀 순간 나는 수이가 되어버렸다. 그 상황이 너무 가슴이 아파 이경을 붙잡고 가지 말라고, 정말 내 마음 모르냐고, 나는 늘 변함이 없었다고 말하고 싶은 심정이었다. 나는 수이를 따라 숨을 고르고 말을 골랐다. "행복했었어." 이 말을 수이가 어떤 마음으로 했을까 머리로 계산해 볼 필요도 없었다. 무너지는 마음을 그냥 느낄 뿐이었다.

한동안 그 감정에서 헤어 나오지 못하고 화장지로 눈물을 찍어대다가 결국에는 소리 죽여 꺽꺽 울고 말았다. 한참을 울다가 정신을 차리고서는 갑자기 터져버린 울음의 이유를 찾기 시작했다. 눈으로 읽을 땐 이렇게까지 몰입하지는 않았다. 그저 안타까워했을 뿐이다. 하지만 수이가 떠나가는 이경을 눈에 담는 그 순간에 나는 낭독의 방식으로 읽고 싶어졌고, 입을 뗀 순간 글 속으로 훅 빨려 들어가면서 수이가 되어버렸다. 낭독이 무엇이길래 이토록 강렬하게 내 감정을 흔드는 것일까?

북텔러리스트 연습실을 처음 찾아갔을 때다. 조심스레 문을 열고 들어가자 연출자가 기다리고 있었다. 낯설고 어색해 안절부절못하고 있는데 다시 문이 열리고 굵직한 목소리로 인사하며 남자 성우 한 명이 들어왔다. 더 어색해졌다. 책을 펼쳐 한 문장 읽어보기도 하고, 훈련의 일환으로 몸을 움직여보기도 하고, 이런저런 이야기가 오가기도 했다. 그러다가 연출자가 이야기를 시작하고 나는 하나도 빠짐없이 담아두고 싶어 집중을 하고 있는데 이상한 느낌이 나를 사로잡았다.

'알.'

내 몸과 마음을 감추고 있던 알이 깨지고 있다는 느낌. 지금도 그 느낌을 어떻게 설명해야 할지 난감하다. 나를 감싸고 있던, 어쩌면 가두고 있던 알의 껍데기가 부드러워지며 조금씩 떨어져나가는 느낌이었달까? 그래서인지 낭독을 배우면서 나는 점점 마음이 몽글몽글해졌다. 그냥 눈물이 날 것 같기도 했다. 여기에서라면 나의 솔직한 이야기를 털어놓아도 될 것 같고, 껍데기 안에 갇혀 살았던 내가 그 껍데기를 깨고 나와 내 안에 숨어 있는 끼를 꺼내놓아도 될 것 같고……

낭독 연습을 하다가 난데없이 울컥하기도 했고, 쉬이 눈

시울이 붉어지기도 했다. 집으로 돌아가는 길, 내 안에 켜켜 묵은 감정들이 하나둘 올라오기도 했다. 그러면서 '도대체 내 안에서 무슨 일이 벌어지고 있는 건가?' 의아했다.

낭독의 방식으로 책을 읽으면서 나는 훨씬 깊이 있게 책을 읽게 되었다. 화자의 입이 되어 낭독을 하려니 내용을 이해하지 못하면 입이 안 떨어졌다. 내용을 잘 이해하려고 집중했고, 그걸 넘어 더욱 깊이 느껴보려고 몰입했다. 그러다 보니 자연스럽게 가상 공간을 만들며 책을 읽기 시작했다. 가령 이런 글을 낭독한다고 해보자.

"문을 열고 들어서니 검은 수염이 텁수룩하게 나 있는 건장한 남자가 서 있었다. 그는 흰 셔츠에 감색 슬랙스를 입고 있었고, 어딘지 모르게 초조해 보였다. 그의 옆으로 테이블 하나가 있었는데 그 위에 찻잔이 두 개 놓여 있었고, 언뜻 보기에도 차가 아직 식지 않은 것 같았다."

이런 글을 낭독하려 할 때, 나는 입을 떼는 것과 동시에 화자의 눈으로 주변을 둘러보게 된다. 문을 열고 들어서서 한 남자를 바라본다. 역시나 그는 검은 수염이 많이 나 있다. 옷은 예상대로 흰 셔츠에 감색 슬랙스. 생각보다 배가 좀 나왔네. 아, 저게 그 식탁이구나. 그 위에 놓인 두 개의 찻잔……

나는 작가가 인도하는 대로 따라가고, 그가 그려놓은 그대로 눈에 담는다. 낭독을 시작하면서 소설을 더 많이 읽게 되는데, 아마도 장면을 마음껏 상상해 볼 수 있기 때문이 아닐까 싶다. 내가 그려놓은 인물 곁으로 가 그를 만나보는 일은 낭독이 주는 짜릿함이다. "독서는 무엇인가?"라는 물음에 '간접 경험을 하는 것'이라는 뻔한 답을 내놓곤 했는데, 이제 나에게 책 읽기란 '사람을 만나는 일'이 되었다. 실재하지 않지만 실재하는 듯한 사람을 만나 그의 마음을 들여다보는 일, 그게 독서, 특히 소설을 읽는 재미이다.

소설을 통해 사람을 만나는 일은 감동적이고 감사한 일이다. 나는 그것이 낭독 덕분이라고 자신 있게 말할 수 있다. 내가 '그'가 되어 낭독해 보려 노력하다 보니 더욱 깊이 있게 문장을 들여다보게 되었고 온전히 책의 내용에 몰입하는 방법을 배울 수 있었다.

낭독 한번 해보실래요?

올해 초 가족 회의를 소집했다. 각자 올해 목표를 세워 발표를 해보자고 제안했고, 그렇게 넷이 한 자리에 모였다. 세 살이 된 꼬맹이는 계속 앉았다 일어났다 뛰었다 춤췄다 했고, 놀라웠던 것은 첫째아들의 계획이었다. 세 가지 목표 중 첫 번째가 '낭독하기'였다. 낭독을 좋아하는 엄마가 듣기 좋으라고 그랬는지는 모르겠지만 정말 그런 거였다면 적중했다. 몹시 좋았으니까. 그리고 나의 목표 중 하나는 매달 '가족 낭독회'를 개최하는 것이었다. 매달 한 번씩, 읽은 책 중에 좋았던 부분을 낭독하는 것이다. 길이도 상관없고, 일기를 써서 낭독해도 괜찮고, 어쨌든 낭독이란 것을 서로에게 해주면 참 멋지겠다 싶어 슬쩍 제안을 했다.

사실 작년에도 남편에게 가족 낭독회를 제안한 적이 있었다. 그때 남편은 뭐라고 했던가. '살다 살다 별일을 다보겠네' 하는 듯한 표정으로 "당신 혼자 해보라"고 하지 않았던가. 그랬던 남편도 변하고 있는 게 분명하다. 이번에는 고개를 끄덕이며 "괜찮은 생각"이라고 한 걸 보면. 과거의 나를 너무나 잘 아는 사람이기에 "책을 대하는 나의 마음이 확연히 달라진 걸 보면 낭독에 뭔가 있긴 있다"는 것을 알아챈 게 분명하다.

그러나 가족 낭독회는 아직까지 단 한 차례도 치르지 못했다. 아무래도 무리였나? 하지만 나는 믿는다. 언젠가는 가족 낭독회가 열릴 거라는 것을. 거실 한쪽 벽에 "나의 올해 목표—가족 낭독회"라는 글씨가 종이에 적혀 펄럭이고 있는 한 반드시 이루어질 것이다. 왜냐하면 이루어질 때까지 펄럭이게 둘 것이기에.

나에게 소박한 소망이 하나 더 있다면 '우리 동네 낭독 모임'을 만드는 것이다. 처음 낭독을 배우면서는 이해하고 익히기에 급급했고, '조금씩 낭독을 알아가고 있다'고 생각될 땐 낭독의 대가가 되고 싶었다. 내가 입만 열면 '브라보'가 절로 나오는 낭독을 꿈꾸기도 했다. 하지만 지금은 조금 달라졌다. 더 많은 사람이 낭독을 맛보고 그 맛에 빠지게 하고 싶어진 것이다. 낭독 전도사가 되고 싶은 것이다. 방송국 아나운서 후배에게도 "낭독을 해봐"라는 말을 입버릇처럼 하고, 낭독에 조금이라도 관심을 보이는 사람을 발견하면 낭독이 얼마나 신기한 책 읽기 방식인지 한참을 붙잡고 얘기하곤 한다.

해보고는 싶지만 혼자서는 잘 안 될 것 같은 이러한 낭독을 동네 사람 몇몇이 모여 쑥스러움을 이겨내며 서로에게 해주는 상상도 해보곤 한다. 한때 태교로 낭독을 하면 참 좋겠다 싶어 산부인과 로비나 산후조리원에서 낭독회를 열면 의미 있을 것 같다는 생각을 했었다. 물론 실행하지는 못했지만 마르크 로제의 《그레구아르와 책방 할아버지》라는 책을 최근에 읽으면서 충분히 실행 가능할 것이라는 생각이 들었다. 그리고 그것의 파장이 생각보다 근사할지도 모른다는 생각이 들었다.

그레구아르는 한 요양원에서, 전직 책방 주인이었고 지금은 파킨슨병을 앓고 있는 조엘 피키에 할아버지를 만나 낭독을 배운다. 처음에는 이게 도대체 뭐하는 건지 난처해하던 그도 차차 낭독이 사람들에게 얼마나 중요한 행위가 될 수 있는지 알아간다. 피키에 할아버지 방에서 처음 낭독이라는 것을 했던 그는 나중에는 요양원 로비에 사람들을 불러 모아 낭독을 했고, 거동이 불편한 분들을 위해서 직접 방으로 찾아가 낭독을 해주기도 한다. 그러다 그가 나무에게까지 낭독을 해주는 장면에서는 나도 모르게 슬쩍 발코니 한쪽에 있는 화분을 쳐다보기도 했다. 못할 이유가 뭐가 있겠는가? 좋은 말을 듣고 좋은 음악을 들은 꽃나무들이 훨씬 고운 빛깔을 띠며 잘 자란다는데, 낭독이라고 다를 게 있겠나 싶은 마음이 들었다.

누군가의 마음을 다독이고 위로하는 낭독을 하고 싶다. 요양원 어르신들에게, 보육원의 아이들에게, 아기를 품고 있는 엄마 아빠들에게, 나의 아이에게, 새에게, 나무에게, 구름에게 낭독해 주고 싶다. 나의 낭독으로 인하여 누군가가 어제보다 나은 마음으로 오늘을 맞이할 수 있다면 이 얼마나 감사한 재능인가. 한때는 한 치의 오차도 허용하지 않는 완벽한 낭독을 하고 싶었지만 지금은 아니다. 조금 서툴고 삐걱거려도 한없이 따뜻하고 근사한 낭독을 하고 싶다. 그런 낭독자가 되고 싶다.

그것은 때로 '나만의 방'으로 데려가 나를 쉬게 한다

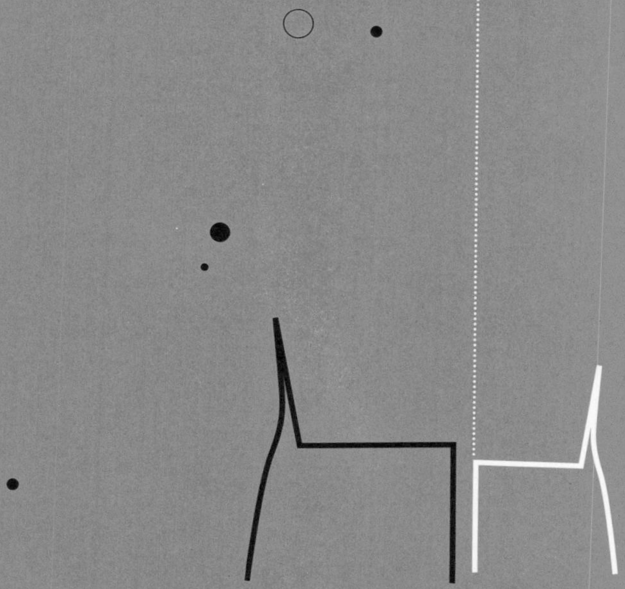

김현수

KBS 38기 성우. 평소엔 축 처져 있다가도 마이크 앞에서는 살아난다. 글에 담긴 정서가 나를 통해 생동감이 더해질 때, 마음이 두근거린다. 애니메이션 〈배드가이즈〉, 영화 〈어벤져스: 인피니티 워〉, 어플 〈창덕 ARirang〉을 더빙했고, 오디오북 《밤의 이야기꾼들》 등을 낭독했다.

말, 그 어려운……

나는 조용한 게 좋다. 홀로 있는 적막감을 즐기곤 하는 나는 사람들과 섞여 있는 게 힘들고 때론 귀찮다고 느낄 때마저 있다. 나에게는 쓸쓸하고 고요한 감각을 느끼면서 머물 수 있는 시간과 공간이 필요한데, 그 속에서 에너지가 충전되기 때문이다. 깊은 마음의 평화도 그 속에 있을 때 맛보곤 한다. 물론 사회 생활에 필요한 최소한의 만남과 대화는 하고 살지만, 밖에 나갈 이유가 없을 때는 집에만 있고, 애써 누군가를 만나려 하지도 않는다. 부모님과 함께 살았을 때도 거의 내 방에서 나오지 않았으니까.

다행인지 불행인지 외로움도 잘 느끼지 않는다. 그렇다고 사람 자체가 싫은 건 아니다. 내가 좋아하는 사람들도 많이 있다. 연인, PC방에서 함께 놀던 고등학교 동창 삼총사, 십대 때부터 쭉 만남을 이어와 지금은 아저씨 아줌마가 된 온라인 게임 친구들, 대학 클래식 기타 동아리 동기들…… 이들은 같이 있을 때 무슨 말을 해야 할까 고민하지 않아도 되는 사람들이다. 가끔은 이들과 함께 있으면서 내가 좋아하는 것에 대해 이야기할 때는 제법 말이 많아지기도 한다.

그래도 여전히 나에겐 말이 참 어렵다. 특히 내 개인적인 이야기는 거의 하지 않는다. 돌이켜보면 어머니와 함께 살 때 아프다는 말조차 잘 하지 않았던 것 같다. 이런 내가 성우가 된 것을 보고 어머니는 "말도 잘 하지 않는 애가 입으로 일하는 성우가 되었다"며 신기해 하셨다.

그렇다 보니 남들이 볼 땐 무뚝뚝해 보일 것이다. 그러나 실은 꽤나 민감한 편이다. 어릴 때 거실에 앉아서 혼자 〈죽은 시인의 사회〉라는 영화를 본 적이 있다. 영화를 보면서 어느 순간 내가 펑펑 울고 있었다. 학교에서 쫓겨나는 키팅 선생님을 마지막으로 떠나보내며 학생들이 하나둘 책상 위로 올라서는 장면이었다. 그 장면 속 이야기를 깊이 이해할 수 있는 나이가 아니었다. 유치원생이었거나 초등학교 1,

2학년 정도였을 테니까. 아마도 그 장면에서 느껴지는 애잔하고 슬픈 느낌에 공감한 게 아니었을까 싶다.

그리고 제목이 생각나지 않는 또 다른 영화를 보면서도 주인공이 죽는 장면에서 세상이 떠나가라 울었던 기억이 난다. 뭐가 그렇게 슬펐을까? 정확한 이유는 모르겠지만 나는 인간의 감정 중에 유독 슬픔에 민감한 편이다. 어머니는 나를 임신하셨을 때 당신이 너무 울어서 그런 것 같다지만, 알 수 없는 일이다. 내가 민감하게 반응하는 슬픔은 나중에 일종의 나의 취향처럼 되었다. 좋아하는 음악, 노래, 소설, 보컬의 음색, 내가 연주하는 곡까지 기본적으로 슬프거나 쓸쓸한 느낌이 깔려 있으니 말이다. 자라면서 나는 내 안의 이런 감정들을 서툰 말보다는 주로 음악으로 표현하고자 했던 것 같다.

음악이 데려가 준 우리만의 공간

중학생 시절, 감정이 요동치던 사춘기. 나는 감정이 요동치다 못해 폭발하는 록 음악을 듣게 되면서 거기에 완전히 빠져들었고, 좋아하는 밴드의 음악을 하루에 몇 시간씩 따라 부르기도 했다. 노래를 잘하기 위해 따라 불렀다기보다는 느낀 대로 감정을 발산하는 그 순간을 즐겼던 것 같다. 그 자체가 기쁨이고 행복이었다. 누가 들으면 꽥꽥거리는 소리로 들렸을 테지만…… 고등학교를 졸업할 때까지 몇 해 동안 나는 매일매일 노래를 불렀다. 여전히 혼자였지만 자유로운 느낌, 표현하는 즐거움을 그렇게 알아갔던 것 같다.

나는 대학생이 되어서도 누군가와 어울리는 것을 그리 좋아하지 않았던 터라 동아리 활동에도 별 관심이 없었다. 그런데 유독 한 동아리가 자꾸 눈에 들어왔다. 기타 동아리였다. 성격상 쉽게 다가가지 못하고 망설이다 결국 동아리 홍보 기간이 끝난 뒤에야 용기 내서 따로 찾아갔는데, 가서 보니 정확히는 클래식 기타 동아리였다. 클래식 기타가 뭔지도 몰랐지만 나는 그 소리에 바로 마음을 빼앗겼다. 지금 생각해 보면 그때 내가 낸 소리들은 들어주기 민망할 정도였고, 게다가 같은 음을 반복해서 치는 게 고작이었는데도, 튕기면 소리를 내주던 그 기타 소리가 나는 너무 좋았다.

클래식 기타는 치는 각도에 따라 또 살과 손톱이 어떻게 현에 닿느냐에 따라 소리 느낌이 달라질 정도로 예민한 악기다. 하지만 그때의 나는 그걸 알 리도 없었고, 그 섬세한 느낌을 표현할 수도 없었다. 그럼에도 클래식 기타의 소리는 짙은 여운이 있었고, 쓸쓸한 느낌이 묻어났다. 나는 사랑에 빠지듯 그 소리에 홀렸다.

그날 이후부터 학교에 있는 시간은 거의 대부분 동아리 방에서 기타와 함께 보냈다. 선배에게 레슨을 받으면서 기본기를 익히고 클래식 곡도 조금씩 연습하기 시작했다. 쉽지 않았다. 악보와 기타를 번갈아보며 짚어야 할 곳을 찾는 왼손도 어려웠지만, 그와 동시에 움직여야 하는 오른손은 또 왜 그렇게 말을 듣지 않는지……

그렇게 기타를 잡은 지 몇 달 만에 독주곡 한 곡을 연주할 수 있게 되었을 때, 난 좌절과 절망감으로 손가락을 어찌해 버리고 싶을 만큼 고통스럽던 시간에 대한 기억을 다 잊을 정도로 기뻤다. 그 곡을 시작으로 더 많은 곡을 연주할 수 있게 되면서 점점 더 클래식 기타에 심취해 갔다. 그때부터 무엇인가를 느끼기 시작했다. 아니, 반대였나? 음악 외의 모든 것에 대한 느낌이 사라졌다고 해야 할까?

나는 주로 학생회관 로비에서 연습을 했는데, 연주에 몰입한 순간에는 주변 사람들이 모두 사라지고 음악과 나만 있는 느낌이 들곤 했다. 신기한 느낌이었다. 내가 좋아하는 그리고 마음의 평화를 위해 꼭 필요했던 나만의 공간은 물리적으로 혼자 있거나 막혀 있는 공간이어야만 했던 게 아니었다.

내가 연주하는 곡들은 대부분 가슴속 깊은 곳의 감정들을 뒤흔드는 애잔한 선율이 많았는데, 그래서 더 몰입이 잘되었던 것 같다. 곡에서 느껴지는 감정대로 호흡하면서 계속 기타를 치다 보면 '그 순간'이 열리곤 했다. 모든 것이 사라지고 기타 소리와 나만 남는 순간 말이다. 내가 직접 연주하지 않고 이어폰으로 음악을 들을 때에도 가끔 그런 공간 속으로 들어가질 때가 있다. 그럴 때면 마치 내가 음악이 된 것 같다. 다른 모든 것은 사라지고 오로지 그것만 남은 느낌, 나는 그 느낌이 정말 좋다.

이야기에 올라타 함께 흐를 때

그렇게 클래식 기타에 미쳐 20대를 보낸 나는 학교를 졸업할 시기가 다가오자 '뭘 하며 먹고살아야 하나?' 고민에 빠졌다. 그때 떠오른 것이 성우였다. 어릴 때부터 비디오를 빌려 애니메이션을 보는 것이 취미였던 나의 일상에는 늘 애니메이션 전문 채널인 '투니버스'가 함께했다. 그러다 보니 자연스럽게 캐릭터들의 목소리를 연기하는 성우를 좋아하게 되었다. 대학 생활과 클래식 기타에 빠져 잊고 지내다가 문득 그런 성우들을 선망하고 있었다는 사실이 떠오른 것이다. 몇 달을 고민한 끝에 성우 학원에 등록했다.

그렇다고 '꼭 성우가 되겠어!' 하고 아주 진지하게 매달렸던 건 아니다. 나는 목표를 세우고 행동하는 사람이 아니다. 오히려 목표라는 게 있으면 그게 나를 옥죄며 엄청난 스트레스와 부담으로 다가오는지라 성우 공부도 설렁설렁 학원에 다니는 게 고작이었다. 성우 공부에 본격적인 발동이 걸리기까지는 1년이라는 시간이 걸렸는데, 아마도 대사 연기를 하면서부터였을 것이다.

한 순간에 극중 인물에 몰입되는 느낌, 나와는 전혀 다른 인물이 되어보는 경험, 타인의 상황과 감정을 이해하고 공감함으로써 나에게도 같은 반응이 일어날 때의 묘한 심리적 변화, 그리고 몸에서 나오는 반응 등 모든 것이 새로웠다. 음악을 타고 종종 다른 시공간으로 여행을 다녀올 수 있었던 것처럼 연기를 통해서도 다른 시공간으로, 다른 감각으로 빠져들 수 있음을 얼핏 본 것이다. 그때서야 비로소 진짜로 성우가 되어야겠다는 생각을 했다. 드디어 나는 매우 진지해졌고, 클래식 기타에 빠지듯 성우 준비에 열정을 불태우기 시작했다. 그리고 몇 년 뒤 나는 정말로 성우가 되었다.

성우가 된 뒤 나는 자연스레 라디오국의 오디오북 관련 프로그램들을 접할 수 있었다. 직접 오디오북에 참여해 짧은 낭독도 해보고 다른 사람의 낭독을 듣기도 했다. 그런데 왠지 모르게 책의 내용과 목소리가 겉도는 느낌이 들고, 그러다 보니 집중하기가 힘들었다. 이유를 알 수 없어 고민에 빠져 있던 즈음, 마침 구자형 성우와 함께 오디오북 작업을 할 기회가 주어졌는데, 구자형 성우는 당시 북텔러리스트 활동을 막 시작했던 터라 낭독에 대한 열의와 자신의 변화에 대해 자주 이야기를 들려주었다. 때론 우리 후배들에게 비교해 보라며 두 가지 버전의 낭독을 들려주기도 했다.

그의 설명과 낭독 시연을 보면서 왜 내 목소리가 책의 내용과 겉도는 느낌이 들었는지 어렴풋이 알 것도 같았다. 음악과 하나되던 느낌, 다른 사람을 연기하면서 그와 교감하던 그 느낌을 그때의 내 낭독에선 찾을 수가 없었던 것이다. 물론 책 속 살아 숨 쉬는 세상을 낭독으로 표현해 내는 일이 처음부터 쉬운 것은 아니다. 나는 그 방법을 제대로 알고 싶었고, 내 것으로 만들고 싶었다. 그 열망이 나를 북텔러리스트로까지 이끌었다.

북텔러리스트에서 연출자와 다른 성우들과 더불어 낭독 공부를 한 지 3년쯤 되었을 때, 아주 조금씩 낭독에 대한 감이 잡히기 시작했다. 어쩌면 음악도 그렇지만, 낭독도 내가 어느 날 갑자기 문을 열고 들어설 수 있는 것이라기보다는 쉼 없이 노크를 할 때 비로소 그것이 나에게 문을 열어주는 그런 것인지도 모르겠다는 생각이 들었다. 음악이 문을 열어 나를 자신의 세계로 초대해 준 것처럼, 낭독도 어느 날 나에게 손을 내밀어 다른 시공간으로 데리고 가주었다.

낭독이 주는 그 기쁨의 순간을 맛보기 위해서는 이야기의 흐름에 올라탈 수 있어야 했다. 마치 서퍼가 파도를 올라타듯이 이야기에 올라타 같이 흘러야 하는 것이다. 책을 펴고, 소리를 내어 읽어 내려간다. 이야기가 서서히 펼쳐진다. 묘사되는 상황과 그 안에서 움직이는 감정, 사건의 전개 등이 나의 호흡과 서서히 맞물리며 작품의 템포와 내 호흡의 템포가 딱 맞아떨어지는 순간이 온다. 마치 거울 속의 내가 거울 밖의 나와 똑같이 움직이는 것처럼 작품 속 이야기와 낭독자인 내가 하나의 흐름을 타고 흐르게 될 때, 내가 그 작품 안에서 자연스럽게 호흡하게 된다.

강하지 않아도 격정적일 수 있다

내가 클래식 기타에 빠져 있던 시절, 특히 좋아했던 곡이 있다. 바로크 시대의 독일 음악가인 실비우스 레오폴트 바이스Sylvius Leopold Weiss의 곡인데, 나는 그의 곡을 수없이 연습하고 연주했었다. 그리고 틈만 나면 거장들의 연주를 찾아 들었다.

그날도 어떤 연주가 있나 찾고 있었다. 찾다 보니 내가 좋아하는 〈환상곡Fantasie〉 연주가 있었다. 나도 즐겨 연주하는 곡이었고, 클래식 기타 거장의 연주였기에 너무 궁금해 바로 들어보았다. 영롱한 음색에 점점 빠져들어 갔다. 이윽고 내가 좋아하는 격정적인 부분이 나올 찰나. 앗! 나는 살짝 당황했다. 나는 격정적이라 생각해 늘 힘을 주어 강하게 연주했던 부분에서 거장은 오히려 힘을 빼고 연주하는 게 아닌가! 그런데 더 놀라운 것은 강하게 연주한 것도 아닌데 격정적인 느낌을 준다는 사실이었다. 그의 연주에는 강세만이 아닌 템포가 살아있었다. 그 격정적인 부분에 도달하기 전부터 이미 이어져오던 빠른 템포를 이용해, 그 부분에서 애써 힘을 주지 않아도 충분히 격정적으로 들리게끔 한 것이다. 그것도 훨씬 아름답게. '이게 바로 절제된 표현이라는 거구나' 단박에 느낄 수 있었다. 충격적이었지만, 동시에 작지 않은 깨우침을 얻을 수 있었다.

훗날 북텔러리스트에 들어와 낭독 공부를 하면서 이 거장의 연주가 종종 생각났다. 낭독에도 분명 과하지 않으면서도 듣기 좋은 표현 방식이 있을 거라 생각했다. 큰소리보다 오히려 볼륨을 줄여 집중도를 높일 수도 있고, 템포나 호흡으로 전달력을 높일 수도 있을 것이다. 구자형 성우의 낭독을 듣다 보면 그런 게 느껴지기도 한다. 이 선배의 낭독에선 또 신기하게 색감이 느껴지기도 한다. 한번은 다른 성우가 구자형 성우의 낭독을 듣고 흑백 사진을 보는 것 같다고 표현한 적이 있는데, 나 역시 그 표현에 매우 공감했었다. 그날의 텍스트와 목소리 톤, 느릿한 템포 등이 어우러져 오래된 흑백 사진 한 장을 건네받은 느낌이었다.

낭독은 이렇게 묘하기도 하고 재미도 있지만, 하면 할수록 어렵게 느껴지기도 한다. 힘들어하면서도 내가 여전히 북텔러리스트에 남아 있는 이유는, 아마도 클래식 기타를 치면서 느꼈던 '나만의 공간'에서 충전되고 치유되는 느낌을 낭독에서도 느꼈기 때문이 아닐까 싶다. 낭독 공부를 몇 년째 지속하고 있는 이유야 멤버들마다 다르겠지만 낭독을 통해 우리 각자가 발견해 가는 재미와 기쁨, 변화, 치유의 이야기를 사람들과 나누고 싶은 마음은 모두 비슷한 것 같다. 물론 처음부터 그렇지 않았을지 모르지만, 낭독 공연과 온라인 낭독회를 통해 사람들에게 직접 자신의 낭독을 들려주면서 소통의 기쁨이 무언지 알아버린 뒤로 우리는 은근히 낭독 공연을 기다리게 된 것이다.

그동안 낭독했던 작품 가운데 특히 나의 감성과 잘 맞는 작품들이 있었는데, 그 가운데서도 레이먼드 카버의 소설 〈대성당〉이란 작품은 쓸쓸하면서도 따뜻하고 아름다웠다. 콤플렉스와 편견 덩어리인 주인공이 아내의 친구인 맹인 로버트를 만난다. 자신이 가진 편견으로만 로버트를 대하던 주인공이 우연히 TV 화면에 나온 대성당을 로버트에게 설명하게 된다. 설명 중간에 자신이 실은 설명하는 데 서투르다며 민망해하자, 맹인 로버트가 그의 손을 잡고 함께 종이 위에 대성당을 그려보자고 제안한다. 주인공의 손 위에 로버트가 손을 얹고 주인공이 움직이는 대로 따라 움직인다. 네모난 집, 첨탑, 아치 모양의 창문…… 주인공은 로버트의 격려를 받으며 함께 그림을 그려나간다. 그렇게 맹인 로버트와 소통하게 되면서 주인공의 마음은 충만해지고 치유가 일어난다.

낭독 연습을 할 때만 해도 나는 주인공이 치유되어 가는 과정이 머리로는 이해되었지만 마음에까지 확 와 닿지는 않았다. 더 잘 이해하고 마음으로 느낀 뒤에 표현해 보고 싶었지만 생각처럼 잘되지 않았다. 낭독회 당일, 나는 잘해야겠다는 부담감을 내려놓고 작품의 흐름을 타며 편안히 읽어 내려가자고 마음을 다잡고 책을 펼쳤다. 찌질하고 밉상인 주인공의 생각들이 가득 담긴 내용이었지만, 읽어 나가는 동안 그를 서서히 알아가는 재미가 새롭게 느껴졌다. 그런데 시종일관 심술부리고 틱틱 대기만 하던 그가 갑자기 매일 힘들게 잠든다는 이야기를 하던 중 자신의 고통을 떠올리는 장면에서 낭독하는 내 마음도 덩달아 짠해졌다. 무언가 결핍감 속에 살아가는 우리도 그 밉상인 주인공과 별반 다르지 않겠구나 싶었다.

그리고 자기가 무시하던 맹인 로버트와 손을 잡고 대성당을 그리던 주인공이 눈을 감은 채 "나는 우리 집 안에 있었다. 그건 분명했다. 하지만 내가 어디 안에 있다는 느낌이 전혀 들지 않았다"라고 심정을 토로하는 대사를 옮기면서 내 심장이 두근거리는 것이 느껴졌다. 로버트와 대성당을 그리는 경험을 통해 주인공이 암울함에서 벗어나 해방감을 느끼는 것이 나에게도 고스란히 전해졌다. 주인공의 세상 속에서 나도 함께 치유되고 있었다. 그렇게 책 속 세상이 내 세상과 만났다.

낭독하면서 나는 여러 등장인물들의 감정을 만난다. 그리고 그들의 감정을 내 입을 통해, 호흡을 통해 표현하면서 그들에 대해 더 알아가고 이해하게 되며 공감하게 된다. 그 이해와 공감은 실제로 사람들을 만날 때에도 도움이 되는 것 같다. 덕분에 내 곁에 있는 사람들도 이제는 좀 더 마음을 열고 바라볼 수 있게 되었다.

너와 내가 만나는 세상

나는 음악을 통해 간혹 맛보았던 느낌을 낭독을 통해서도 종종 느낀다. 느낌의 영역이라 언어화하긴 어렵지만 굳이 설명하자면, 다른 시공간이 열리는 느낌이랄까? 내가 사라지는 느낌이랄까? 몰입할 때 맛보는 어떤 느낌들인데, 한 번이라도 맛본 사람은 아마 짐작할 수 있을 것이다.

내가 또다시 그런 체험을 한 것은 신세기 작가의 웹툰 〈블루〉를 가지고 낭독 공연을 할 때였다. 그간은 공연에서 음악이 필요하면 기존 음악 중에 어울릴 만한 것을 골라 배경 음악으로 쓰곤 했는데 이번에는 프로 연주자인 황성곤 교수의 라이브 연주로 진행하게 되었다. 공연 OST를 직접 작곡까지 해오셨는데, 그런 프로 연주자와 함께 라이브로 공연한다는 것이 내심 기대가 되었다.

낭독 중 황성곤 교수의 피아노 연주와 나의 대사가 함께 흐르는 장면이 있었다. 주인공이 병상에 앉아서 과거 자신의 힘으로 어찌해 볼 수 없어 좌절했던 일들을 떠올리며 자신이 했던 말과 행동을 깊이 후회하는 장면이었다. 연주가 천천히 시작되고, 이내 나의 대사가 이어졌다. 찾아온 손님과 가볍게 농담 섞인 인사를 나눈 뒤 옛이야기를 꺼내면서 주인공이 깊은 한숨을 쉬고, 연주는 아련하게 변한다. 그러는 사이 주인공은 힘든 고백들을 하나하나 토해내기 시작한다. 그 고백들 하나하나를 내 입술을 통해 옮기는 순간 슬픔이 북받친 내가 참고 있던 눈물을 쏟아냈고, 연주자는 나의 감정에 맞춰 연주를 해주었다. 나 또한 그 음악을 타듯 그 위에 대사를 얹어갔다.

그 과정에서 나에게 아주 익숙한 느낌이 떠올랐다. 클래식 기타 동아리 시절, 우리는 무대 공연에서 2중주나 3중주, 4중주 같은 합주를 하곤 했는데, 그렇게 두세 명 이상의 연주자가 같은 곡을 가지고 서로 다른 파트를 맡아 연주할 때는 자기 연주를 잘하는 것도 중요하지만 상대방의 연주를 잘 듣는 것도 중요했다. 내가 상대방의 호흡을 이어받기도 하고, 상대방이 내 호흡을 이어받기도 한다. 상대가 앞으로 가면 내가 따라가기도 하고, 때로는 상대방이 내 연주를 따라오기도 한다. 메인 멜로디를 살려주기 위해 내가 죽어줘야 할 때가 있고, 때론 내가 치고 나가야 할 때도 있다. 서로의 호흡이 사인이 되고 지휘가 되고 악보가 되기도 한다.

그렇게 각 파트가 서로 호흡을 맞춰 화음을 이룰 때, 비소로 더 아름다운 멜로디로 완성되는 것이다.

그런데 길지 않은 장면이었지만 피아노 연주자와 함께 낭독 무대를 꾸미면서 나는 합주할 때 느꼈던 것과 같은 느낌을 받았다. 마치 2중주곡을 연주하는 느낌이었다. 내 대사의 느낌에 맞게 연주가 변하는 것이 느껴졌고 나도 즉각 거기에 반응했다. 단순히 내 낭독에 어울릴 법한 효과음을 깔아준 게 아니다. 나는 낭독으로, 연주자는 피아노로 마치 2중주곡을 연주하듯 그 순간을 함께 표현한 것이다. 내가 작품 속 등장인물의 정서에 공감하고 있을 때, 연주자도 그 장면 속으로 들어왔기에 가능한 일이었을 것이다.

이런 멋진 경험들이 쌓이고 쌓이면서 낭독은 과거 내게 노래와 클래식 기타 연주가 그랬던 것처럼 내 심장을 두근거리게 한다. 설레게 한다. 그리고 '나만의 방'으로 데려가 나를 충전시키고 치유해 주기도 한다. 나에게 낭독은 그냥 성우의 일이 아니다. 혼자 있기를 좋아하는 내가 나를 표현하는 또 다른 수단이 되어주고, 에너지를 충전하는 방법이 되어주며, 나와 세상을 더 넓게 이해할 수 있게 돕는 소중한 도구가 되어주고 있다.

'호흡'마저 낭독이 되는 순간

문지영

KBS 39기 성우. 사랑하는 사람과 함께할 때 행복을 느끼는 사람. 내가 행복을 느끼는 것처럼 내 목소리를 듣는 모든 이가 함께 행복하길 소망하며 성우 일에 임하고 있다. 다양한 방송의 내레이터로 활동하고 있으며, 오디오북 《새의 선물》《고래》《그 남자네 집》 등을 낭독했다.

찌그러져 걸어가던 양화대교

성우인 나에게 '낭독'은 필연이다. 아마 성우의 꿈을 가졌을 때부터 "어떻게 하면 더 재미있게 들려줄 수 있을까?" 고민했던 것 같다. 그래서 많은 시도를 했었다. 하지만 이렇다 할 답을 찾지 못한 채 "어떻게 하면 틀리지 않고 잘 읽을 수 있을까?" "어떻게 하면 더 좋은 소리로 매끄럽게 읽을 수 있을까?" 같은 질문들에 집중하고 있었다. 그러던 중 북텔러리스트 모임에 참여하게 되었다.

"너는 지금 이 말을 왜 하는 거니?"

"네? 글쎄요…… 얘는 지금 이 말을 왜 하는 걸까요?"

땀이 주르륵. 책에 그렇게 쓰여 있어서 읽었을 뿐인데, 왜라니? 홍시를 홍시라 하였을 뿐인데…… 홍시가 왜 빨갛냐고 물으시면…… 내가 뭘 놓치고 있는 걸까 생각해 보았지만 책에 얼굴을 묻을수록 하얀 것은 종이요 까만 것은 글씨일 뿐, 아무 생각도 나지 않았다.

사실 북텔러리스트 모임은 좀 집요한 데가 있다. 어떨 때는 한 페이지 낭독을 거의 한 시간 넘게 반복한 적도 있다. 들려오는 피드백들이 도대체 무슨 소리인지 알아들을 수 없는 때도 있다. 그렇게 모임을 마치고 나면 나는 한껏 찌그러진 채 모임 장소가 있는 당산동에서부터 양화대교를 걸어 집으로 간다. '무슨 낭독을 이렇게 머리 아프게 해야 한담? 북텔러리스트…… 그만둘까? 무슨 부귀영화를 누리자고 내가 이 모임을 계속하나?' 그런 날이면 한강 위로 비치는 여의도 야경마저 처량 맞아 보이곤 했다.

내가 북텔러리스트에 합류한 건 프리랜서 성우로 활동한 지 2년차 되던 해였다. 낭독이라면 내가 잘하고 재미있어하는 일이고 게다가 좋아하는 선배들까지 있는 모임이니 이 모임을 통해 성장할 나를 기대하며 즐거운 마음으로 참여하게 되었다. 그런데! 아니란다, 내가 소리 내어 읽고 있는 이것이 '말'이 아니란다. 분명히 소리 내어 또박또박 읽고 있는데, 안 들린단다. '안 들리신다니 제가 다시 한 번 들려드립죠' 하며 귀에 딱딱 꽂히도록 들려주겠다는 의지의 발성과 발음으로 최선을 다해 읽었는데도 아니란다.

그러던 어느 날 그렇게 너덜너덜해진 마음으로 양화대교를 걸어가는데, 번뜩 정신이 차려졌다. 휘청휘청 걷던 걸음을 멈췄다. 누더기가 된 마음을 하나하나 그러잡으면서 더 이상 모임에 나올까 말까 갈등하지 않기로 했다. 특별한 계기는 없었다. 단지 오기가 발동했을 뿐. '그래서 그 낭독이란 게 대체 뭔데요?!' 하는.

그 후 나는 '내가 뭘 놓치고 있는 걸까?' 책을 뚫어져라 쳐다보기 시작했다. 그러자 어느 순간부터 글자들이 내 머리에 와서 어떤 그림이 되고 생각이 되고, 그러면서 감정들이 반응하기 시작했다. 그랬더니 멤버들의 반응이 바로 돌아왔다. "야! 아까보다 훨씬 잘 들리잖아!!"

'잘 들린다고?'

그때 나는 어느 '골목길'을 묘사하는 부분을 읽고 있었는데, 그냥 '골목길'이라고 소리 내는 것이 아니라 그 책 속의 화자에게 골목길이 어떤 의미인지 이해하고 말하려고 애쓰고 있었다. '골목길'이라고 쓰여 있다고 해서 모두에게 같은 골목길은 아니니까. 어떤 이에게 골목길은 그냥 좁고 더

러운 길, 또 어떤 이에게는 어릴 적 놀던 추억의 길, 그리고 또 어떤 이에게는 첫사랑과 함께 걷던 길…… 그래서 골목길을 말할 때도 짜증 날 수도, 기쁠 수도, 아련할 수도 있는 거니까. 그 소리들이 다 다를 테지. 떠오르는 감정들도 다를 거고.

그래서 어떤 골목길인지 열심히 떠올려보고 있었는데, 잘 들린다는 반응이 나오자 얼떨떨할 뿐이었다. 그러고 보니 그전까지는 내가 지금 하는 말의 의미를 정확히 모른 채 대략 이런 말이 아닐까 하고 읽어버렸구나 싶었다. 그럴 때 단번에 멤버들의 채찍이 돌아왔고 말이다.

"이건 그런 의미가 아닌 것 같은데?"

"너 지금 아무 생각도 안 하고 읽고 있어!"

의미 없는 소리의 나열이 아닌, 진짜 의미와 그 안에 깃든 감정을 담아내려고 하자 비로소 잘 들린다는 반응이 나온 거였다.

그때까지 나는 '잘 들린다'는 것을 명확한 소리와 발음의 영역으로만 생각했던 거다. 하지만 이 말을 왜 하는지 알고 말할 때 이야기가 더 잘 들린다는 걸 비로소 알게 된 것이다. 어쩌면 나는 그때까지 작가들이 고심해서 써 내려갔을 그 문장들을 그냥 글자의 나열로 소리 내 읽고 있으면서 잘 읽고 있다고 자부한 거였는지 모르겠다는 생각이 들었다. 어쨌든 그 후로 나는 낭독을 할 때 이전과 다르게 글에 다가가게 되었다. '지금 이 사람은 왜 이 말을 하는 걸까?'라고. 그렇게 조금씩 신비한 낭독의 세계로 들어가게 되었다.

지금은 낭독자가 이해하고 느낀 만큼 듣는 사람에게도 들린다는 생각에 낭독자로서 더 무거운 책임감을 느끼고 있다. 그래서 낭독을 할 때 화자가 지금 무슨 뜻으로 이 말을 하는지, 어떤 감정일지 더 생각하고 느끼려고 노력하고 있다. 책에서 길을 잃고 헤맬 때 나는 책에게 계속 묻는다. '너는 지금 왜 이 말을 하는 거지?' 집요하게 묻다 보면, 책은 내 눈을 열어 조금씩 조금씩 숨어 있는 것들을 보여줄 것이다.

은행잎 지는 거리와 연탄 냄새

나는 운이 좋게도 박완서 작가의 소설 《그 남자네 집》 오디오북 제작에 낭독자로 참여하게 되었다. 이전부터 박완서 작가의 문장력에 감탄하던 차였기에 이 낭독이 정말로 설렜고, 이 멋진 글들을 목소리로 잘 표현해 내고 싶었다. 그래서 다른 책보다도 더 여러 번 읽고 체크하는 등 열심히 준비했다. 그런데 녹음 당일 낭독하면서 경험한 것은 너무나 새로웠다. 책이 감각으로 느껴진 것이다. 눈으로 읽으며 준비할 때 머리로 그려지는 장면들이 있긴 했다. 하지만 직접 눈으로, 귀로, 코로, 피부로, 나의 온몸으로 장면이 느껴진 건 그때가 처음이었다.

나는 지금도 박완서 작가의 소설 《그 남자네 집》의 한 장면을 꼭 내가 겪은 일인 것처럼 기억하고 있다. 장면은 대략 이렇다.

"70대의 한 여인이 어려서 살던 거리를 몇십 년 만에 걷는다. '그 남자의 집'이 있던 동네. 그녀는 옛 기억이 깃든 연탄 냄새를 따라 연탄 갈빗집에 들어선다. '저녁부터 영업'이라는 말에 발길을 돌려 곱게 물든 은행잎 지는 거리를 바라본다. 아무 곳에서든 쉬고 싶어 들어선 커피숍 창가에 앉아 오고 가는 젊은이들을 바라본다."

나는 낭독하는 동안 소설 속 노년의 화자가 되어 터벅터벅 걸으며 발끝에서 다리로 전해지는 진동들을 느꼈다. 매캐한 연탄 냄새, 문을 열고 들어선 커피숍 안의 사람들 소리, 눈부신 노란색 은행잎, 은행잎 지는 거리의 공기들, 그 모든 것들이 너무나도 생생하게 느껴졌다. 그 가을날의 공기가 내 피부에 와 닿는 느낌이었다.

그렇게 노년의 화자가 지나쳐간 공간의 모든 것을 오감으로 느끼고 나니, 장면의 마지막 부분에서 그녀가 "그래, 그때 나는 새대가리였구나!"라고 말하는 순간 그녀가 살아왔던 칠십 평생의 회한이 내 마음을 관통했다는 것을 알 수 있었다. 내 피부가 찌릿찌릿했다. 나는 툭 터져 온몸에 흐르는 그녀의 감정을 온전히 느끼고 있었다. 나는 70여 년을 산 화자가 되어 그 거리를 보았고, 그 거리를 바라보며 화자가 느끼는 감정을 같이 느낄 수 있었던 것이다.

그래서 지금도 그 장면, 연탄 냄새와 진노란색 은행잎이 떨어진 그 거리의 풍경은 실제 내가 경험한 순간처럼 한 장의 사진이 되어 머릿속에 남아 있다. 그 전까지 나는 책을 읽고 나면 그저 대략적인 줄거리와 '재미있었네, 없었네' 정도를 기억하는 게 고작이었다. 그런데 책을 이렇게 감각적으로 경험하고 기억에 온전히 남길 수 있다니…… 이게 바로 낭독의 힘이구나 하고 진하게 느낀 순간이었다.

오감으로 책을 만난다는 것, 그게 꼭 낭독을 통해야만 하는지는 잘 모르겠다. 소리 내지 않고 눈으로 책을 읽어도 우리는 그 장면을 상상하고 화자의 감정을 이해할 수도 있을 테니까. 그런데 직접 소리 내어 말을 할 때는 눈으로 읽는 것보다 훨씬 더 깊게, '실제로' 그 장면을 보며 느끼는 것 같다는 생각이 든다. 낭독을 할 때는 내 시각, 청각, 후각, 촉각, 미각 등 오감이 느껴지며 그 순간에 표출된 감정과 교감하게 된다. 실제 경험하는 것처럼 내 안에서 반응할 수 있는 시간을 갖게 되는 기분이랄까?

나는 그 이후로도 지금까지 여러 책을 낭독해 오고 있다. 그 낭독의 경험 중에서 나는 이 감각적 체험들이 가장 즐겁다. 집중해서 그 화자의 생각을 따라가다 보면 그 공간에 내가 존재하게 되고, 화자가 바라보는 것을 바라보며, 화자가 느끼는 것을 느끼게 되는 경험 말이다. 맛있는 밥상을 묘사하는 글을 읽을 때 그 밥상의 생선구이 색깔도 생각나고 고소한 냄새와 침이 꿀꺽 넘어가는 화자의 목 넘김까지 같이 느낀다. 그래서 그냥 눈으로 읽을 때보다 입체적이고 감각적으로 책을 경험하게 된다. 그리고 그 순간 느꼈던 감각이 순간의 감각으로 끝나지 않고 내 기억으로 남게 된다. 온몸으로 기억하는 책 읽기, 그 감각적 책 읽기를 경험하면서 나는 낭독을 더 좋아하게 되었다.

아, 그때 양화대교 위에서 북텔러리스트를 때려치우지 않길 정말 잘한 것 같다.

'비빌 언덕', 책

나는 표현하고 싶은 욕구가 많은 아이였다. 연기하는 것을 좋아했고, 이야기하는 것도, 춤추고 흉내 내는 것도 좋아했다. 하지만 다른 사람들이 있을 때는 전혀 그런 티를 내지 않았다. 사람들의 시선이 부끄러웠기 때문이다. 내 마음 속에서는 늘 '부끄럽지만 하고 싶은 마음'과 '하고 싶지만 부끄러운 마음', 이 두 가지 마음이 싸웠다. 하지만 가족이나 정말 친한 친구같이 '비빌 언덕'이 있을 때는 내가 하고 싶은 것들을 용기 내어 표현할 수 있었다. 또한 재롱 잔치나 학예회 같은 무대들도 표현하고 싶어 하는 나의 욕구를 발산할 수 있는 '비빌 언덕'이 되어주곤 했다.

그렇게 학창 시절을 보내고 어른이 되었다. 어른이 되고 나니 학예회나 발표회도 없어지고, 내가 스스로 나서지 않으면 그런 '하고 싶은 욕구'를 표출할 기회도 생기지 않았다. 먼저 나서는 사람은 아니었으니 그저 조용하고 얌전한 나로 살며 반복되는 생활에 익숙해져 갔다. 그런데 대학 졸업 후 매일 같은 시간에 출근해 매일 같은 일을 반복하며 살다 불쑥 '내가 하고 싶은 게 뭐였나? 나는 뭘 좋아하지? 나는 뭘 잘했더라?' 하는 생각이 고개를 들었다. 생각은 꼬리에 꼬리를 물고 이어져 나의 어린 시절까지 거슬러 올라갔다. 그제야 나는 내가 표현하기 좋아하던 아이였다는 생각이 났다. 그렇게 돌고 돌아 나는 성우의 길에 들어섰다.

성우는 표현하는 직업이라 일하는 것이 즐겁다. 대본에 있는 걸 마음껏 표현할 수 있으니, 대본은 나의 감정을 표현할 수 있는 '비빌 언덕'이 되어주었다. 그렇게 성우가 되어 낭독을 하면서 나는 진짜 가까운 곳에 '비빌 언덕'이 있었다는 것을 깨닫게 됐다. 그게 바로 '책'이다. 나는 실제 상황에서가 아니라 다른 무언가를 매개로 해서 감정을 표출한 것이더라도 적절히 표현하면 내 안에 부정적인 감정이 쌓이지 않고 해소되는 느낌을 받는다. 그런 나에게 책 낭독은 나 자신을 드러내지 않으면서도 여러 감정을 표현할 수 있는 가장 가까운 '비빌 언덕'이었다. 책에 있는 것은 부끄러워할 필요 없이 마음껏 표현해도 되니까 말이다.

꼭 성우처럼 훈련된 사람에게만 낭독이 '비빌 언덕'이 될 수 있다고 생각하지는 않는다. 우리는 타고난 성격 때문이든, 살고 있는 환경 때문이든, 아니면 사회적 지위 때문이든 우리가 표현하고 싶은 대로 감정을 다 표현하지 못하고 살아갈 때가 많다. 그럴 때 책을 '비빌 언덕'삼아 표현하는 즐거움을 느껴본다면 팍팍한 삶에 단비와 같은 것이 되지 않을까 싶다.

실제로 성우가 아닌 일반인들도 낭독을 하면서 나와 같은 즐거움을 느낀다는 것을 확인하기도 했다. 낭독에 관심 있는 사람들을 대상으로 북텔러리스트에서 진행하는 '낭독 클럽'에서였다. 나도 호스트로서 첫 모임에 참여한 날이었다. 그날 주어진 시간이 그리 많지 않기에 우리는 짧게 책 얘기를 나눈 후 바로 낭독에 들어갔다. 다들 남들 앞에서 책을 읽어본 적이 없어 긴장되고 떨린다며 깊은 숨을 들이쉬고 낭독을 시작했다. 낭독하는 것을 직업으로 가지고 있는 것도 아닌데 모르는 사람들 앞에서 목소리를 내어 책을 읽는다는 게 좀 쑥스럽기도 하고 긴장되는 일이었을 것이다.

그런데 사람들 앞에서 자기 이야기 하는 것도 떨려하던 낭독 클럽 멤버들이 낭독을 하면서 점점 문장에 감정을 담아 표현하기 시작했다. 감정을 표출할 때 느껴지는 크고 작은 희열이 어떤 건지 아는 나로서는 그들이 긴장감 속에서도 낭독을 즐기고 있다는 걸 분명히 눈치 챌 수 있었다. 참가자들은 낭독을 마친 후 눈앞에 듣는 사람이 있으니까 낭독할 때 책 내용에 더 집중하게 되고, 책 속 감정들도 더 많이 느끼면서 표현하게 되더라고 했다. 아마 처음으로 다른 사람들 앞에서 책을 읽어야 한다는 생각에 '듣는 이'의 존재가 매우 크게 다가왔을 것이고, 그렇게 듣는 이를 느끼는 것으로 자신은 '말하는 이'가 될 수 있었을 것이다.

나는 낭독의 힘을 다시금 확인할 수 있었다. '말하는 이'가 될 때, 책 속의 화자가 될 때, 누구나 낭독의 즐거움을 맛보게 된다는 것을, 그리고 책이 그 표현의 기쁨을 누릴 수 있게 하는 든든한 '비빌 언덕'이 되어준다는 것을 말이다.

구독자 100명 기념 낭독회

내가 북텔러리스트 멤버가 된 지 얼마 되지 않은 때였다. 한 선배 성우가 "우리 북텔러리스트 유튜브 구독자가 100명 되면 구독자 초청해서 낭독회 하자!"라고 농반진반 던진 한마디에 우리는 낭독회를 준비하게 되었다. 구독자 1만 명도 아니고 100명 기념 이벤트라니! 민망하기도 했지만 북텔러리스트 멤버로서 함께하는 첫 이벤트이기도 해서 나는 조금은 설레고 긴장도 되었다.

갑자기 결정된 일이라 준비할 시간도 많지 않았고, 장소 구하기도 쉽지 않아서 그냥 북텔러리스트 모임 공간에서 하기로 했다. 우리는 낭독할 단편들을 고르고 누가 어떤 것을 읽을지 낭독 순서도 정했다. 낭독회 시간이 평일 저녁인

만큼 퇴근하고 저녁 식사도 못하고 올 손님들을 생각해 간단한 다과도 준비하기로 했다. 오겠다고 신청한 사람들이 과연 다 올지, 길은 잘 찾아올지 작은 걱정들로 괜히 마음이 분주했다.

낭독회 날, 공간이 작아서 30명만 초대했는데, 신청한 이들이 모두 와서 그야말로 발 디딜 틈이 없었다. 의자가 부족해 바닥에도 앉을 수 있도록 자리를 마련했다. 낭독회가 시작되기 전, 형광등 조명 아래 오늘 처음 보는 사람들과 낭독자들이 모두 어깨를 나란히 하고 앉아서 공연이 시작되길 기다려야 했다. 그렇게 앉아 있기가 좀 어색하기는 했지만, 우리의 낭독을 듣기 위해 와주신 손님들이 눈을 초롱초롱 빛내며 앞에 앉아 있으니 마이크 앞에서 혼자 낭독할 때와는 또 다른 기분이 들었다.

그날 나는 한 선배와 함께 정이현 작가의 단편 소설 〈시티 투어 버스〉를 낭독했다. 소설은 한 여자가 실연을 한 후 어느 도시로 여행을 떠나는 이야기로 시작한다. 그런 후 한 남자가 그 도시를 찾게 된 이유를 이야기한다. 각자의 이야기는 따로 흘러가고. 그 둘은 소설 끝에서야 시티 투어 버스를 기다리는 곳에서 처음 만나 서너 마디 말을 주고받는다. 그리고 "혼자가 아니라 다행이라 생각했다. 시작이었다"라는 말로 소설이 끝난다.

그런데 낭독이 끝나는 순간, 듣고 있던 분들이 "어어~~" 하면서 간지럼 섞인 탄성을 내질렀다. 별로 로맨틱한 말도 아니었다. 연습할 때도 그냥 약간의 설레는 여운을 남기고 소설이 끝난다 정도로 생각했을 뿐이었다. 그런데 낭독회에서 사람들의 예상치 못한 탄성이 나오는 순간, 나도 모르게 관객들과 같은 마음이 되면서 이 소설에 쓰이지 않은 뒷부분 이야기가 비로소 완성됐다는 느낌을 받았다.

나는 듣는 이들이 웃음과 탄성 등으로 반응하는 소리에, 낭독하고 있는 나의 말 또한 반응하고 있는 것을 느꼈다. 나의 이야기가 사람들의 감정을 간질이고, 듣는 사람들의 호흡이 말하는 나의 호흡을 움직이는 것을 말이다. 그렇게 나는 그 자리에 모인 모든 사람의 호흡이 낭독이 되는 순간을 경험했고, 또 다른 낭독회를 기대하는 사람이 되었다. 그렇게 나도 북텔러리스트가 되어가고 있었다.

책과 함께 춤을

나는 탱고를 좋아한다. 춤을 추는 모습이 담긴 한 장의 사진에 반해서 언젠가는 저 춤을 꼭 배워야지, 사진 속 사람처럼 뭔지 모를 것에 가득 취해 있는 기분을 느껴봐야지 했었다. 대학 시절 봤던 그 탱고 사진은 그렇게 '열정'이라는 이미지로 내 안에 남아 있었다. 그래서 프리랜서가 된 후 새로운 취미를 하나 만들어야겠다고 결심했을 때 나는 주저 없이 탱고를 택했다.

탱고 강습 첫날, '어떤 스텝을 배우게 될까? 열심히 배워야지! 열정! 열정! 열정!'을 외치며 스튜디오에 들어섰다. 그런데 웬걸? 수업에서 내가 가장 먼저 배운 건—배웠다고 해야 하나?—아니, 가장 먼저 한 건 그저 상대를 마주보는 일이었다. 첫날부터 열정적인 춤을 출 수 있을 거라고까지 기대하진 않았지만 그래도 맛은 볼 수 있겠거니 생각했는데, 낯선 파트너들과 마주보고 서 있기만 하자니 여간 어색한 게 아니었다. 시선이 나도 모르게 상대방 너머 어딘가를 헤맸다.

그러다가 "상대의 코끝을 보면 상대의 눈을 피하지 않고 상대를 보는 느낌을 준다"는 말을 어디선가 들었던 기억이 나서 상대의 코끝을 뚫어져라 쳐다봤다. 그러다 보니 눈이 가운데로 몰리는 것도 같았고, 사시가 된 나를 상상하니 더욱더 이 상황이 어색해지고 말았다. 그렇게 파트너를 몇 번씩 바꾸며 마주보는 연습이 끝났다. 드디어 스텝을 배우겠구나 싶었는데, 그 다음에 배운 것은 안는 것이었다. '이보세요!! 선생님 양반. 난 여기 춤을 배우러 왔다구요!' 소리 치고 싶었다. 낯선 사람들과 포옹을 하려니 어색함은 마주보기의 배가 됐다. 파트너를 안고 거울을 보니 나나 상대나 모두 어정쩡하게 엉덩이가 뒤로 빠진 채 어깨만 부여잡고 있는 모습이었다. 우스꽝스럽기 그지없었다. 그렇게 첫 수업은 마주보고 서는 것과 포옹하는 것으로 끝이 났다.

두 번째 수업. 그렇게 외치던 열정은 사그라들었고, 오로지 어색함만 피했으면 하는 생각뿐이었다. 다행히 스텝을 배운단다. 그런데 땅게로(남자 무용수) 스텝만 가르쳐준다. 남자 스텝이라도 열심히 외워두면 더 잘 따라할 수 있을 것 같아서 뒤에서 열심히 따라하고 있는데, 그런 나를 발견한 선생님이 스텝을 외우지 말라고 했다. 너무나 단호하게 말해서 내가 뭔가 큰 잘못을 했나 싶었다. 춤을 배우러 왔는데 스텝을 외우지 말라니, 그럼 나는 뭘 해야 하나……

그렇게 어색한 첫 수업 이후 몇 년이 흘렀다. 나는 조금씩 탱고에 빠져들었고, 그러면서 알게 된 것이 있다. 탱고는 파트너와의 커넥션이 가장 중요하다. 그 커넥션을 만드는 게 바로 '아브라쏘', 즉 포옹이다. 포옹을 어색해하면 춤을 시작할 수가 없다. 그래서 첫 수업에서 마주보는 것과 포옹하는 것을 배웠던 거다. 포옹으로 파트너와 커넥션이 이루어지고 나면 땅게로(남자 무용수)가 춤을 리드하게 되는데 땅게라(여자 무용수)는 땅게로가 어떻게 움직일지 알지 못한다. 그냥 아브라쏘(포옹)에 집중하며 움직임을 받는 것이다.

머리로 생각하면 여자의 움직임은 남자의 움직임보다 아주 조금이라도 늦을 수밖에 없다. 그런데 나는 춤을 출 때 땅게로가 움직임과 동시에 나의 몸도 움직이는 걸 느낀다. "하나의 심장, 네 개의 다리"라고 탱고를 묘사한 말이 있는데, 딱 그 말 같다. 파트너가 움직이는 건지 내가 움직이는 건지 알 수 없게 된다. 그럴 때면 마치 중력의 힘을 받지 않고 하늘을 날고 있는 기분이다. 내가 춤을 추는 것이 아니라 두 사람이 곧 하나의 춤이 된 기분이랄까?

두 해 전인가? 버지니아 울프의 소설 《등대로》의 오디오북 낭독자로 참여한 적이 있다. 녹음을 위해 집에서 미리 읽어보는데, '이건 뭐지? 왜 이렇게 이해가 안 되지? 지금 무슨 말을 하고 있는 거지?' 자꾸만 묻게 되고 도무지 진도가 나아가질 않았다. 겨우 한 번을 다 읽고 인터넷에서 줄거리와 관계도를 찾아본 뒤, 다시 읽고 또 읽는데도 내용이 정리가 되지 않았다. 이 말을 왜 여기서 하는지 알 수 없는 것들이 우르르 쏟아지고 있었다.

'아…… 망했다.'

결국 '이 낯선 책을 어떻게 끝내야 하나?' 걱정하며 녹음을 시작했다. 나는 낯설다는 느낌을 털어버리고 한 문장 한 문장에 집중하기로 했다. 화자의 시선으로 보려고 노력했다. 얼마나 지났을까? 조금씩 어떤 의식의 흐름이 보이기 시작했다. 그냥 계속 그 흐름을 따라갔다. 소설은 스토리의 전개가 아니라 의식의 흐름으로 진행되고 있었다. 그렇다. 소설에 어떤 영혼이 있었다.(영혼이 실제로 소설에 등장하는 것은 아니다.) 그리고 그 영혼은 등장인물들의 머리 안과 밖을 오가며 소설을 이끌고 있었다. 나는 그 영혼이 되어 흐름대로 책을 따라갔다. 그러자 책이 너무 재미있게 읽히기 시작했다. 책과 '커넥션'을 이룬 느낌이라고 해야 할까? 이 소설이 '의식의 흐름' 기법으로 쓰였다는 것을 나는 나중에야 알게 되었다.

탱고를 배우러 간 첫날 탱고라는 춤은 이러려니 했던 게 탱고를 이해하는 걸 방해했던 것처럼, 소설은 으레 이러려니 하고 접근했던 게 오히려 흐름을 따라가는 걸 방해했던 것이다. 낯선 소설을, 포옹하기 어색해서 어정쩡하게 엉덩이를 빼고 어깨만 부여잡으며 읽어 내려갔던 것이다. 하지만 그냥 책과 아브라쏘하고 기다리니 어느새 책이 저절로 나의 생각을 이끌었고, 내가 책을 따라가는 건지 책이 나의 말을 따라오는 건지 알 수 없는 오묘한 기분이 되어 있었다. 내가 아닌 누군가와 호흡을 나누고, 내가 아닌 누군가의 의식의 흐름을 함께하는 것, 역시 춤이나 낭독이나 나 혼자 하는 게 아닌 것이다. 함께, 호흡을 나누며, 서로가 서로를 완성시키는 거였다. "아브라쏘! 아브라쏘!"

아기를 향한 이야기

나는 얼마 전에 출산을 했다. 임신하기 전에는 임신을 하면 배 속의 아기에게 내 목소리로 책을 읽어주며 태교를 해야지 생각했었다. 아기가 얼마나 좋아할까? 내 목소리를 들은 아기가 배 속에서 태동을 하겠지? 얼마나 사랑스러울까? 태어나고 나면 배 속에서 들었던 엄마 목소리를 기억하겠지? 얼마나 감동일까?

"행복아, 엄마야~"

그런데 어디 인생이 내 계획대로 되던가? 임신 초기에는 입덧이 심해서 입을 열 수 없었다. 해가 지고 저녁 시간이 되면 입덧이 더 심해졌는데, 속이 메슥거려 입을 벌릴 수가 없었다. 그래, 임신 중기가 되면 입덧이 사라진다고 하니 그때부터 태교를 시작하자. 아기도 아직 안 들릴 거야. 그렇게 스스로 위로하며 시간이 흐르길 기다렸다. 그런데 입덧이 사라진 임신 중기부터는 혀가 붓고 굳는 이상한 증상이 찾아왔다. 그러니 겨우 일을 마치고 돌아오면 집에서까지 책을 읽어줄 힘이 남아 있지 않았다.

그러던 어느 날 남편이 도서관에서 태교 동화책을 빌려왔다. 낭독 태교에 대한 나의 로망을 말한 적도 없는데, 감동이었다. 그렇게 남편이 나 대신 배 속 아기에게 책을 읽어주기로 했다.(나중에 안 사실이지만 배 속의 아기에게는 저음인 아빠의 목소리가 더 잘 전달된다고 한다.)

조도 낮은 조명을 켜고 소파에 누웠다. 남편이 내 머리맡에서 동화책을 펼쳤다. 이 느낌 자체가 너무 포근해서 이것만으로도 태교가 되는 것 같았다. 그런데……

"행복아~ 아빠야~"

잉? 잘 안 들린다. 목소리가 너무 작다. 이래서야 내 도톰한 뱃살을 뚫고 아기에게 들릴 수 있을까 싶었다. 그랬다. 남편은 '공기 90에 소리 10의 비율을 가진, 후후 불면 구멍이 뚫리는~' 솜사탕 같은 목소리를 가지고 있었던 것이다. 따뜻하고 포근하지만 집중해서 듣지 않으면 잘 들리지 않는 소리였다.

아~ 배에 조금만 더 힘을 주고 소리를 밖으로 내면 좋겠다. 입을 더 크게 벌리고 말하면 발음이 더 명확하게 들릴 텐데…… 직업이 직업인지라 처음 남편이 소리 내어 책을 읽기 시작했을 때 나의 머릿속에 이런 기술적 판단들이 오갔다. 그러나 남편에겐 내 생각이 들리지 않았고 남편은 계속해서 사랑을 듬뿍 담은 작은 목소리로 배 속의 아기에게 이야기를 들려주고 있었다. '이야기를 들려준다……' 그랬다! 책을 읽는다기보다 계속해서 배 속의 아기에게 듣고 있는지 물으며 동화책을 이야기하듯이 들려주고 있었다.

듣는 사람에게 들려주려고 하는 말하기. 내 기술적 판단들은 금세 사라졌다. 나는 그날도 역시 낭독에 있어서 이보다 더 큰 기술은 없구나 하는 걸 새삼 느꼈다. '듣고 있을 아기'의 존재를 느끼는 것만으로도 그 순간 '말하는 이'가 되었던 남편. 상대를 두고 말하는 것만으로도 글자를 읽는 낭독이 아닌 이야기를 들려주는 낭독이 된 남편의 태교 동화 낭독. 정말 사랑스러운 순간이었다. 성우인 나는 아직도 종종 기술적 판단을 하느라 듣는 이의 존재를 잊어버리지는 않나 다시 반성하게 되었다.

공기 90에 소리 10인 아빠의 목소리가 아기에게 물리적으로 전달됐는지는 잘 모르겠다. 하지만 그날 아기의 엄마는 충분히 포근했고, 신부를 찾기 위해 여행을 떠나는 총각 이야기도 너무 인상 깊게 들었다고 한다. “아빠는 좋은 신부를 찾았단다”라는 아빠의 애드리브에 기분도 좋았다고 한다. 그리고 태어난 행복이는 아빠의 목소리를 들으면 방긋 웃는다고 한다.

트라이앵글을 쥔 북텔러리스트

채안석

KBS 37기 성우. 말하고 표현하기를 좋아해 성우가 되었다. 어느덧 10년이라는 세월을 지나 한 분야의 전문가라고 할 수 있는 경험이 쌓였지만, 채우지 못한 경험이 더 많다고 생각하며 늘 성우로서 목말라 하고 있다. KBS 오디오 드라마에 다수 출연했으며, 베르나르 베르베르의 《죽음》, 신태훈 · 나승훈의 《놓지 마 과학》, 박세익의 《투자의 본질》 등을 낭독했다. 애니메이션 〈일하는 세포〉 〈원피스〉, 게임 〈로드 오브 히어로즈〉 등을 더빙했으며, 성우 연극팀 '육감'에서 〈바냐 아저씨〉 공연에 출연했다.

트라이앵글을 쥐고 외치던 소년

나는 '성우'라는 직업으로 11년째 살아가고 있다. 아울러 북텔러리스트로도 살고 있다. 2014년부터 프리랜서 성우 생활을 시작했는데 북텔러리스트에도 2014년도에 참여했으니, 전속 생활 2년을 제외하면 나는 성우 생활 내내 북텔러리스트이기도 했던 셈이다. 처음 북텔러리스트 모임에 참여할 때만 해도 내 성장에 도움이 될 한 가지 수단으로만 생각했었다. 낭독 자체에 대한 열정보다는 선배 성우도 있고 연출도 있는 곳에서 낭독 공부를 하다 보면 직업에 도움이 될 거란 생각이었다.

그런데 2014년 겨울에 가진 첫 번째 낭독 공연 〈읽어드릴까~압쇼〉 이후 무슨 배짱이었는지 “북텔러리스트를 하는 동안은 오프라인 낭독 공연의 모든 포스터에 제 이름을 올리겠습니다!”라고 공개 다짐을 해버렸고, 지금까지 열세 차례의 크고 작은 낭독 공연에 함께하고 있다. 왜 그랬을까? 생각해 보면 낭독 자체의 재미를 알아가게 된 점도 있지만, 낭독을 녹음실의 마이크 앞에서가 아니라 열린 무대 위에서 관객과 호흡하며 ‘공연’의 형태로 한다는 점이 나를 잡아끌었던 것 같다. 무엇보다 그런 공연에 대한 열망이 이미 오래 전부터 내 안에 있어왔다는 사실을 새삼 깨달았다.

그것은 아마도 초등학교 때부터 시작되었던 것 같다. 내가 다닌 초등학교에서는 매년 학예발표회로 부모님과 학우들 앞에서 기악 합주를 했는데, 1·2학년 때는 주로 탬버린, 트라이앵글, 캐스터네츠 같은 간단한 타악기를, 학년이 올라가면서는 리코더나 멜로디언 같은 음계 악기로 쉬운 클래식 곡이나 동요 등을 연주했다. 한 달 이상 연습해서 발표회를 하고 나면 뭔가 알 수 없는 만족감을 느끼곤 했다.

그러다 초등학교 4학년 때와 6학년 때 우연히 같은 곡을 두 번 다 ‘트라이앵글’로 참여하게 됐다. 6학년 담임 선생님은 내가 맡은 트라이앵글이 합주곡의 시작과 끝을 알리는 중요한 역할이니 잘해야 한다고 강조하셨다. 나는 중요한 역할이라는 데 신이 나서 엄마 손을 잡고 동네 문방구가 아니라 바이올린 같은 고급 악기들을 파는 악기사에 가서 진짜 '고~급' 트라이앵글을 샀다. 기악 합주에서 내가 맡은 중요한 역할을 좀 더 멋지게 해내고 싶었다.

드디어 학예발표회 날, 음악이 점점 고조되고 마침내 클라이맥스에 이르는 순간, 나는 박자에 맞춰 '고~급' 트라이앵글을 신명나게 두들겼다. 우레와 같은 박수 소리가 들렸고, 얼굴마저 발그레해진 난 속으로 '어때요! 멋졌죠?!'라고 외치고 있었다. 그때 처음 알았다. 무대에서 박수 소리를 듣는 게 이렇게 기분 좋은 것이구나, 우리가 한 공연이 저기 앉아 있는 사람들을 정말로 즐겁게 했구나…… 그리고 그때는 몰랐다. 무대 위에서 느낀 그 만족감이 앞으로 내 인생에서 중요한 경험으로 다시 이어질 줄은.

그러나 초등학교 졸업 이후로는 그런 경험을 다시 할 수 없었다. 나는 조용하고, 가끔은 외톨이인 아이로 성장하고 있었다. 만화나 장난감, 무엇보다도 오락실의 '코인 노래방'과 '펌프'(리듬 게임)가 나의 가장 친한 친구였다. 부모님은 맞벌이를 하느라 늘 바빴기에 소소한 일상이나 감정까지 나누기가 쉽지 않았고, 그러다 보니 나는 내가 정말 원하는 것이 생겼을 때에도 부모님께 어떤 말로, 어떤 방식으로 표현해야 좋을지 잘 몰랐다.

그러다 고등학교 1학년 때 꼭 해보고 싶은 것이 생겼다. 점심 시간마다 2학년 선배들이 하는 사물놀이를 보면서 나도 동아리 활동으로 사물놀이를 하고 싶어진 것이다. 그런데 그 소식을 들은 아버지가 딴따라가 될 거냐며, 남사당패 같은 것을 왜 하느냐고 꾸짖으셨다. 평소에도 "하지 말라면 하지 말라"거나 "그냥 하라는 대로 하면 된다"고 말씀하시는 아버지였기에, 나는 한 번 더 얘기해 볼 생각도 하지 못한 채 입도 마음도 닫아버렸다.

어쩌면 아버지는 맞벌이로 바빠 많이 신경 써주지 못하는 미안함에 당신이 알고 있는 지식과 경험의 범위 안에서 나를 보호하려고 하셨고, 그래서 더 엄하게 대하셨을지도 모르겠다. 하지만 그런 걸 헤아릴 마음이 어린 나에겐 없었다. 나는 점점 더 나를 표현하지 않는 아이가 되었고, 그러다 보니 말하지 않아도 알아주는 몇몇 친구들과만 어울렸다. 그리고 그렇게 나를 드러내는 일에 서툴러질수록 나는 트라이앵글 소리가 그리워졌다. 내 신호에 맞춰 클라이맥스에 이르던 합주 소리, 그리고 이어지는 우레와 같은 박수 소리가 자꾸 떠올랐다. 무대에 설 때 비로소 사람들이 나를 알아주는 듯한 그 느낌을 나는 오랫동안 잊지 못했다.

그런데 그 기억이 첫 낭독 공연 〈읽어드릴까~압쇼〉를 하면서 되살아난 것이다. 그래서일까? 나는 지금도 북텔러리스트 낭독 공연을 위해 무대에 설 때면 트라이앵글을 쥐고 외치던 그 소년이 된다. '어때요! 멋졌나요?!'

캐릭터 뒤 목소리의 주인공들이 궁금해지다

사물놀이를 하고 싶던 마음은 그렇게 흐지부지 사라졌지만, 고 3이 되어 갖게 된 '성우'의 꿈은 결코 그렇게 흘려버릴 수가 없었다. 그래서 수능이 끝나고 대학 입학을 앞둔 어느 날, 나는 부모님 앞에서 마치 폭탄이라도 터뜨리듯 성우가 되고 싶다고 선언했다. 사물놀이를 못하게 뜯어말리던 아버지가 "대학교 가면 하고 싶은 것 해도 된다"고 했으니, 이제 하고 싶은 것 제대로 보여드리겠다는 반항심도 있었던 것 같다. 물론 성우가 되고 싶은 마음은 반항심이 아닌 진심이었다.

고등학교 2학년 때까지만 해도 내가 뭘 하고 싶은지 진지하게 고민해 본 적이 없었다. 그랬던 내가 성우의 꿈을 갖게 된 데에는 고 3 때 교감 선생님의 한 마디가 크게 작용했다.

"느이들이 대학에 가면 전공 공부를 하고~ 그 전공을 살려 직업을 갖게 되겠지마는, 한 번쯤은 느이가 정말 하고 싶은 꿈이 무엇인지 생각해 보고, 그 꿈을 향해 도전해 보거라. 도전만으로도 인생에 큰 경험이 될 것이다~~"

별로 특별할 것도, 새로울 것도 없는 말씀이었다. 그런데 그날은 왠지 뭔가에 홀린 것처럼 그 말이 떠나지 않고 머릿속을 계속 맴돌았다. 나는 정말 꿈이 있나? 나는 무슨 일을 하며 살게 될까? 어떻게 하면 행복하게 살 수 있을까? 교감 선생님은 나에게 커다란 고민거리를 안기고 교실을 나가셨다.

당시 나는 TV 외화 시리즈나 애니메이션, '주말의 명화' 같은 프로그램을 자주 봤다. 심지어 좋아하는 애니메이션은 따로 녹화까지 하면서 봤다. 갑자기 그 화면 속 목소리들이 생각났다. 애니메이션에서 그림일 뿐인 각각의 캐릭터들에 목소리로 생명력을 불어넣고 있는 그들은 누구일까 궁금해졌다. 그 궁금증은 이내 나도 저런 멋진 목소리와 연기로 사람들을 만나고 싶다는 생각으로까지 이어졌고, 그렇게 '성우'라는 직업이 내 마음에 들어왔다. 나는 그즈음 막 활성화되기 시작한 온라인 커뮤니티를 통해 성우에 대한 정보를 습득하고 사람들과 소통하기 시작했다.

그러나 예상대로 부모님은 당황해하며 반대하셨다. 난

지지 않겠다는 생각으로 이제는 스무 살이고 대학생이 됐으니 진지하게 도전해 보고 싶다고, 말리지 말아달라고 고집을 부렸다. 성우 공부도 아르바이트해서 할 테니 신경 쓰지 말라고, 내 인생 내가 살아갈 테니 간섭하지 말라고 했다. "정말 도전해 보고 싶은 직업이니 반대부터 하지 마시고 응원해 주셨으면 좋겠다"고 말했으면 좋았을 걸, 그땐 그렇게 말하는 법을 몰랐다.

어쨌든 나는 성우가 되기 위한 공부를 시작했고, 그 시간이 정말 행복했다. 뚜렷한 목적 없이 '그저 살아지는 대로 살아갈' 것 같던 내가 같은 꿈을 꾸는 사람들과 어울리며 같은 고민을 나누고 있다니. 두근거림으로 반짝이는 내 자신이 너무 좋았다. 스터디 모임과 학원 등에서 본격적으로 성우 공부를 시작한 뒤로 3년의 시간이 흐른 2011년 12월, 나는 KBS 공채 37기 전속 성우가 되었다. 부모님께 전화로 합격 소식을 전하고, 눈이 펑펑 오던 날 고향에 내려갔다. 기분 좋은 가족 외식을 하며 기뻐해 주시는 부모님 모습을 보니 정말 좋았다. 내가 선택한 일에 그렇게 기뻐해 주시는 모습은 처음이었다.

하지만 그렇게 시작한 전속 생활은 내 생각과는 다르게 흘러갔다. 합격이라는 큰 산을 넘자 무슨 이유인지 마음 한

구석에 공허함 같은 것이 일었다. 목표점을 잃어버렸다고 느껴서였을까? 게다가 그때까지 사회 생활 경험이 전무한 데다 사람들과 소통하길 어려워했던 나로서는 감정적으로도 태풍이 몰아치는 밤바다를 항해하는 배처럼 좌충우돌해 가며 어렵게 전속 생활을 이어갔다. 연기에 몰두하기도 어려웠다. 전속 2년차에 장편 드라마에서 중요한 역할을 맡기도 했지만, 지금 들어봐도 너무나 아쉬움이 남는 연기였다. 조금이나마 회사 생활에 익숙해질 무렵, 아쉽게도 2년간의 전속 생활은 끝이 났고, 나는 성장할 시기를 놓쳐버렸다는 느낌을 지울 수가 없었다.

저의 열정을 찾아주세요

다행히 그즈음, 조경아 성우를 통해 북텔러리스트 낭독 모임을 알게 되었다. 내가 제일 힘들어하던 분야가 낭독이었기에 이 모임에 가서 잘 어울릴 수 있을까 걱정은 되었지만, 이제 갓 프리랜서 성우가 된 내가 가만히 집에만 있으면 누가 나를 알고 쓸 것인가, 성장을 위한 기회가 된다면 뭐라도 해야 하지 않겠나 하는 생각으로 합류했다. 뭔가 돌파구가 필요했다. 무엇보다 성우가 되기 위해 준비하며 쏟아내던 그 열정이 다시 그리웠다.

대학 입학 전, 오프라인 스터디 모임을 하던 시절, 빛 한 줄기 들어오지 않는 시커먼 창고에서 창고만큼이나 시커먼 사내 둘 틈에 앉아서 연습할 때도 혼자 연습할 때의 갈증이 해소된다고 느끼며 좋아하던 나였다.

대학 입학 후 연극 동아리에 들어가 스태프나 배우로서 공연을 준비할 때는 또 어땠나? 나는 전공 공부보다 동아리 활동에 더 열을 올리지 않았던가? 2004년 여름 방학은 정말 뜨거웠다. 처음 배우로 참여하는 가을 공연을 위해 3개월 전부터 작품과 연출 선정, 기획, 배우 캐스팅, 기술 감독을 선임하고, 배우들은 여름 방학 내내 신체 훈련과 함께 대본을 외우며 연습했었다. 어디에 두어야 할지 어색하기 그지없는 손은 경직되고, 호흡은 가쁘고, 발걸음은 부자연스럽고…… 비록 첫 공연은 그렇게 실망스럽게 끝났지만, 회를 거듭하면서 대사나 움직임은 나아졌다. 그리고 마침내 마지막 4회 공연을 하던 날, 마지막 대사가 끝나고 배우들이 커튼콜을 하던 그 순간 나는 어렸을 적 학예발표회 때 느꼈던 그 찌릿함을 다시 느낄 수 있었다. 다시 한 번 내 가슴에선 트라이앵글 소리가 들리는 듯했다.

그런 열정을 혹시 북텔러리스트에서 다시 만날 수는 없

을까 살짝 기대도 했던 것 같다. 그러나 낭독은 생각보다 어려웠다. 정말 새롭게 배워 익히는 과정이 필요했다. 그동안의 성우 채안석으로는 안 되겠다는 생각마저 들었다. 그렇다고 포기할 수는 없었다. 여기에서 포기하면 목표점을 잃고 표류하던 어린 시절의 나로 다시 돌아갈 것만 같았다.

북텔러리스트에 들어가 처음 읽은 책은 김연수 작가의 《청춘의 문장들》이었다. 이진숙 연출이 이 소설의 첫 문장을 막 읽은 나에게 물었다.

"김광석이라면 언제라도 1989년 여름, 춘천에서 강릉으로 넘어가던 시외버스가 기억난다. 자~ 이 부분에서 화자는 어떤 상태일까요?"

"아, 상태요? 음……"

그리고 이어진 침묵.

화자의 상태니 소리의 방향이니 하는 말들이 무슨 의미인지, 질문이 주는 의미조차 헤아리기 어려웠다. 연출의 질문에 대답하지 못하는 경우가 많았고, 창피함과 어색함을 감추기 위해 나는 과장된 웃음과 농담으로 대답을 회피하곤 했다.

'화자가 버스를 타고 가는데, 그의 상태를 고민할 이유가 있나? 화자가 그 시절의 대학생이라고? 그때나 내가 대학 다니

던 때나 대학 생활이란 게 뭐 별로 다를 바 없을 것 같은데?'

그렇게 헤매느라 낭독 첫날부터 무지하게 깨졌고, 한 페이지를 넘기기 어려웠다. 나는 지금껏 생각하지 못했던 낭독의 새로운 개념을 터득해야 했다. 낭독자의 자세부터 소리의 방향, 소리의 세기, 화자의 상태나 글이 주는 이미지, 또 소설일 때, 에세이일 때, 시일 때, 동화일 때 낭독이 어떻게 달라져야 하는지……

나는 일단 버텨보자는 심정으로 3개월간의 사전 워크숍에 참여했고, 그 후 북텔러리스트 전체 모임에도 합류하게 되었다. 그렇다고 연출의 지시를 소화해 낼 능력이 바로 생기진 않았다. 다행히 선배들의 낭독도 듣고, 연출의 지시에 따라 낭독이 변해가는 선배들 모습을 보면서 더디더라도 조금씩 따라가기로 용기를 냈다. 그렇게 북텔러리스트는 나에게 또 하나의 도전이었다. 나에게 또다시 열정을 불태울 목표가 생긴 듯했다. 아니 목표를 정하고 싶었다.

질투와 열정 사이

그런데 놀랍게도 〈읽어드릴까~압쇼〉 등의 낭독 공연을 하면서 내가 달라지기 시작했다. 어느새 나는 낭독을 즐기고 있었다. 내가 참여한 북텔러리스트 낭독 공연 중에서 내가 가장 좋아하는 것은 미야베 미유키의 〈맏물 이야기〉와 신세기 작가의 웹툰 공연 〈블루〉이다.

〈맏물 이야기〉는 같은 제목의 책 중 '천 냥짜리 가다랑어'라는 챕터를 낭독한 것으로, 책을 낸 출판사와 협업해서 올린 공연이다. 좀 더 극적인 요소가 연출되었고, 특별히 포스터 촬영도 했다. 입체 낭독으로 간단한 동선도 짰다. 요소요소마다 재미있는 연출로 보러 온 관객들에게 웃음도 선사했다. 낭독 공연 콘셉트가 '북&쿡 퍼포먼스, 맏물 이야기'여서 1부 낭독 공연 후 2부에서는 실제 책 속에 나오는 '맏물'로 만든 일본 음식을 설명하고 만드는 쿠킹 쇼도 진행했다. 정말 다채롭게 꾸며진 공연이었고, 내가 그런 좋은 공연에 참여했다는 사실이 뿌듯했다.

지금도 생각날 때면 가끔 그날의 공연 영상을 본다. 그날 내가 맡았던 여러 역할 중 가난한 행상꾼인 생선 장수 역할은 이 에피소드의 사건을 알리는 역할이자 사연의 주인공이다. 이 낭독 공연을 위해 연습하던 대사 중 제일 힘들었던 게 지금도 잊히지 않는다. 바로 "처…… 처…… 천…… 냥…… 천 냥!"이라는 짧은 대사였는데, 이 대사는 이야기의 시작을 알리는 중요한 대사였다. 하지만 마지막 연습 때까지도 대사 표현이 잘 되지 않았다. 머릿속으로는 이해해도 소리로 표현이 되지 않으니 답답했다. 그런 상태로 나는 무대에 오르고 자리에 앉았다. 암전이 됐다가 공연의 시작을 알리는 무대 조명이 들어왔다. 그런데 그와 동시에 내가 내 역할을 즐기기 시작하는 게 보였다. 그렇게 걱정했던 대사도 나도 모르게 자연스럽게 흘러나왔다. 몸으로 부딪쳐 보니 알 것 같았다. 연출이 낭독에서 얘기하는 '상황'이 뭐고 '화자의 상태'가 무언지를.

나중에 녹화된 장면을 보고 내가 어떻게 대사를 했는지 다시 확인할 수 있었다. 나는 그 순간 생선 장수에 완전히 몰입해 있었다. 그 공연은 낭독자로서 자신감을 갖게 해준 첫 공연이 되었다.

그 후로 북텔러리스트에 새로운 성우들도 합류하고, 크고 작은 낭독 공연과 낭독회가 이어졌다. 그리고 2017년 한여름을 시원하게 해줄, 공포를 테마로 한 옴니버스 공연 〈낭독 만찬〉을 무대에 올리게 되었다. 이때 나는 나와 달리 눈에 띄게 변화해 가는 다른 북텔러들을 보며 부러움과 질투를 느끼고 있었다. 혼자만 낭독이 정체되어 있는 것 같았고, 나만의 낭독에 빠져 있어 청자들에게 공감을 주지 못하고 있는 상태라고 느꼈다.

이 공연에서 나는 에드거 앨런 포의《타르 박사와 페더 교수의 치료법》이라는 작품의 내레이션을 맡았다. 다른 낭독자들은 모두 캐릭터를 맡아 무대에 나란히 앉아 있었고, 나는 따로 떨어진 내레이션 위치에서 이야기를 이끌어가는 역할이라 부담이 컸다. 그때 타르 박사이자 페더 교수 역을 맡았던 구자형 성우가 내가 유일하게 직접 마주볼 수 있는 위치에 앉아 있었는데, 그의 표정이 너무나도 변화무쌍하여 마치 타르 박사와 페더 교수를 실제로 만나고 있는 것 같은 기분을 느끼게 해주었다. 읽기에 급급해하고 있던 나에게 그의 변화무쌍한 표정들은 마치 혼자만의 생각 속에 갇혀 있지 말라고 경고하는 것같이 느껴졌다.

북텔러리스트의 낭독은 상상력과 열정이 있어야만 가능하다. 하지만 책만 펼치면 활자에 겁을 먹고 살짝 발만 담그다 도망치길 반복하던 나로선, 어떻게 해야 그 거대한 상상의 바다에서 즐길 수 있는지 몰랐던 것이다. 문제의 해결 방법은 책을 많이 읽고 낭독해 보는 것이겠지만, 그건 단기간에 해결할 수 없었다. 그때 구자형 성우는 나에게 "당장 해결할 수 없으면, 우선 이 무대를 즐겨!"라고 말하는 것 같았다. 그 덕에 나도 공연에 좀 더 몰입할 수 있었고, 다행히도 잘 마무리되었다.

내가 좋아하는 또 하나의 공연은 앞서 말한 대로 신세기 작가의 웹툰을 영상과 낭독으로 공연한 〈블루〉이다. 내용은 미래에 화성 테라포밍 로봇들 중 한 로봇이 지구인 소년이 보낸 전파를 우연히 수신해 교신을 시작, 서로 이야기를 나누고 우정을 쌓아가다가 오랜 시간이 지난 뒤 지구에서 만난다는 감동적인 이야기이다. 이 작품을 처음 만난 날, 한 자리에 있던 북텔러들은 각자 역할을 맡아 소리 내어 초독하기 시작했다. 이야기가 결말을 향해 갈 때쯤 하나둘 훌쩍거리는 소리가 들렸고, 나 또한 무한 감동을 받으며 사랑에 빠지고 만 작품이다.

공연에서 내가 맡은 역은 청소년 시기의 지구 소년이었다. 소년 시기는 조경아 성우가, 노년 시기는 정훈석 성우가 나누어 맡았다. 그리고 주인공인 꼬마 로봇 블루는 구자형 성우가 맡았다. 공연은 하루에 두 차례씩 총 4회를 하기로 했다.

소년이 블루와 변치 않을 우정을 다짐하며 꼭 우주 비행사가 되어 블루를 구하러 가겠다고 말하는 장면이 나오는데, 내가 맡은 부분의 핵심 장면이었다. 역시나 연습하는 내내, 그리고 두 번째 공연을 마칠 때까지도 그 장면의 표현이 마음만큼 잘 되지 않았다. 그래서인지 2회 공연이 끝나고 다음날 3회 공연을 위해 공연장으로 갈 때까지도 나는 기분이 영 좋지 못했다. 공연 시작 전까지 나는 계속 혼자서 그 부분을 어떻게 하면 더 실감나게 낭독할 수 있을지 고민하고 그 내용과 상황에 집중하려 애썼다.

그게 도움이 되었던 걸까, 그렇게도 잘 풀리지 않던 대사가 공연 중 소년의 감정과 함께 터져 나왔다. 중간의 암전을 틈타 옆자리에 앉아 낭독하던 멤버가 내 어깨를 툭 치며 좋았다는 신호를 보냈다. 그 순간 객석 쪽에서도 누군가 훌쩍이는 소리가 들렸고, 나도 비로소 안도가 되었다. 그리고 동료 멤버와 관객들의 반응을 보면서 나는 다시 한 번 무대에서의 그 느낌, 어린 시절 트라이앵글을 쥐고 즐기던 그 소년의 느낌을 맛보았다. 관객과 소통했을 때 온몸이 전율하게 되는 바로 그 느낌 말이다.

북텔러리스트의 모든 공연에 참여하겠노라고 공언한 뒤, 공연을 거듭해 가면서 내 안의 빈 곳에 무언가가 채워지고 있다. 나의 낭독에 화답하는 관객의 반응을 보며 그간 표현하지 못하고 소통하지 못함으로 인해 생긴 것 같은 내 안의 헛헛함이 비로소 채워져 가고 있는 것이다. 이제는 조금 알 것 같았다. 어린 시절 학예발표회 무대 위에서 맛보았던 그 느낌을 내가 왜 그렇게 그리워했는지. 땡~ 하고 트라이앵글 소리가 다시금 울리는 것만 같았다. 난 이걸 원했던 거구나,

이걸 찾아다녔던 거구나. 이게 내가 원하던 소통이구나. 다시 한 번 깨닫게 되었다.

낭독이라는 트라이앵글

〈블루〉 공연이 있은 지 얼마 후 북텔러리스트에 오랜만에 섭외가 들어왔다. '세계 책의 날' 행사에서 낭독을 해달라는 거였다. 봄기운이 가득한 4월에 우리는 박형서의 〈자정의 픽션〉이라는 단편 소설로 공연을 하기로 했다. 이 소설은 이제 막 신혼 생활을 시작한 커플의 아기자기한 이야기다. 내가 한때 몸담았던 성우 연극 팀에서도 정말 재밌게 낭독 공연으로 선보인 작품이었다.

행사를 치를 광화문광장에 도착하니 우중충한 날씨 탓인지 사람들이 별로 보이지 않았다. 때 이른 장맛비 소식에 각 부스마다 비치해 둔 책들을 비닐로 덮어놓기도 하고 한쪽에 치워놓기도 해서 마치 행사가 끝나고 정리되어 가는 느낌이 들 정도였다. 나는 살짝 김이 새는 기분이었다. 그렇지만 다행히도 〈자정의 픽션〉은 비와 잘 어울리는 작품이었다. 후드득후드득 쏟아지는 빗소리는 오히려 피곤에 지친 두 청춘의 이야기에 포근한 배경 음악이 되어준다는 걸, 지난 성우 연극 팀 낭독 때의 경험으로 잘 알고 있었다. 오히려 자연이 함께해 줘 더 잘될 것 같다는 생각으로 편안하게 리허설을 마치고 잠시 대기했다.

그리고 무대에 올라, 군데군데 우산을 들거나 가림막 아래에 모여 있는 관객들을 보며 낭독을 시작했다. 나중에 사진을 통해 공연 때 내가 지은 표정을 볼 수 있었다. 내가 정말 이런 표정을 지었다는 것이 믿기지 않을 정도로 행복해 보였다. 초등학교 학예회 때도 이런 표정을 지었을까 문득 궁금해졌다.

그러나 그때와 지금 달라진 것이 하나 있다. 트라이앵글을 치던 그 소년의 무대는 잠깐의 순간으로 끝나고 말았지만, 지금은 아니다. 나는 계속해서 북텔러리스트의 무대에 오르고 있고, 또 오를 테니까 말이다.

낭독을 어떻게 하는지 충분히 알고 무대에 오르는 사람도 있겠지만, 나는 무대에서 공연을 하면서 낭독에 대해 알아가고 있는 것 같다. 이러면 어떻고 저러면 어떠랴. 무대는 내가 계속해서 낭독할 수 있는 열정의 원천인 것을. 나는 아주 오래전부터 트라이앵글을 쥔 북텔러리스트였던 것을. 그래서 지금도 내 손에는 낭독이라는 '고~급' 트라이앵글이 꼬옥 쥐어져 있다.

낭독, 먼저 나를 설득하는 일

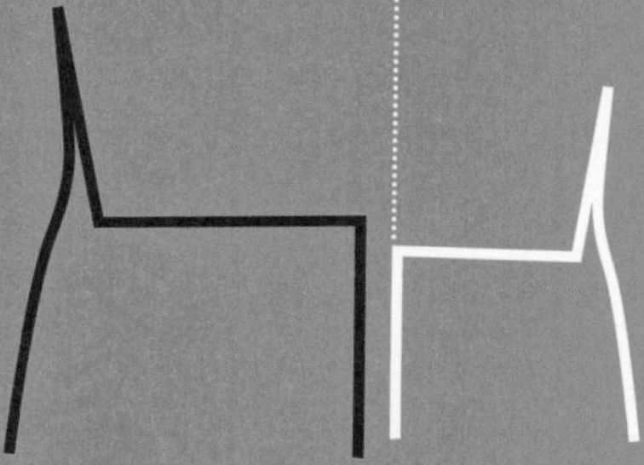

김두리

KBS 37기 성우. 마음이 가는 대로 즐거운 일을 하고 싶어 성우가 됐다. 왕성한 호기심으로 재미있어 보이는 다양한 일에 도전 중이다. 요즘은 직접 낭독한 아동 도서 오디오북 댓글란에 올라온 어린이 친구들 댓글을 보는 게 소소한 즐거움이다. 〈비트벅스〉 〈토비와 테리〉 〈듀비카 2〉 〈힐다〉 등을 더빙했고, 오디오북 《이상한 과자가게 전천당》 《러브레터》 《작은 아씨들》 등을 낭독했다.

다툼이 싫은 회피형 인간

지금이야 '예민한 나'와 어느 정도 타협한 어른이 되었지만, 어린 시절 나는 완전히 나 자신에게만 빠져 살았던 것 같다. 이렇게 말하니 너무 나르시시스트 같다. 설명을 좀 덧붙이자면 내가 좋아하는 것에만 몰두하며 지냈다고 하는 게 맞을 것이다. 나는 어릴 때부터 말수가 적고 공상을 많이 하는 아이였다. 특히 성장기엔 세상의 많은 것들이 낯설고 처음 하는 경험들도 많다 보니 뭔가 복잡해 보이고 긴장된 현실 세계로부터 도피해 안전하고 완벽한 공상 속 세계에서 살고자 했던 것 같다.

그런 나에게 좋은 도피처요 안식처가 되어준 것은 단연 책이었다. 권선징악, 해피엔딩…… 이 얼마나 아름다운가! 그 결말에 도달하기까지의 역경과 고난, 스릴 넘치는 전개 과정은 내 심장을 뛰게 하며 살아있다고 느끼게 해주었다. 세상에 책은 무수히 많았고 계속해서 쏟아져 나왔다. 읽어도 읽어도 끝날 일은 없었다. 이야기의 세계에 푹 빠진 나는 수업 시간에도 공부는 안 하고 책상 아래에 책을 놓고 읽었고, 밤에 자려고 누워서도 부모님 몰래 꼬마전구를 켜놓고 책을 읽다 잠들곤 했다. 교실에 꽂혀 있던 학급 문고를 다 정복한 뒤에는 방과 후 동네 서점으로 달려가 책을 읽다가 집에 가기도 했고, 방학 때에는 도서위원을 자처해 학교 도서실에 매일 나가 종일 책을 읽었다. 그렇다고 내게 좋은 책을 골라 읽는 안목이 있었던 것은 아니다. 그때의 나는 마치 글에 굶주린 사람처럼 닥치는 대로 그저 다 읽어나갔을 뿐이다. 양적 팽창의 시기였다고나 할까?

새로운 책 앞에서 두근대던 가슴, 나를 설레게 하던 수많은 이야기들! 지금도 그때 느끼던 충족감이 생생하게 떠오른다. 조르주 상드의 《사랑의 요정》에서는 외모 때문에 도깨비라 놀림받는 소녀를 사랑하게 되는 시골 소년의 이야기가, 스티븐 킹의 《왕자의 비밀》에서는 탑에 갇힌 왕자가

기지를 발휘해 곤경을 벗어나는 이야기가, 로알드 달의 《찰리와 초콜릿 공장》에서는 선한 마음이 보답받는 가난한 소년의 이야기가 내 심장을 뛰게 했다.

그런 열정적인 독서의 시기를 거쳐 나에게 어떤 것이 남았느냐고 묻는다면, 다른 건 잘 몰라도 '맥락을 파악하는 능력' 하나는 얻었다고 자신 있게 말할 수 있다. 특히 나처럼 '제대로 해낼 수 없는 일이라면 대충 하기보다는 아예 포기하고, 관심 없는 분야나 하기 싫은 일은 최대한 피하고, 재미있는 일에만 모든 에너지를 집중하면서 하고 싶은 일만 하려는 회피형 인간'에게는 이런 능력이 필요하다. 이 능력은 복잡한 현대 사회를 살아가는 데는 물론이고 세상을 조화롭게 만드는 데도 꽤 쓸모가 있다. 하고 싶은 일만 하면 좋겠지만, 그렇다고 다툼이 생기는 것은 싫은, 다소 온순한 회피형 인간인 나로서는 다른 사람의 욕구를 침해하지 않는 선에서 내가 원하는 것을 충족하려면 그 사람에 대해 알아야 하는데, 누군가가 나에게 던진 말의 앞뒤로 어떤 이야기가 있는지 그 흐름이 보인다면 그 사람의 감정과 생각을 추측할 수 있고, 그러면 그 사람이 왜 그런 말을 했는지 이해하고 공감하기도 더 수월할 테니 말이다.

이 능력은 인간 관계뿐 아니라 중·고등학교 시절 국어나

영어처럼 지문 내용을 파악해 문제를 푸는 시험을 볼 때도 큰 도움이 되었다. 글의 흐름에 따라가며 빈칸을 채워 넣는 것은 크게 어렵지 않았고, 처음 보는 글을 소리 내어 읽을 때도 막힘없이 읽을 수 있었다. 이 능력은 내가 성우가 되어 일을 할 때에도 꽤나 도움이 되었다.

아무튼 그렇게 책 속 이야기에 빠져 행복을 맛보던 순간들과 대조적으로 현실에서는 내성적이고 염세적인 태도로 일관했다. 딱히 큰 병이 있었던 것도 아닌데 막연히 일찍 죽을 거라고 생각하거나 이유 모를 우울감이 나를 지배했던 청소년기, 어쩌면 나는 이른바 '중 2병'을 아주 심하게 겪고 있었는지도 모른다.

그런데 그렇게 책 속으로, 또 내 안으로만 파고들던 내가 어느 날 학교 연극부에 들어가기로 결심하게 된다. 그 이유는, 앞서 말한 중 2병과도 관련이 있는데, 남들이 하나같이 내 성격이 소극적이라고 말하는 데 너무 스트레스를 받았기 때문이다. 특히 당신 딸이 사회에 나가서 적응하지 못할까봐 노심초사인 엄마의 잔소리는 정말이지 나를 힘들게 했다. "생글생글 웃고 친절하게 말하고 적극적으로 나설 줄도 알아야 사회 생활을 잘할 수 있다"는 게 엄마의 요점이었는데, 내 가슴속에는 '안 웃긴데 왜 웃고 있어야 하지? 그건 바보 아닌가? 조용한 사람은 세상에 존재하면 안 되는 거야?' 하는 삐딱한 반발심이 가득했다. 그런 '사회 생활의 기술'을 가식적이고 불필요한 것으로 느꼈던 나는, "난 못하는 게 아니라 안 하는 것"임을 보여주고 싶었다.(지금 생각하면 유치한데 정말 그랬다.)

못하는 게 아니라 하기 싫어 안 하는 거고, 싫은데 억지로 한다면 그건 진심이 아니라 거짓일 터였다. 그러나 '그런 가식적인 행동을 나 자신으로서는 안 하더라도 극중 인물이 되어 연기로 하는 것이라면? 그건 충분히 할 수 있지!' 하는 생각이 들었고, 만약 내가 많은 사람이 볼 수 있는 무대에서 나와 전혀 다른 인물을 천연덕스럽게 연기해 낸다면 "내성적인 성격을 고치라"는 잔소리도 그만 들을 수 있겠구나 싶었다.

또 하나, 엄청난 양의 독서를 통해 기른 '맥락을 파악하는 능력'을 사람들 앞에서 뽐내고 싶은 인정 욕구도 있었다. 그때의 나는 자신의 감정을 그대로 드러내는 건 유치하거나 창피한 일이고, 가급적 드러내지 않는 것이 성숙한 태도라고 생각했다. 특히나 주목받고 싶은 욕구를 드러내는 것은 부끄럽고 점잖지 못한 행동이라고 생각했던 것 같다. 그런 내가 나를 드러내지 않으면서 인정 욕구와 표현 욕구를 충족시킬 수 있는 방법이 무엇일까 생각했고, 그게 바로 내가 아닌 다른 인물을 연기하는 것이란 결론에 이른 것이다.

연극부 생활은 신선한 경험이었다. 연극 대본 속의 인물들은 매우 흥미로웠고, 책과는 다른 방식으로 쓰인 대화체의 글을 읽어나가며 내 말로 소화해 보는 것도 즐거웠다. 많은 분량의 대사도 전체 내용을 알고 상황을 이해하니 외우기 어렵지 않았다. 또 부원들과 함께 공연 준비를 하며 매일 짬을 내 연습을 하고 소품을 만드는 경험마저 새로웠다. 지금 생각해 보면 '무대 위에서의 공연'이라는 같은 목표를 가지고 여럿이 협심해 극을 완성해 가는 과정 자체가, 완벽한 조화를 꿈꾸는 나의 이상에 부합했던 것 같다.

〈말괄량이 길들이기〉〈헤더웨이가의 유령〉 등의 공연을 올렸는데, 극중의 두 인물이 마주보며 서로의 마음을 확인한 순간 암전이 되어야 하는데 조명이 꺼지지 않아 애드리브로 대처한 일, 진지한 장면에서 컵을 던지며 "이 컵은 깨져버렸습니다!" 하고 대사를 외쳤는데 음료수 캔으로 만든 컵 소품이 바닥에 부딪쳐 캉캉캉 소리를 내는 바람에 관객들이 모두 웃음을 터트린 일 등 예상치 못한 돌발 상황이 잊지 못할 에피소드를 만들긴 했지만, 각자의 역할을 열심히, 즐겁게, 유쾌하게 해냈던 기억은 지금 떠올려봐도 참 좋다.

그렇게 연극을 통해 내가 아닌 다른 사람이 되어보며 내 안의 감정을 발산하고 표현했던 것이, 또 여러 사람과 함께 무언가를 완성해 나아가는 경험을 한 것이 '극 내향형 인간'이던 나를 좀 더 바깥으로 끌어내는 변화의 계기가 되었음은 분명하다. 이때의 경험들이 긴 시간을 지나 나를 성우라는 직업으로 이끌었다 해도 틀린 말은 아닐 것이다.

독서와 연기, 그리고 낭독…… 나에게 이 셋은 절대 떼려야 뗄 수 없는 것들이다. 성우가 되기로 결심했을 때 나는 "성우가 되면 연기도 하고 낭독도 할 수 있잖아? 내가 좋아하는 두 가지를 다 할 수 있다니 얼마나 합리적인 선택이야?" 하며 흐뭇하게 고개를 끄덕이기도 했다. 물론 성우 공채 시험의 경쟁률이 그렇게 치열한 줄은 꿈에도 몰랐지만 말이다. 이런 단순한 생각으로 공채 시험 준비라는 긴 고난의 여정에 뛰어들었다니 웃음이 나기도 하지만, 원래 중요한 선택은 이렇게 심플하게 해야 후회가 적은 것 같기도 하다. 어쨌든 재미있지 않은가?

그렇다, 재미. 뭘 하든 재미있어야 한다. 나에게 독서, 연기, 낭독, 이 세 가지의 공통점은 재미있다는 것이다. 새로운 것을 접할 때, 미처 몰랐던 것을 깨달았을 때, 이해 안 되던 정서에 공감할 수 있게 되었을 때, 넘어설 수 없었던 어떤 한계를 넘어섰을 때 나는 재미있다고 느끼곤 한다. 나는 내가 하는 모든 일에서 그런 재미를 느끼고 싶다. 나아가 책이라는 게 얼마나 재미있는지 내 낭독을 통해 사람들에게 알려주고 싶고 듣는 사람들도 똑같이 재미있다고 느낀다면 얼마나 좋을까 생각한다. 듣는 사람으로 하여금 공감하고 재미를 느끼게 하고 싶다는 그 열망이 아마도 나를 북텔러리스트에 합류하게 했을 것이다.

직감에서 공감으로: 낭독을 통한 감각의 확장

나는 김광석을 잘 모른다. 이렇게 말하면 충격을 받을 사람이 있을지도 모르겠다. "그 유명한 가수를 모른다고?" 하지만 정말 그렇다. 물론 그를 그리워하는 사람들을 TV로 보고 자랐고 그가 남긴 유명한 노래도 몇 곡 정도는 알고 있지만, 김광석이라는 가수가 노래 외에 그 시대 사람들에게 어떤 의미를 지니는지는 이해하지 못하는 세대의 한 사람이다. 그러다 보니 때때로 방송에서 나오는 그의 노래를 들어도 기저에 깔린 쓸쓸한 정서라든지 '옛날 노래인데 지금 들어도 좋네' 하는 감상 이상의 어떤 것을 느껴보지는 못했다.

내가 그런 김광석을 만난 것은 김연수 작가의 《청춘의 문장들》이라는 책에서였다. 진즉에 함께하고 싶었으나 이런 저런 사정으로 뒤늦게 참여하게 된 북텔러리스트의 사전 워크숍에서였다.

"김광석이라면 언제라도 1989년 여름, 춘천에서 강릉으로 넘어가던 시외버스가 기억난다." 이렇게 시작하는 글을 처음 읽을 때는 '이 한 문장에 뭘 얼마나 담을 수 있을까? 그리고 뭘 꼭 담아야 할까? 그냥 읽으면 안 될까?' 하고 생각했다. 그러다 글의 마지막까지 읽고 나서 다시 첫 문장으로 돌아갔을 때, 이 문장이 처음과는 다르게 보였다.

그 시절의 학생 운동, 젊은이들이 서로의 고통을 달래며 나누던 술 한 잔, 함께 부르던 노래, 그 밤과 새벽의 쌀쌀한 공기, 사라진 이들, 그리고 그것들을 모두 품고 위로하던 김광석의 노랫말과 따뜻한 목소리…… 그 모든 것들은 내가 경험하지 못한 것들이었다. 그리고 어쩌면 앞으로도 경험할 일이 없을 것들이었다. 그런데도 어느 한 순간 나는 책 속의 그들과 같이 울고 있었다. 그냥 갑자기 참을 수 없이 눈물이 터져 나왔고, 나는 애써 울음을 참으려 끅끅대며 다음 문장을 읽어야 했다.

추운 겨울바람을 맞으며 유일하게 위로가 되어주는 사람들을 찾아가는 젊은이의 마음속에 휘몰아치는 고통과

체념, 동시에 이를 극복하려는 의지와 서글픈 마음…… 그런 것들이 너무도 강렬하게 내 마음에 와 닿았기 때문일까? 그러나 이것이 그 순간 눈물을 쏟아낸 이유의 전부라고 말하긴 어려울 것 같다. 울면서도 나는 내가 왜 우는지 정확히 몰랐으니까. 다만 그것이 머리로는 알 수 없지만 가슴으로는 느낄 수 있는 그 주인공의 마음 상태에 대한 '공감'이 아니었을까 짐작할 뿐이다.

분명 그 전에도 책을 읽으며 책 속 주인공들과 같이 슬퍼하고 같이 기뻐하고 했을 것이다. 하지만 줄거리 위주로 빠르게 읽어온 그간의 독서 방식으로 모든 것을 직감적으로 판단하고 반응하는 일에 익숙했던 나에게는, 한 문장 한 문장 짚어가며 그것이 어떤 상황인지 떠올리고 그때 화자의 심정이 어떨지 깊이 사유하는 북텔러리스트의 방식이 낯설면서도 신기했다. 주인공의 마음을 단순히 '아는' 것이 아니라 '공감'하게 되기까지 더듬더듬 나아가기가 힘들긴 했지만, 한번 그 길을 찾고 나니 감정의 동요가 전보다 훨씬 더 큰 폭으로 다가온 것이다.

특히나 글의 마지막 부분에 이르러서는 처음 읽었을 때와 달리, 어둑어둑한 대학 캠퍼스의 유리문을 열고 주인공이 밖으로 나온 순간 내 귀와 눈에도 김광석의 노랫소리가 들리고 푸른 밤하늘에 떠 있는 별들이 보이는 것만 같았다. 그 공감각이 너무나 뚜렷하고 강렬했다. 그러면서 '김광석'이라는 인물에 대한 나의 무심함은 호기심으로 바뀌고, 다시 앞으로 돌아가 첫 문장 "김광석이라면 언제라도 1989년 여름……"을 읽기 시작할 때는 마지막의 그 장면이 머릿속에 떠올라 처음과는 완전히 다른 시선으로 그 문장을 보게 되었다.

낭독을 통해 이렇게 감각이 열리는 순간을 경험할 수 있다니, 새롭고도 놀라웠다. 삶의 모든 순간이 이런 강렬한 감각으로 느껴진다면 어떨까? 어떤 면에선 힘들 수도 있겠지만, 그래도 한 번이라도 이런 경험을 했다면 다시 그 맛을 보고 싶어질 게 당연했다. 물론 이러한 생생하고도 거친 감각을 느끼면서 마이크 앞에 서서 녹음하기는 쉽지 않다. 만약 그런 감정 상태에서 눈물 콧물 흘리며 낭독한다면 감정의 폭은 느껴질지 모르나 내용 전달이 안 될 수도 있고, 청자가 해석하고 느낄 여지마저 주지 않게 될 수도 있으니 말이다.

그러나 만약 그 살아있는 감각을 정제된 표현에 담아 전달할 수만 있다면, 듣는 사람도 내가 느낀 것을 그대로 느낄 수 있다면 얼마나 좋을까? 생각만 해도 너무 뿌듯하고 재미있을 것 같았다! 물론 그 길을 찾아가는 과정이 쉽지만은 않았다. 그날 이진숙 연출의 "이 사람은 지금 어떤 감정일까?"라는 질문에 나는 "잘 모르겠는데요"라는 대답을 더 많이 했으니 말이다.

낭독, 조금 다른 방식의 독서

성우가 되고 나서 나는 정작 내가 그렇게도 좋아하던 독서와는 오히려 더 멀어진 삶을 살게 되었다. 매일 '일'로서 '읽어야 하는' 수많은 글들을 분석하고 녹음하고 돌아와 다시 내가 좋아하는 책들을 찾아 읽기에는 시간도 부족하고 체력적인 한계도 있었다. 그래서 마음 한 구석엔 늘 오디오북 녹음에 대한 염원이 있었는데, 실제로 그 일을 하게 된 건 성우가 되고 나서도 한참 후의 일이다.

첫 번째 책을 녹음할 때만 해도 꽤나 힘들었다. KBS에서 〈라디오 문학관〉이나 〈소설 극장〉같이, 책을 원작으로 한 프로그램에서 책 속의 한 역할을 맡아 녹음에 참여한 적은 있지만 한 사람이 책 전체를 낭독해야 하는 오디오북은 전혀 달랐다. 혼자서 책 속의 해설과 대사를 다 하려니 에너지를 분배하는 것부터 침을 언제 삼킬지, 숨을 언제 쉴지까지 다 고민이 되었다. 에너지를 쏟아 대사를 하다 보면 입에 침이 고이고 숨이 차게 마련인데, 그 뒤에 바로 이어서 해설을 하려니 이만저만 힘든 게 아니었다. 마음의 여유를 잃다 보니 속도는 자꾸 빨라지고, 속도가 빨라지니 더 숨이 차고…… 그렇게 그날의 분량을 끝내고 나면 절로 앓는 소리가 나왔다.

전체 내용을 파악하고, 인물들의 성격에 맞게 캐릭터를 구성하고, 괄호나 각주 같은 부분은 어떻게 처리할지 표현 방식을 고민하다 보면 녹음에 들어가기 전에 준비하는 일만도 꽤 많은 시간이 필요했다. 지금은 여러 차례 시행착오를 거친 덕에 예전처럼 페이지마다 세세히 표시하지 않고, 전체적인 내용을 훑으며 헷갈릴 수 있는 부분만 체크하고도 낭독이 가능해졌지만 말이다.

여럿이 각자의 역할을 맡아 녹음하는 입체 낭독도 재미있지만, 책 전체를 혼자서 녹음하는 오디오북은 내게 더 각별하다. 하나의 책을 처음부터 끝까지 혼자서 읽고 표현하는 이 '낭독'의 형태가 '또 다른 방식의 독서'로 내 안에 자리 잡았다는 생각이 든다. 이제는 새로운 책을 낭독할 생각을 하면 '얼마나 재미있을까!' 하는 기대감이 먼저 들고, 나의 낭독을 통해 이 책을 만나는 사람들도 나처럼 그 재미에 함께 푹 빠졌으면 하는 바람을 갖게 된다.

오디오북 같은 낭독 콘텐츠를 접하는 사람들은 그 원작을 좋아해서, 혹은 낭독한 성우가 좋아서, 아니면 일을 하면서 무료함을 달래거나 듣다가 편히 잠들기 위해서 등등 그것을 듣는 이유는 물론 시간과 장소, 취향도 다 제각각일 것이다. 등장인물의 대사를 생생하게 연기해 주길 바랄 수도 있고, 그냥 덤덤하게 읽어만 주길 바랄 수도 있다. 이렇듯 정답이 없기 때문에 가끔은 더 막막하게 느껴진다. 그렇다면 모두는 아니더라도 어떻게 한 사람이라도 더 만족시킬 수 있을까? 내가 내린 결론은 '설득력'이다. 그런 설득력을 부여하기 위해 필요한 것이 바로 책을 세세히 들여다보는 과정이고 말이다.

"왜 그럴까?"

내가 북텔러리스트 모임에서 가장 많이 들었던 질문이다. "이 사람은 지금 왜 이렇게 말했을까요?" 하고 이진숙 연출이 물으면 나는 "잘 모르겠는데요"라고 대답하기 일쑤였다. 그러나 '그렇게까지 이해할 필요가 있나?' 싶을 정도로 책 속 인물의 사소해 보이는 행동에 대해서 연출은 꼬치꼬치 캐물었고, 어쩔 수 없이 나는 한 발 한 발 책 속으로 더 깊이 들어가 보지 않을 수 없었다. 그런 식의 책 읽기 방식은 생소하고 괴로웠지만, 결과적으로는 많은 공부가 되었다. 사람도 가까이서 자주 들여다볼수록 그가 어떤 사람인지 더 깊이 알게 되듯 책도 그런 것 같다. 그리고 그렇게 깊이 파고들었을 때 책 속의 해설 부분이 됐든 화자의 대사 부분이 됐든 내 목소리와 표현에는 설득력이 더해졌다.

사람들이 내 낭독을 듣고 나처럼 책의 재미에 푹 빠지도록 하는 일, 한 사람이라도 더 그 재미를 느껴보도록 설득력을 부여하는 일은 나 혼자였다면 엄두조차 내기 어려웠을 것이다. 그 어려운 길을 함께 걷는 사람들이 있다는 건 아주 든든하다. 나와 같은 고민을 하고, 그러면서 나와는 다른 관점에서 생각하고, 때로는 힘들어하는 나를 이끌어줄 멋진 사람들이 있어 나는 포기하지 않고 더 열심히 '헤맬' 수 있었다. 그리고 사실 나는 이 '고난'이 기껍다. 지금까지도 그랬지만, 앞으로도 이 시련을 거치고 나면 나는 그것들이 아주 소중한 기회였음을 알게 될 것이다.

어느 날, 오랫동안 만나지 못한 선배로부터 "네가 읽은 책 좋더라!" 하는 전화 인사를 건네받은 적이 있다. 만나고 싶었던 사람이 전해준 그 따뜻한 말 한 마디에 나는 참 단순하게도 그간의 머리를 쥐어뜯던 고난의 시간을 다 잊었다. 누군가 내가 낭독한 책을 듣고 즐거움을 느꼈다니, '흠, 이

거 해볼 만한데!' 하고 자신감이 생기면서 더 열심히, 더 기꺼이 지금의 안개 속을 헤매보기로 마음먹는다. 그런 시간을 극복하고 나면 "이 사람은 왜 이렇게 말했을까?"라는 질문에 "잘 모르겠는데요"가 아닌, 스스로 확신이 있는 대답을 할 수 있지 않을까? 그러기 위해서는 내가 먼저 시간을 들여 책과 친해지고, 그 시간을 통해 나를 설득해야 한다. 그래야 그런 설득력이 듣는 사람에게서도 공감을 이끌어내고, 그것이 그들 마음에 작은 파문이라도 일으킬 수 있을 테니 말이다.

낭독은 이야기 속을 독자와 함께 걷는 것

서승휘

KBS 39기 성우. 창의적이고 자유분방한 사고를 추구하는 ENTP 성향이며, 안내 멘트나 스팟 광고를 즐긴다. 마이크에 담길 진심을 찾아 인생을 여행 중이다. SBS 2019년 김연아 올댓스케이트 장내 성우로 활동했으며, 〈내셔널 지오그래픽〉과 〈명견만리〉의 내레이션, DIMF 대구 국제뮤지컬페스티벌 스팟, 파인드라이브 CM송 및 광고 내레이션을 했다.

주말마다 결혼식에 가는 남자

나는 거의 매주 결혼식장에 간다. 매주 신랑으로 갈 일은 당연히 없고, 그렇다고 지인 결혼식에 하객으로 가는 것도 아니다. 사회자로 가는 것이다. 지금까지 족히 1,500쌍 이상의 결혼식 사회를 본 것 같다. 지인들은 주말엔 좀 쉬지 그러냐고 하지만 나는 여전히 결혼식 사회 제안을 거절하지 않는다. 내겐 거길 가는 게 쉬는 것이다. 그곳에 가면 행복한 에너지를 받기 때문이다.

예전엔 좋은 발성으로, 막힘없이, 틀리지 않고 주어진 멘트를 소화하는 것만으로 썩 괜찮은 진행이라 여겼다. 성우의 말하기란 그런 것이라고 생각했던 것도 같다. 북텔러리스트가 되기 전까지는 말이다. 지금은 공감과 소통에 좀 더 집중하고 있다. 책을 낭독할 때만이 아니라 결혼식 사회에서도 그것은 중요했다.

결혼식장에서 나는 말하는 이, 바로 '화자'가 된다. 신랑 신부를 대신해서 때로는 진중하게, 때로는 밝게, 때로는 가볍지도 무겁지도 않게 그들의 마음을 하객들에게 전달한다. 하지만 때론 청자가 되기도 한다. 신랑 신부의 부모님이 자식들에게 덕담을 하거나 써온 편지를 읽을 때, 혹은 신랑 신부가 부모님과 하객들에게 감사 인사를 전할 때가 그렇다. 대개는 성우처럼 좋은 발성을 가진 것도 아니고 화술이 뛰어난 것도 아니지만 그들의 말에서는 울림이 느껴진다. 그 순간만큼은 작가로서 그리고 화자로서 명확한 목표와 의도를 지닐 뿐 아니라 진실되고 간절한 마음을 담아 말하기 때문일 것이다. 그런 순간이면 나는 사회자에서 금세 함께 눈물 훔치며 공감하는 청자가 되곤 한다.

가끔 주인공들이 자신들을 대신해 글을 낭독해 달라고 부탁할 때가 있다. 그럴 때면 난 정중히 거절하곤 했다. 감히 그들의 진심을 내가 대신할 수 없다고 생각했기 때문이다. 하지만 본격적으로 낭독을 공부하면서부터는 그들의 마음이 되어 편지를 낭독해 보려 하고 있다. 신랑이나 아버지들만 대신하는 게 아니라 여성인 신부나 어머니들의 목소리를 대신해야 할 경우도 있는데, 그래도 괜찮았다. 목소리를 전하는 게 아니라 그들의 마음을 전하는 일이었으므로. 나는 최대한 그 진심을 전달하는 전달자가 되려고 노력했다.

말에 진심을 담는다는 것

나는 허구, 즉 소설 같은 문학 작품을 좋아하지 않았다. 그건 애초에 '누군가에게 보이기 위해 가짜로 쓴' 글이라 여겼기 때문이다. '그런 글에 무슨 진실이 있을까?' 생각했다. 그래서였을까? 책이 좋다며 서점을 운영하시던 아버지가 도통 이해되질 않았다.

아버지는 내가 초등학교에 다니던 시절부터 16년가량 서점을 운영하셨다. 중학교 근처 작은 책방이었다. 문을 열고 들어가면 자그마한 매대가 단출하게 놓여 있고, 그 위로 주로 신간들이 진열되어 있었다. 대부분은 학생들을 위한 필독 도서나 문제집 따위였고, 인기가 없어 부옇게 먼지가 쌓이는 책도 당연히 있었다. 아버진 그런 책에 쌓인 먼지까지도 당신의 손길로 늘 정성스레 닦아내곤 하셨다.

책이 그렇게 좋으신 걸까? 어린 나였지만 서점 운영이 단순히 돈을 벌기 위해서만 할 수 있는 일이 아니란 건 알고 있었다. 그래서 더 이해가 되지 않았다. 책이 뭐가 그렇게 좋아서 아버진 이 일을 계속 하시는 걸까? 나에게 서점은 삶을 위한 전쟁터처럼 느껴지곤 했다. 책은 팔려야만 하는 물건들에 지나지 않았다. 책이 팔려야만 우리 가족이 먹고 살 수 있었으니 말이다. 난 아버지가 다른 일을 하시길 바랐다. 어차피 생계 수단일 뿐인데 책보다 더 나은 걸 팔면 좋지 않을까 싶었던 것이다.

아버지는 자식이 책을 멀리하는 걸 안타깝게 여기며 나에게 늘 책을 읽으라고 말씀하시곤 했다. 하지만 사춘기 소년의 청개구리 심보 때문이었을까? 아버지가 권유하면 할수록 나는 더 책을 멀리했다. 특히 문학 책은 더 가까이 하지 않았다. 대체 작가는 왜 허구의 세계를 글로 담아내고, 사람들은 또 왜 그걸 사서 읽는 걸까? 그게 무슨 의미가 있으며, 거기에서 어떤 감동을 받을 수 있단 말인가?

아버지의 권유에 마지못해 책을 읽을 때면 나는 '진짜 있었던 일만 읽자. 그건 진실하니까. 도움이 될 테니까'라고 생각하며 책을 골랐다. 그래서 나의 독서 목록은 대부분 수

필이나 자서전 같은 것들이었다. 심지어 만화책도 잘 읽지 않았다. 그나마 읽은 거라곤 《만화 삼국지》 정도였다. 분명히 재미는 있었지만, 그렇다고 《만화 삼국지》가 나를 다른 독서의 세계로 인도해 주진 못했다. 난 지독하게 현실적이었다. 허구로 만들어진 가상 세계가 나에게 도움이 될 일은 없을 거라고, 그렇게 생각해 왔다.

책을 편식하듯 공부도 편식했다. 좋아하는 과목은 열심히 공부했지만 그 외의 것은 관심 밖이었다. 국어 시간, 그중에서도 특히 문학 수업은 고역이었다. 나는 그 시간에 가만히 앉아 있을 수가 없었다. 중저음의 목소리 탓에 낭독자로 지정되곤 했던 것이다. 시, 소설 가릴 것 없었다. 선생님이 읽으라고 시키면 그때부터 나는 흰 종이 위로 인쇄된 까만 글자들을 아무 감흥 없이 소리 내 읽곤 했다.

뭔가 웃겼다. 나는 그 시간이 너무 따분했는데, 정작 듣는 사람들은 목소리 좋다며 감탄을 하는 게 아닌가. 그것 봐, 내용은 아무래도 상관없는 거잖아. 글을 읽고 있는데 내 목소리가 공허하게 울리는 기분이었다. 그럴 수밖에. 내 목소리는 단 한 순간도 글을 '담은' 적이 없었으니까.

그런데 문학을 허구라 치부하며 멀리한 대가는 예상치 못한 데서 치르게 되었다. 내가 성우가 되는 꿈을 꾸면서 문제가 생긴 것이다. 멋진 목소리를 만드는 건 오히려 어렵지 않았다. 하지만 도무지 목소리에 진심을 담는다는 게 뭔지 알 수가 없었다. 지어낸 이야기를 읽으며 거기에 진심을 담아보라니! 그게 가능할 리가!

처음엔 사투리 문제라고만 생각했다. 부산에서 나고 자란 나는 부산 사투리가 배어 있었다. 아무리 고치려고 해도 사투리 억양이 불쑥불쑥 튀어나왔다. '교양 있는 사람들이 두루 쓰는 현대 서울말'이 표준말이라는데, 나는 성우 공부를 하기 전까지 서울말을 한 번도 써본 적이 없었다. 그런데 서울말을 쓰기 위해선 발음이나 억양 등 의식해야 할 게 많았다. 그런 걸 신경 쓰다 보면 자연히 말이 늦어졌다. 한꺼번에 이것저것 계산을 하느라 과부하가 걸렸기 때문이다. 그런 와중이니 진심을 담을 겨를이 어디 있겠는가? 서울말 흉내 내기도 바빴다.

서울 말투로 된 대본을 읽으며 대사 연습을 하면 도통 내 말처럼 들리지가 않았다. 소리 내기에도 바빠 글의 맥락이나 주제를 놓치기 일쑤였다. 그때 처음으로 한탄했다. 소설 좀 읽을 걸! 어릴 때 한갓 거짓일 뿐이라고 치부하고 밀어냈던 것들이 내가 넘어야 할 숙제가 되어 나타날 줄이야. 튀는 사투리와 모자란 해석력 탓에 나는 남들보다 배로 노력해야 했다. 서울말을 몸에 완전히 익히기 위해 나는 부산에도 내려가지 않았다. 고향 친구들도 만나지 않았다. 나의 뿌리가 부산이어서 부산 사투리에만 진심을 담을 수 있는 거라면, 이젠 그 뿌리를 파서라도 옮겨야 했다. "난 서울 남자다. 다정한 서울 남자다." 그렇게 계속 되뇌며 나는 서울말을 몸에 익히려 노력했다. '서울말만 자유롭게 쓸 수 있다면 여유가 생길 테니 대본을 읽을 때 진심을 담을 수 있겠지.' 그땐 그렇게 생각했다.

하지만 너무 안일한 생각이었을까? 사투리가 고쳐졌음에도 연기는 그다지 나아지지 않았다. 그즈음 나는 서울에서 병원 컨설팅 일을 하며 생활비를 벌고 있었다. 하지만 다른 일을 병행하다 보니 성우 준비에 집중할 체력이나 시간이 모자랐다. 성우 공채 시험은 몇 년째 낙방이었다. 웃기게도 컨설팅 쪽 일은 잘 풀려갔다. 현실과 타협해 이걸로 그냥 먹고살까 하는 생각이 마음 한 켠에서 슬그머니 올라왔다. 성우가 내 길이 아니라면 어쩔 수 없는 거라고 생각했다. 적지 않은 나이였고, 서울에 연고가 없어 오래 버틸 수도 없었다. 그렇게 생각하며 정말 마지막이라는 심정으로 나는 KBS 성우 공채에 한 번 더 도전했다.

마지막이라 여겼기에 큰 기대는 없었다. 미련 남기지 말고

훌훌 다 털어내자는 생각에 더 가까웠던 것 같다. 그런데 덜컥 1차에 합격을 했다. 그러자 정말 내게 주어진 마지막 기회라는 생각이 들면서 할 수 있는 모든 걸 다해보자 하는 마음이 되었다. 그래서였을 것이다. 연기 연습을 해도 모자랄 시간에 나는 2차 시험을 앞두고 내가 왜 성우가 되고 싶은지 마음을 다해 글에 담았다.

그리고 대망의 2차 시험 날, 여러 개의 지문이 내 손에 주어졌다. 내레이션 둘, 대사 연기 둘을 연이어 했다. 지문 하나를 해치울 때마다 나는 숨이 가빠져 심호흡을 해야 했다. 내 평생 그렇게 긴장해 본 적이 또 있을까? 간신히 연기를 마치고 나니 "나가 보라"는 심사위원들의 건조한 말이 돌아왔다. 하지만 내 발은 쉽게 떨어지지 않았다. 어차피 난 이번이 마지막이니까, 어떻게든 내 진심을 그들에게 전하고 싶었다.

"저기…… 제가 어젯밤에 쓴 글이 있는데요……"

쭈뼛거리며 주머니에서 종이 한 장을 꺼냈다. 혹시라도 제지를 당하면 어떡하나 싶어 연신 손이 떨렸다. 하지만 다행히도 심사위원들은 읽어보라며 호의를 베풀어주었고, 나는 그들 앞에서 나의 진심을 담아 쓴 글을 읽을 수 있었다.

"꿈. 위트 가이 서승휘입니다. 나에겐 꿈이 세 가지 있다.

첫 번째 꿈은 돈 많이 벌어서 아버지께 물회를 사드리는 것이다. (중략) 나의 세 번째 꿈은 내 목소리를 마이크에 담는 것이다. (중략) 국회의사당역 4번 출구, 여기 KBS에서 내 목소리를 마이크에 담고 싶다. 응답하라, KBS 39기!"

그 당시 〈응답하라 1994〉라는 드라마가 방영되고 있었기에 내 딴에는 재치 있게 쓴다고 쓴 거였다. 글을 쓸 땐 나름 그 잔재주가 통하길 빌었다. 근데 막상 시험장에 서서 그 글을 읽고 있자니 요행을 바라고 쓴 글만은 아니란 생각이 들었다. 내 글엔 거짓이 하나도 없었다. 진심으로 성우가 되고 싶었고, 성우가 되어 이루고 싶은 게 많았다. 그리고 그 글을 낭독하는 순간만큼은 프로 성우인 척, 다정한 서울 남자인 척 꾸미지 않았다. 그 순간은 그냥 인간 서승휘였다. 억양이 어땠는지, 목소리가 잘 나왔는지 아무 기억도 나지 않는다.

하지만 일기 낭독을 마치고 심사위원들을 쳐다보는 순간, 딱 하나만은 알 수 있었다. 내가 진심을 담아 낭독했음을 그들이 느꼈다는 것. 합격 여부는 정해지지 않았지만 나는 속이 후련해지면서 눈물이 왈칵 쏟아질 것만 같았다. 아, 진심을 담아서 글을 읽는다는 게 이런 거구나…… 어쩌면 그날이 내 생애 최초의 '낭독'이었을지도 모르겠다. 그 순간의 느낌은 평생 잊지 못할 것이다.

진심은 통한다 했던가? 정말로 나는 KBS 39기 성우가 되었다. 그렇게도 바라던 성우 시험에 합격한 것이다!

두려웠던 것이 재밌어지기까지

그런데 이상했다. 하고 싶은 걸 해냈으니 기뻐야 하는데, 시간이 지날수록 나는 어울리지 않는 옷을 입고 초대받지 못한 자리에 와 있는 기분이 들었다. 동기들은 소설을 읽는 등 작품에 몰두하고 있는데 난 개인 방송 같은 쇼 프로그램에 더 많은 시간을 쏟고 있었다. 〈동포 노래방〉 같은 프로그램에서 노래를 부르고 있거나, 〈이무송, 임수민의 희망가요〉의 프로필 멘트 전담이 되어 일하고 있었다. 심지어 설운도 심사위원 등이 참여한 노래 경연 대회에서 성우팀 대표로 출연해 일등상을 받기도 했다. 마냥 기쁘지만은 않았다. 무언가 마음 한구석이 씁쓸했다. '난 연기자인데 지금 여기서 뭘 하고 있는 걸까?' 하는 생각이 나를 괴롭히기 시작했다.

성우는 연기자이고, 연기하는 것이 내 본분이었다. 하지만 정작 연기를 하려고 들면 사투리에 대한 압박감 때문에 입이 잘 떼어지지 않았다. 다른 성우들과 비교하게 되면서 점점 위축되어 가고 있었다. 결국 캐스팅되는 것 자체가 두려워 피해 다니기까지 했다. 마이크가 무서워졌다. 내 입 밖으로 나오는 말은 공허한 소리가 되어 울려 퍼지는 것 같아 겁이 났다. 다른 성우들과 함께 녹음실에서 짧은 대사를 할 뿐인데도 대본을 든 손이 부들부들 떨릴 정도였다.

잘하고 싶었다. 내가 좋아하고 흥미 있어 시작한 일이니 잘해야만 했다. 그런데 어떻게 해야 할지 방법을 몰랐다. 사투리 핑계를 대는 것조차 이제는 비겁하게 느껴졌다.

시간은 하릴없이 흘러만 갔다. 그러던 어느 날, 구자형 성우와 함께 작업을 하게 되었다. 언젠가 뵙겠지 했던 그분, 목소리 좋고, NG 없고, 내 눈에는 마치 “이거 주세요” 하면 맞춤으로 탁 나오는 자판기처럼 모든 게 갖춰지고 준비된 성우. 그때 구자형 성우의 내레이션을 듣는데 뭔가 좀 다르다는 느낌을 받았다. 여태까지 방송에서 들은 성우들의 내레이션은 감정 표현보다는 사실 전달이 위주였다. 그런데 구자형 성우의 내레이션은 작품 속에 녹아들어 상황을 마치 눈앞에 보듯 그려주고 거기에 등장인물들의 감정과 마음 상태까지 묘사해 주고 있다는 느낌이 들었다.

대체 어떻게 하면 저런 느낌의 차이를 만들어낼 수 있을까? 부럽고 알고 싶다는 그 마음 하나로 무작정 따라해 봤다. 말투, 억양, 심지어 템포까지도 따라했다. 물론 그 느낌이 바로 나오지는 않았다. 그래도 계속 했다. 이렇게 하는 게 맞는 걸까? 내가 잘하고 있는 걸까? 궁금해 하던 어느 날, 우연히 구자형 성우의 역을 대신해 볼 기회가 생겼다. 리허설을 할 때 담당 성우가 늦으면 전속으로 있는 다른 성우들이 잠시 배역을 대신해 리허설을 하기도 하는데, 그때 내가 기회를 놓치지 않고 구자형 성우의 스타일을 흉내 내본 것이다. 자신 없어 하면서도 시도는 해보자 싶었다.

그런데 웬걸, 주변에서 연기 실력이 늘었다며 칭찬을 해주는 게 아닌가. 그러나 정확히 내가 뭘 어떻게 한 건지 모르니 그 칭찬에 좋아하고만 있을 수는 없었다. '진짜 연기'를 하는 단계로 넘어가야 했다. 절실했고, 잘하고 싶었고, 더 이상 흉내만 내는 가짜가 아니라 진짜가 되고 싶었다. 그래서 나는 북텔러리스트의 문을 두드리게 되었다.

북텔러리스트에 오고 나서야 나는 그동안 목소리 좋다는 말을 칭찬으로 여기며 안주해 왔다는 걸 깨달았다. 연기가 늘지 않는 것도 사투리를 방패막이삼아 사실은 알량한 자존심 지키기에 급급했기 때문이었음을 뼈아프게 인정해야 했다. 허구로 쓴 소설 같은 이야기는 모두 가짜라고 여기고 이야기 바깥에 있는 진실만 찾아다니던 나였다. 그리고 어차피 허구를 연기하는 것이라면 테크닉 같은 문제만 극복하면 될 거라고 자만하기도 했다.

그런데 북텔러리스트에서 듣는 최고의 칭찬은 "그 사람인 줄 알았어요" "그 장면이 신기하게 머릿속에 그려졌어요"라는 말이었다. 화자의 이야기를, 그의 감정과 상황을 제대로 전달했을 뿐 아니라 허구라고, 모두 가짜라고 여겼던 그것들을 북텔러리스트들은 이미지로 되살려 '지금 여기'에 펼쳐내고 있었던 것이다.

나를 돌아보니 어쩌면 지금까지 나는 단 한 번도 작품을 제대로 마주한 적이 없었던 것 같다는 생각이 들었다. 어릴 때 본, 서점에 수북하게 쌓여 있던 책들, 내가 '거짓'이라고 폄하하며 외면해 온 세계가 이들의 입을 통해 '진짜'가 되어 내 앞에 나타났다. 상황이 보였고, 감정이 느껴졌고, 작가의 의도와 만나게 되었고, 그곳에서 나는 사람을 만났다.

북텔러리스트와 함께한 뒤로 나는 책을 허투루 보는 태도를 지워갔다. 작가가 어떤 사람인지 프로필부터 찾아 읽고, 책 속에 담긴 작가의 의도와 그 이면에 더 깊이 숨겨져 있을지도 모르는 또 다른 의도를 찾으려 행간까지 꼼꼼히 살필 줄 알게 되었다. 아직도 모르는 것투성이고 수학처럼 하나의 답이 있는 게 아니라서 어렵지만, 어쩌면 그래서 낭독이 더 매력적으로 다가오고 있는지도 모르겠다.

낭독은 이야기 속을 독자와 함께 걷는 것

낭독은 작가의 의도를 분석하는 것만이 아니라, 독자를 떠올리며 읽어야 한다는 깨달음도 나에겐 인상 깊었다. 예컨대 독자가 이어질 내용을 궁금해 할 때 나 또한 그 궁금증을 품고 낭독해야 한다는 것이다. 나는 낭독자란 모든 내용을 다 알고 있는 입장에서 낭독하는 것이라고만 생각했다. 그러니 당연히 모든 내용을 숙지하고 있어야만 완벽한 낭독이 이루어질 수 있다고 여겼다.

그것은 틀린 말도 아니지만 맞는 말도 아니었다. 내용을 충분히 숙지하고 있더라도 지금 읽고 있는 그 부분이 독자가 궁금해 할 만한 부분이면 낭독자도 함께 궁금해 하는 마음으로 읽는 것, 다시 말해 '지금 이 순간' 독자와 함께 호흡하며, 한 발 한 발 함께 이야기 속을 걷는 것이 낭독인 것이다! 이것이 나에게는 너무나 신선한 충격으로 다가왔다.

백 퍼센트 완벽하게 준비를 마치고 낭독에 임할 수 있다면 그보다 더 좋을 수는 없을 것이다. 하지만 단순히 내용을 숙지하는 것보다 더 중요한 게 있었다. 우리가 말을 할 때, 대개 지금 눈앞의 사람이나 상황에 맞게 반응하고 느끼며 말을 하는 것처럼, 낭독도 그럴 수 있을 때 '지금의 이야기'로 살아나는 것이다. 그런 점에서 책 속 문장들에 나타난 상황과 느낌, 감정을 지금의 상황과 느낌, 감정으로 생동감 있게 표현하는 게 무엇보다 중요했다. 초독初讀이 약했던 나로서는 순간순간마다 곧바로 반응하기가 쉽진 않았지만, 그런 연습을 할 때마다 오묘한 감정들이 느껴지면서 낭독의 재미에 점점 빠져들었다.

여기에서 거울 게임 얘기를 빼놓을 수가 없을 것 같다. 거울 게임은, 책 속 화자나 상황에 바로바로 반응하며 목소리로 표현하기 위해 하는 일종의 몸 훈련이다. 두 사람이 마주선 다음 한 명은 움직이는 사람이 되고 다른 한 명은 거울이 된다. 거울인 사람은 움직이는 사람을 거울처럼 똑같이 따라한다. 역할을 바꿔서도 해본다. 서로의 움직임이 어느 정도 일치된다 싶으면, 이번에는 거울을 정하지 않은 채 각자가 움직이는 사람이면서 동시에 거울이 되어 움직여본다. 누가 거울인지 모르게 말이다. 그렇게 서로의 움직임에 집중하다 보면 상대와 자연스레 교감하게 되고, 서로의 움직임에 깨어 있게 되고, 동화되어 버린다. 바로 이 같은 교감 훈련 덕에 책 속 상황이나 화자의 이야기에 바로바로 반응하는 것이 가능해지고, 듣는 사람들에게도 책 속 이미지를 실감나게 전할 수 있게 된다.

거울 게임을 하던 중 나도 모르게 눈물이 난 적이 있다. 상대방과 단지 눈을 마주하고 있었을 뿐인데 말이다. 사실 지금도 이유를 명확하게 설명하기는 힘들다. 마주본 눈 안에서 뭔지 모를 슬픔이 느껴졌다. 그걸 느끼는 순간 내 안에서도 뭔가가 꿈틀하고 반응했던 것 같다. 눈물이 났다. 슬픔의 에너지가 전해졌다. 내게 고스란히 전해진 그 감정에 나는 그 순간 솔직하게 반응할 뿐이었다. 그런데 나를 바라보던 상대방도 같이 눈물을 흘리고 있었다. 적어도 거울 게임을 하는 그 순간만큼은 그도 나도 하나의 감정 속으로 함께 걸어 들어가고 있었던 것이다. 이런 감정의 공유 상태를 낭독을 통해서 독자들과도 맛볼 수 있다면 얼마나 좋을까! 이런 공감과 소통은 그저 좋은 목소리와 발성만으로 되는 게 아님을 다시 한 번 깨달을 수 있었다.

그렇게 북텔러리스트로 활동하면서 드디어 독자 앞에서 낭독할 기회가 찾아왔다. 나에게는 첫 낭독 공연이었던 신세기 작가의 웹툰 〈블루〉. 북텔러리스트에 합류하고 얼마 안 돼 이루어진 공연이었기에 나는 그 짧은 시간에 배운 것들을 낭독에 적용해 내느라 정신이 없었다. 더구나 나는

1인 다역을 맡아 더 정신이 없었다. 물론 그렇다고 전체 공연에서 비중이 컸다는 말은 아니지만.

공연 초보인 나에겐 마치 한 고비 한 고비를 넘기듯 공연이 이어졌는데, 묘하게도 그 고비를 넘길 때마다 슬며시 웃음이 나고 점점 설렜다. 내 안에서 수많은 감정이 요동쳤다. 낭독에는 황성곤 교수의 음악이 한데 어우러졌고, 덕분에 멤버들의 낭독은 더욱 빛이 났다. 4회 공연 동안 많은 관객들이 와주었고, 개중에는 네 번을 모두 관람한 사람도 있었다. 공연에서 비중이 크지 않았던 나에게조차 초콜릿 선물을 주며 "들려주셔서 감사하다"고 한 사람이 있었다. 무엇보다 나는 공연이 끝나고 지인이 했던 말이 오래오래 가슴에 남았다.

"아니, 낭독을 하는데 그림이 그려지는 것은 처음 느껴봐요. 살아있는 것 같았어요."

우리가 추구해 왔고 듣고 싶었던 말이다. 우리의 의도와 마음과 노력이 사람들에게도 전해졌다는 걸 직접 확인하니 묵직한 감동이 느껴졌다. 그리고 가슴이 뛰었다. '진심을 담아 표현한다는 게 이런 거구나. 소통된다는 게 이런 기분이구나.' 이 느낌을 계속해서 가져가고 싶어졌다. 진짜 좋은 낭독자가 되고 싶어졌다.

낭독자가 되고 달라진 것들

좋은 낭독자…… 가만 읊조려본다. 이에 대한 정의는 내가 낭독자로서 성장해 감에 따라 계속 변화해 가겠지만, 지금 생각하는 좋은 낭독자는 '듣는 이에게 울림을 주는 사람'이다. 울림은 감동적일 때 생기기도 하고, 즐겁고 재밌어서 그 희열에 생기기도 하고, 때론 내가 생각한 것과 전혀 다른 방식의 전개나 깨달음이 있을 때 찾아오기도 한다. 여기에서 더 나아가 낭독자와 청자 간에 깊은 소통과 교감까지 이루어진다면, 더 말할 나위 없이 만족스러울 것이다.

좋은 낭독자가 되고 싶다는 열망을 품고부터 나는 개인적으로도 달라진 점이 참 많다.

첫 번째는, '왜'라는 질문을 늘 품게 되었다는 점이다. 책 속 화자를 향해 "이 사람은 왜 이 말을 한 걸까?" "어떤 욕구를 표현한 걸까?" "어떤 상황이지?" 하고 묻는 연습을 하게 되면서 일상에서도 '왜'라는 물음을 놓지 않게 되었다. 이것이 상황이나 이야기하고 있는 상대를 이해하는 작은 문이 되어주고 있다.

두 번째는, 거리에서나 대중 교통을 이용할 때 음악을 듣게 되면 이 음악에는 어떤 낭독이 어울릴까를 생각하게 되었다는 점이다. 어떤 시간대에, 누구에게 저 음악을 배경으로 어떤 내용의 글을 낭독해 주면 좋을지 습관처럼 떠올려보게 되는 것이다. 어떤 땐 음악을 듣고 있자면 낭독자와 청자가 있는 낭독 현장의 모습이 상상 속에서 바로 펼쳐지기도 한다.

세 번째는, 사람들과 만나 이야기할 때 청자로서 있을 때도 있지만, 말을 하게 되면 내 말이 잘 전달됐는지 확인해보곤 한다는 점이다. 물론 친한 사이인 경우에만 묻는다.

네 번째는, 낭독할 텍스트를 대하는 자세가 달라졌다. 예전엔 한마디로 게으른 낭독을 했던 것 같다. 화자의 말 뒤에 숨은 속뜻이 무언지 살피기 위해 더 깊이 귀 기울여보지 않았고, 지금 느낌이 어떨지, 나는 그런 느낌을 느껴본 적은 없는지 떠올려보려 하지도 않았다. 그의 시선이 되어보지 않았고, 그의 목소리를 상상해 보지도 않았다. 그랬던 내가 이제 조금은 부지런한 낭독자가 되어가고 있다.

다섯 번째는, 듣는 이와 소통하려고 한다는 점이다. 아직은 부족하지만 그렇게 의식하고 노력하게 된 것만으로도 가능성은 열린 것이라 생각하고 있다.

여섯 번째는, 내가 좋아하는 종류의 책을 포함해 모든 종류의 책을 소리 내어 낭독하려 한다는 점이다. 이제는 어릴 적부터 허구일 뿐이라며 외면했던 소설과도 점점 친해져 가는 중이다. 소설 속 이야기나 주인공들과 교감을 하게 되면서 이젠 그들을 가짜라고 배척하지 않게 되었다. 오히려 인물 하나하나에 애정을 갖고 그들의 마음을 이해하려 한다. 요즘에는 드라마나 영화도 많이 모니터링하는데, 이는 낭독하면서 이미지화하는 데 많은 도움이 된다.

좋은 낭독자가 되고 싶다는 마음에 초점을 모으니 단순한 흥밋거리였던 것들도 낭독을 위한 좋은 소재와 공부거리가 된다. 아버지가 권하던 책들을 어릴 때 많이 읽어둘 걸 하는 아쉬움이 슬며시 고개를 들지만, 이제라도 늦지 않았다. 나는 지금 소설 낭독 꿈나무가 되어가고 있는 중이니까.

지난 주말, 나는 또 결혼식장에 갔다. 내 손에는 사회자 대본과 소설책 한 권이 들려 있었다. 결혼식이 시작되려면 아직 시간이 좀 남아 한쪽 귀퉁이에 앉아서 대본을 꺼내 들었다. 그날의 주인공들이 전하려는 마음을 하객들에게 들려주기 전에, 나를 향해 먼저 조용히 들려주었다. 신랑 신부가 전하고 싶었을 그 마음도 가만 느껴보았다.

부록

낭독의 맛을 더하는 꿀팁

이진숙

낭독을 처음 시도할 때 어떤 책부터 시작하면 좋을까요?

1. 가장 재미있게 읽은 책으로 시작해 보세요.

 : 좋아하는 책으로 낭독을 시작하면 낭독도 더 신나게 해 볼 수 있어요.

2. 짧은 글 모음이나 단편 소설로 시작해 보는 것도 좋아요.

 : 처음 낭독할 때 너무 긴 글은 더 어렵게 느껴집니다. 짧은 글을 여러 번 반복해 보는 것도 좋아요.

3. 공감이 되는 에세이로 말해보세요.

 : 책은 작가(혹은 작가가 설정한 화자)의 말을 시간과 공간의 제약을 받지 않도록 활자로 전달하는 매개물입니다. 낭

독은 작가(화자)의 말을 다시 낭독자의 입을 통해 들려주는 행위고요. 그러니 내가 작가가 되었다고 상상하고 편하게 이야기하듯 낭독해 보세요. 책을 읽는 게 아니라 말하는 것에 쉽게 익숙해질 수 있어요.

4. 우리말로 표현된 국내 작품으로 문장을 음미해 보세요.
: 좋은 번역서도 많지만, 말맛이 좋은 국내 작품이 표현하기에 더 자연스러워요. 아름다운 문장들을 내 입으로 말해보면 더 소중하게 느낄 수 있어요.

책을 펼쳤는데, 어떻게 낭독을 시작해야 할지 모르겠어요.

1. 몸의 긴장을 푸세요.
: 기지개를 켜고, 목과 어깨를 가볍게 풀어주세요. 하품을 크게 해보는 것도 좋아요. 천천히 숨을 들이쉬고 내쉬면서 호흡을 정돈해 주면 차분하게 말을 시작할 수 있어요.

2. 마음의 긴장을 푸세요.
: 잘하려고 하지 마세요. 잘하려고 하면 더 긴장돼요. 그냥 즐겨요. 좋아하는 사람에게 이야기를 들려준다고 생각하면 편안한 마음으로 낭독할 수 있습니다.

3. 일단 시작해 보세요.

: 용기를 내보세요. 무조건 소리를 내보는 거예요. 큰소리로 읽어봐도 좋고, 작게 속삭여봐도 좋아요. 천천히, 여유 있게 낭독하면 문장들이 어렵지 않게 느껴져요.

4. 목소리에 너무 신경 쓰지 마세요.

: 처음 낭독을 하면 익숙하던 내 목소리도 이상하게 느껴져요. 물 한 모금으로 건조한 입 안을 적셔주세요. 친구와 대화하던 내 목소리를 떠올려보는 것도 좋아요. 자신의 목소리를 좋아해 주세요.

5. 한 문장만 외워서 낭독해 보세요.

: 한 문장을 외워서 그걸 내가 말한다 생각하고 말해보세요. 그리고 그런 말투로 문장을 다시 읽어보세요. 낭독의 말이 자연스러워져요. 또 하나, 어미 처리를 바꿔보는 것도 도움이 돼요. 예를 들어 "북텔러리스트는 낭독을 한다"라는 문장을 "북텔러리스트는 낭독을 하는구나"라고 말하는 투로 바꿔서 읽어본 뒤 그 느낌을 살려 다시 원문을 낭독해 보세요.

자꾸 틀리게 읽고, 문장이 이상해져요.

1. 틀리지 않으려는 생각을 버리세요.

: 틀리면 다시 읽으면 돼요. 먼저 중요한 단어가 뭔지, 책의 저자나 책 속 화자가 하고 싶은 말이 뭔지에 더 주목해 보세요. 어려운 단어나 문장에 동그라미를 치거나 밑줄을 그어보는 것도 좋아요.

2. 무슨 말인지 이해해 보세요.

: 낭독자가 자신이 읽는 문장이 무슨 말인지 모르고 읽으면 듣는 사람도 무슨 말인지 잘 알아듣지 못해요. 낭독하고 있는 문장을 자신이 먼저 이해하도록 하세요. 무슨 말인지 이해하고 나면 자꾸 틀리던 문장도 쉬워지고 낭독이 편해져요.

3. 생각의 단위들을 따라 문장을 연결해서 낭독해 보세요.

: 생각은 '이래서 이러니까~ 이런 건 이렇게 되고……'와 같이 맥락을 가지고 움직여요. 그런데 틀리지 않으려고 습관적으로 짧게 끊어 읽게 되면 생각의 단위도 끊어지게 마련이죠. 그럼 호흡이 연결되지 않고, 문장도 이상해져요. 생각을 연결시키고, 행동의 과정을 이해하면서 그 흐름을 따라가 보세요.

4. 눈에 속지 마세요.

: 책은 글자 크기, 띄어쓰기, 문장 간의 간격이 일정하게 정해져 있어요. 하지만 생각은 빨라지기도 하고 느려지기도

하죠. 말의 속도도 생각의 속도와 감정의 상태에 따라 다양하게 변하고요. 소리가 일정해야 한다는 부담을 버리고 생각의 속도대로 자유롭게 말해보세요.

5. 문장과 문장, 문단과 문단의 변화를 파악해 보세요.

: 말은 각각의 문장으로 완결되기보다는 대개 여러 문장들의 연결 속에서 문맥을 형성하며 진행돼요. 그러니 큰 시야로 문장들의 연결을 파악해 가면서 보세요. 생각, 감정, 상황, 시간이나 공간, 시선의 주체(인물)가 달라졌는지 살펴보고, 그 변화에 맞게 읽는 방식에도 다양한 변화를 시도해 보세요.

6. 문장에서 끊어 읽기와 강조할 부분이 어디인지를 파악하는 것도 매우 중요합니다.

: 예를 들어 설명해 볼까요? "나는 엄마가 책을 읽고 있는 줄 알았다"라는 문장이 있다고 할 때 '엄마가'를 강조할 때와 '책을'을 강조할 때, '읽고'를 강조할 때 등에 따라 의미가 달라지는 걸 알 수 있습니다. '엄마가'를 강조한다면 엄마가 아닌 다른 누구였는데 엄마인 줄로 착각했다는 의미가 될 테고, '책을'을 강조하면 책을 읽고 있는 게 아닌 다른 상황인데 오해했다는 게 될 테고, '읽고'를 강조하면 읽고 있는 줄 알았지만 사실은 그게 아니었다는 걸

의미하겠지요. 앞뒤 문맥을 살펴 어디를 강조하고, 어디에서 끊어 읽기를 해야 문장의 의미가 잘 전달될지 파악하고 읽어야 합니다.

발음은 어떻게 좋아지나요?

1. 얼굴 근육을 최대한 풀어주세요.
: 입을 최대한 크게 벌리면서 눈도 크게 떠보세요. 얼굴 근육을 손으로 마사지해 주는 것도 좋아요. 그리고 입술과 혀를 최대한 움직여 그 근육들을 풀어주세요. 얼굴 근육이 잘 움직여야 발음을 내는 조음 기관도 잘 움직이게 됩니다.
2. 발음할 때 입 안 공간을 최대한 넓혀보세요.
: 커다란 찐빵을 입 안에 넣고 있다고 상상하면 입 안 공간이 느껴질 거예요. 혀가 자유롭게 움직일 수 있도록 혀의 위와 아래로 공간을 충분히 주고 발음해 보세요. 혀의 움직임이 활발하고 또렷해야 발음도 또렷해져요. 입 안 공간이 좁으면 혀와 입천장 사이에 타액이 접촉하는 면이 많아져서 쩝쩝 하는 립 노이즈가 생기기도 합니다. 혀는 윗니의 앞니 뒤쪽에만 닿았다 떨어지게 하면서 발음해

보세요.

3. 모음과 자음의 정확한 입모양을 사용하세요.

: 모음 'ㅏ'를 정확한 발음으로 해보세요. 생각보다 가로, 세로로 많이 벌려야 해요. 광대 근육도 위로 올라가게 되고요. 이제 'ㅏ'를 기준으로 다른 모음들도 천천히 발음해 보면서 입모양을 기억하세요. 처음에는 입을 크게 벌리고 문장을 모음으로만 발음해 보는 것도 도움이 됩니다. 예를 들면 "북텔러리스트는 낭독을 한다" 같으면 "우에어이으으으 아오으 아아"로 발음하는 겁니다. 그 입모양을 기억한 채로 모음과 자음을 서로 조합해 가면서 발음해 봅니다.

4. 격음과 경음을 신경 써서 잘 들리게 발음해 보세요.

: 한글에서는 격음과 경음이 중요해요. ㅍ·ㅌ·ㅊ·ㅋ과 같은 격음과 ㄲ·ㄸ·ㅃ·ㅆ·ㅉ과 같은 경음은 입술끼리 혹은 이와 혀가 닿았다가 떨어지며 내는 소리죠. 입술과 혀의 움직임을 느끼면서 소리가 맑고 단단하게 나오도록 해보세요. 그러면 각각의 발음들이 더 또렷해져요. 발음할 때의 입모양을 먼저 만들고 최대한 발음을 참다가 마지막에 그 소리를 강하게 내보는 것도 입술과 혀의 근육 훈련에 도움이 됩니다.

5. 한글 발음기호표, 국립국어원 표준발음사전과 친해지세요.

: 한글 발음은 쓰여 있는 그대로가 아니라 음운 변동으로 발음이 변하는 경우가 많아요. 연음, 구개음화, 자음동화, 모음동화, 비음화, 유음화, 경음화 같은 음운 변동에 따른 발음의 변화를 잘 확인해서 정확히 발음하는 습관을 기르는 것이 중요합니다. 예를 들면 이렇습니다.

"한 송이의 국화꽃을 피우기 위해 봄부터 소쩍새는 그렇게 울었나 보다."

→"한 송이에 구콰꼬츨 피우기 위해 봄부터 소쩍쌔는 그러케 우런나 보다."

"인제는 돌아와 거울 앞에 선 내 누님같이 생긴 꽃이여."

→"인제는 도라와 거우~라페 선 내 누님가치 생긴 꼬치여."

6. 장음과 단음 구분도 중요해요.

: 음절들을 소리 냈는데 어딘지 이상하다고 느껴지면 장단음이 잘못되어 어색하게 들리기 때문일 수 있으니 장단음도 사전에서 확인해 보세요. 장음은 ' : '로 표시되어 있어요.

목소리는 어떻게 좋아지나요?

1. 우선 내 몸의 소리를 이해하세요.

: 내 몸의 구조와 상관없는 '좋은 목소리'란 없어요. 내 몸에서 나올 수 있는 이상적인 소리를 찾아야 해요. 그러려면 내 몸을 잘 활용하는 방법을 알아야 합니다. 여러 소리를 내보면서 등이 울리는지, 가슴이 울리는지 확인해 보세요. 울리는 곳이 느껴지지 않으면 몸이 경직되어 있을 가능성이 많아요. 나도 모르게 힘이 들어간 곳은 없는지 유심히 관찰해 보세요. 천천히 등과 가슴이 울리는 소리를 찾아보세요.

2. 소리가 나오는 호흡의 통로를 잘 열어주세요.

: 목소리는 내 몸속 공기의 울림으로 만들어집니다. 몸에 불필요한 힘이 들어가면 울림을 방해해요. 척추를 쭉 펴고, 어깨는 힘을 빼세요. 머리는 살짝 위로 들어주세요. 그리고 입을 벌려 숨을 천천히 깊게 마시고 뱉으면서 느리게 호흡해 보세요. 낭독할 때 책과 눈높이도 중요해요. 책을 아래에 둔 채 고개를 너무 숙이거나 등을 구부리면 호흡의 통로도 막히고 어깨에도 힘이 들어가게 돼요. 얼굴을 정면으로 둔 상태에서 살짝 45도 아래로 시선만 내

려 책을 보면서 낭독을 해보세요. 호흡의 통로가 충분히 열려 있을 수 있게요.

3. 복근의 힘을 사용할 수 있게 배를 등 쪽으로 잡아당겨 주세요.

: '에취~' 하고 재채기를 해보세요. '에~' 하는 순간에 배에 힘이 들어가는 걸 느낄 수 있어요. 그 힘이 들어간 만큼의 힘을 살짝 유지하면서 '취~' 하고 상체의 힘을 풀어줍니다. 그러면 배는 잡아당기면서도 어깨의 힘은 풀어주는 느낌을 찾을 수 있어요. 복근의 힘을 사용하면서 소리를 내면 더 단단하고 울림이 좋은 소리를 낼 수 있습니다. 호흡과 함께 내 몸에서 출발하는 첫소리가 힘 있게 출발하는 거죠. 몸의 중심을 꼭 센터(배꼽 아래 단전)에 두는 것도 잊지 마세요.

4. 자신에게 맞는 편안한 목소리 톤을 찾아보세요.

: 하루 일과를 마치고 잠자리에 누웠을 때 최대한 편안한 자세로 천장을 바라보며 말을 해보는 것도 좋아요. 먼저, 배 위에 두 손을 얹고 배가 위아래로 움직이는지 관찰하면서 깊고 편안하게 숨을 쉬어보는 거예요. 그리고 그 호흡을 유지하면서 천장을 향해 길게 아~ 하고 소리를 보내보세요. 소리가 앞으로 나가는 것이 느껴지면 문장으

로 말을 해보세요. 이 방법으로 자신에게 맞는 편안한 목소리 톤을 찾을 수 있어요.

5. 앞에서 알려드린 1~4번의 목소리 훈련법, 신체 훈련은 꼭 낭독과 따로 하세요.

: 내 몸의 가장 좋은 소리를 사용할 수 있는 건 중요해요. 하지만 낭독을 하면서 목소리까지 신경 쓰게 되면 오히려 말을 잊어버려요. 목소리 개발은 따로 신체 훈련을 통해 하고, 그 목소리가 서서히 몸에 익숙해지도록 적응 기간을 두세요. 중요한 것은 낭독할 때 목소리에 신경 쓰느라 잔뜩 긴장을 하지 않도록 하는 거랍니다.

어떻게 읽어야 더 재미를 느낄 수 있나요?

1. 소리를 내기 전에 먼저 상상으로 소리를 들어보세요.

: 소리 내어 낭독하는 것에 조금 익숙해졌다면, 지금부터는 무조건 소리부터 내려고 하지 말고, 먼저 들어보세요. 눈으로 책을 읽으면서 들려오는 말소리를 상상해 보는 거죠. 화자의 음색, 말의 속도, 억양, 말과 말 사이의 간격, 말에 담긴 감정 등이 소리로 들릴 거예요. 무궁무진한 사람들의 다양한 소리가 들려오죠? 그런 다음 내가 그들이

되어 말한다고 상상하면서 소리를 내보세요. 내 목소리로 나오는 말들이 평소의 내 것보다 훨씬 다양해져요. 목소리 연기가 그냥 저절로 되는 거죠.

2. 생각과 감정을 떠올려보세요.

: 말은 생각으로만 되어 있지도 않고 감정으로만 되어 있지도 않아요. 생각하는 순간 감정이 동시에 일어나죠. 말의 내용을 생각하고 그려보면서 혹은 말해보면서, 그 말의 감정이 내 마음에 일어나는 걸 자연스럽게 받아들여 보세요. 그리고 그 표정으로 감탄사의 호흡을 해보고, 그 호흡의 느낌으로 그 문장 전체를 소리 내 보는 거예요. 그러면 눈으로 글을 볼 때는 잘 느껴지지 않던 다양한 것들이 훨씬 많이 느껴지고 더 잘 이해가 됩니다. "그 말을 소리 내서 해보면 알게 돼!"라는 놀라운 순간을 경험해 보세요.

3. 말의 대상을 떠올리세요.

: 말은 인간이 생존 전략으로 집단 생활을 하면서 생겨났어요. 그래서 반드시 듣는 누군가가 있어야 말이 살아 움직입니다. 내 눈앞에 마주앉아 눈을 맞추고 있는 어떤 사람이나, 멀리 있더라도 마음속에 간절히 떠올리고 있는 누군가를, 혹은 내 안의 또 다른 나 자신을 떠올리며 그

대상에게 말을 한다고 상상하면서 읽어보세요. 그런 대상이 잘 안 떠오르면 곰돌이 인형을 앞에 앉혀놓고 해봐도 좋아요.

4. 감각으로 상상하세요.

: 인간에겐 '거울 신경'이라는 뇌신경이 있어요. 이 뇌신경 덕분에 내가 실제로 어떤 행위를 하지 않고 그 행위에 대해 보거나 듣기만 해도 '모방 본능'이 작동해 똑같이 따라 한 것과 같은 효과를 내죠. 그래서 감각으로 상상하면서 말을 하면 말하는 순간순간 실제로 내가 그 행위를 하고 있는 것과 똑같은 경험을 뇌에서 할 수 있게 됩니다. 그럴 때 단지 말의 의미를 아는 것으로 만족하는 '이해자'로 끝나지 않고, 그 상황을 실제로 '체험'하며 화자와 '교감'하는 살아있는 말의 '표현자'가 될 수 있어요. 그러면 낭독을 통해 내가 아닌 다른 사람이 될 수도, 다른 인생을 살아볼 수도 있게 되죠. 어때요, 신나겠죠?

5. 공간과 시간을 구체적으로 떠올리세요.

: 내가 하고 있는 말이 나 자신에게도 믿겨지는 살아있는 말이 되게 하려면, 글 속에서 말하고 있는 화자가 지금 여기에 '실재'하는 것처럼 느껴져야 해요. 그 실재성은 구체적인 공간과 시간을 떠올릴 때 비로소 느껴질 수 있습니

다. 공간과 시간을 떠올리면 말하고 있는 그 '화자'를 더 직접적으로 느낄 수 있게 돼요. 그럼 상황을 연상하기가 훨씬 쉬워집니다. 상상, 어렵지 않겠죠?

감각으로 상상한다는 게 뭔가요?

1. 오감으로 받아들여 보세요.
: 말이란 아무것도 일어나지 않고 있던 순간에 어떤 사건이 일어나 그것을 눈으로, 귀로, 코로, 혀로, 피부로 받아들이면서 시작돼요. 감각으로 받아들인 사건이 생각과 감정을 일으키고, 그 생각과 감정을 누군가에게 표현하려는 충동이 말이라는 행동으로 나가게 되는 거죠. 일상에선 이 모든 과정이 저절로 일어나요. 하지만 책은 다르죠. 다 상상으로 불러와야 하니까요. 그래서 먼저, 책 속의 사건이나 상황을 받아들이는 감각의 과정을 세세히 상상하는 게 필요합니다.
2. 먼저 시각적 상상으로 시작해 공감각으로 넓혀보세요.
: 예를 들어 "사과가 빠알갛게 익어가고 있었다"라는 문장을 보았다면, '응~ 익었다고! 알겠어' 하면서 끝내지 말고, 사과의 동그란 모양, 빠알간 색깔을 떠올려보는 겁니다.

그러면 향긋한 사과 향도 느껴지고, 한 입 베어 물면 '아사삭' 소리가 나면서 사과 즙이 터지겠구나~ 상상도 되고, 그러면서 입에 저절로 침이 고이고, 먹고 싶다는 감정도 일어나겠죠? 이렇게 시각에서 시작해서 공감각으로 확장되는 연상 작용이 일어나는 거죠. 감각적으로 상상이 일어나면서 절로 즐거워지는 건 당연하고요.

3. 몸의 움직임을 상상해 보세요.

: 책에 눈을 고정시킨 채로 가만히 앉아서 상상으로 움직여 보세요. 3초 만에 온몸을 쭉 펴고 날아서 달에 도착해 봅니다. 그리고 2초 만에 우주 대기를 뚫고 내려와 바다 속으로 헤엄쳐 들어가 보세요. 현실에선 불가능해도 상상 속에선 얼마든지 가능합니다. 신경들이, 근육의 감각들이 살아나고 가벼워지는 게 느껴지나요? 그 느낌으로 책 속 묘사 그대로 보고, 듣고, 걷고, 뛰고, 울고, 웃고를 충실히 따라해 보세요. 나는 앉은 채로 책 속 화자의 모든 생각, 감정, 움직임을 똑같이 할 수 있게 됩니다. 잊지 마세요. 내 뇌는 가상과 현실을 구별하지 못한답니다.

4. 화자와 교감해 보세요.

: 눈으로 책을 읽을 땐 책 속 화자와 나를 분리해서 따로 생각해도 됩니다. 그 경우에 나는 말을 듣는 사람이 되

니까요. 그래서 '이 작가는 이렇게 생각하는 사람이구나' '이 인물은 왜 이렇게 느끼지?' 같은 반응이 내 안에서 일어나죠. 하지만 낭독은 내가 말하는 사람이 되는 행위예요. 화자의 목소리가 내 몸을 통과하여 내 입으로 나오는 거니까요. 그래서 전적으로 화자의 입장이 되어야 해요. 화자의 생각과 감정을 무조건적으로 받아들여 보세요. 화자와 교감이 일어나고 그의 상황에 공감할 수 있게 된답니다. 공감이란 곧 '상대가 세상을 보는 방식을 재현하는 것'이니까요.

5. 지금 이 순간을 살아보세요.

: 외부 세계를 인식하고, 이를 통해 생각하고 느끼며, 그것을 밖으로 표현하는 데 걸리는 시간은 거의 동시예요. 그래서 지금 보고, 지금 생각하고, 지금 느끼고, 지금 움직여야 해요. 문장에서 화자가 하고 있는 바로 그것들을 '지금' 낭독자인 내가 하고 있어야 해요. 낭독자인 내가 화자가 된다는 건 화자의 뇌의 움직임에 내 뇌를 연결시켜 그가 된다는 거니까요. 뇌 스캐너가 없어도, 텔레파시가 없이도 말이죠. 그래요, 말하고 있는 지금 이 순간에 말이에요.

낭독자는 책 분석을 어떻게 해야 하나요?

1. 책의 장르를 '대화의 중심 화제'로 파악하세요.

: 책의 장르는 철학, 종교, 사회과학, 자연과학, 기술과학, 예술, 언어, 문학, 자기 계발 등 다양하죠. 그러한 장르의 구분을 도식적으로 다루지 마세요. 중요한 건 저자가 다른 사람들과 소통하고자 하는 중심 관심사, 세계관입니다. 분야가 무엇이건 저자가 어떤 내용을 왜 말하고 싶은지 들여다보면 그가 어떤 태도로, 어떻게 말을 꺼내고, 어떻게 다루고 있는지 더 잘 이해할 수 있어요.

2. 저자를 한 인간으로 바라보고 그에 대해 궁금해 해보세요.

: 저자를 학력, 경력, 저서 등등의 단순 정보로만 대하지 마세요. 생각하고 느끼며, 살아서 숨 쉬는(혹은 쉬었던) 한 인간으로 느껴보세요. 그러면 무엇에 주목하고 어떤 시도들을 하며 살아온 사람인지, 어떤 성격, 어떤 표정, 어떤 음성을 지녔는지, 어떤 눈빛으로 나(독자, 청자)를 바라보고 있을지 느낄 수 있어요. 작품 속 상상의 화자를 통해 대화를 시도하는 소설을 제외하면 저자 자신이 바로 화자가 됩니다.

3. 말의 관계—'누가, 누구에게'를 구체적으로 이해하세요.

: 저자가 화자인 경우에는(소설은 따로 설명해 드릴게요), 저자가 보고 있는 청자가 누구인지 구체적으로 이해해야 해요. 저자가 이야기를 들려주는 대상이 '책을 보고 있는 사람' 혹은 '누구나' 혹은 '그냥 불특정 다수'라고요? 많으면 많을수록 좋다고요? 정호승 시인의 《내 인생에 용기가 되어준 한마디》라는 산문집이 있어요. 이 책에서 저자는 누구와 대화하기를 원하는 걸까요? 지금 용기를 잃어버린, 저자의 경험을 통해 다시 용기를 얻기를 바라는 누군가들을 바라보고 있겠죠? 책을 낭독할 때 화자의 시선이 누구를 향해 있는지 반드시 찾아보세요.

4. 실재성—'언제, 어디서' 안으로 들어가세요.

: 언제, 어디서는 아주 중요해요. 저자가 글을 쓰는 시점時點이나 배경이 언제, 어디였는지 생각해 보세요. 그러고 나면 그의 생각이 어디에 머무르고 있는지 파악해 보세요. 청자와 마주보고 눈을 맞추며 이야기하고 있는지, 다른 공간에서 청자에게 마음으로 이야기를 시도하고 있는지, 과거의 기억 속에 들어가 있는지, 미래를 보고 있는지, 지금 처음 일어나고 있는 일들을 체험하며 말하고 있는지, 오랫동안 생각해 온 것들을 정리해서 말하고 있는지, 그의 몸이 언제/어디에 있고, 그의 정신이 언제/어디에 있는

지 이해해야 나도 거기로 함께 갈 수 있어요. 같이 '시간 여행'하는 거죠. 아니면 '내면 여행'이라고 해야 할까요?

5. 내용—'무엇을, 왜'에 전적으로 동의하세요.

: 독서에서 저자와 독자는 각기 개별적인 존재입니다. 그래서 독자는 저자에 대해 비판, 동의, 반대, 의심, 질문, 수긍, 수용, 채택 그 어떤 것도 가능해요. 하지만 낭독자는 저자 혹은 화자의 대리인이라고 생각해야 합니다. 그의 목소리가 되는 거죠. 화자는 확신으로 혹은 진심으로 말하고 있는데 제삼자로서의 낭독자 개인의 입장이나 판단이 그 말 속에 섞여 들어가면 원래 말의 생각과 감정이 변해버려요. 그러면 듣는 사람이 혼란스러워지죠. 먼저 좋은 독자가 되어 낭독자가 다루어야 할 말들을 충실하게 이해하고, 그러고 나서 저자 혹은 화자의 말을 원래의 원형 그대로 전달하는 목소리의 매개가 되어야 합니다.

6. 표현—'어떻게'를 결정하지 마세요.

: 역시나 낭독자는 '어떻게'를 스스로 결정하면 안 돼요. 독서는 '누가, 언제, 어디서, 무엇을, 어떻게' 말하고 있는지를 파악하는 것으로, 궁극적으로 '왜' 이 말을 하는지 이해하는 과정이에요. 하지만 낭독자는 이 가운데 '어떻게'를 나의 음성으로 말해줘야 하는 사람입니다. 그래서 '누

가, 누구에게, 언제, 어디서, 무엇을, 왜' 말하고 있는지를 파악하여 그 결과를 가지고 '어떻게' 말할지를 '말의 방식'에 맞게 해야 해요. '어떻게'는 내 취향이나 기호에 따라 임의로 선택할 수 있는 것이 아닙니다. 저자가 확신에 차서 힘 있게 말하고 있는데, 나는 낮고 조용한 소리를 더 좋아한다고 혹은 더 잘한다고 내 방식으로 말을 하면 저자의 의도가 변질되는 거죠.

수필은 어떻게 낭독하나요?

1. 저자를 파악하고, 저자가 되어보세요.
: 저자인 화자의 입장만 취하는 것이 아니라 저자의 성별, 체격, 나이가 되었다고 상상하고 말해보세요. 그의 표정, 말투, 눈빛, 행동도 내가 하고 있다고 상상하고요. 청자는 낭독자의 목소리를 듣는 것이 아니라, 낭독자의 말을 통해 원 화자를 상상하고 느끼며 만나게 됩니다. 낭독자는 청자의 상상력을 확장시켜 주는 역할을 하는 사람입니다.
2. 저자의 말이 향하는 대상을 찾고 소리를 보내세요.
: 대부분의 수필은 독자와 일 대 일의 관계, 즉 눈앞에서 마주보며 사적으로 대화하는 형식으로 쓰여 있습니다. 따라

서 수필을 낭독할 때는 청자로 하여금 화자가 바라보고 있는 구체적인 존재가 되게 하는 것이 중요해요. 막연한 누군가가 아니라 듣는 나에게 말하고 있다고 느껴지게 청자에게 소리를 보내주는 겁니다. 나에게 직접 말해준다고 느껴질 때 청자가 더 잘 주목하게 돼요. 청자로 하여금 말을 듣는 유일한, 가장 소중한 사람이 되게 하세요.(1~2미터 앞의 약간 아래쪽으로 소리를 보낸다고 생각하면 쉬워요.)

3. 저자인 화자가 청자에게 갖는 태도와 말의 목적을 이해하세요.

: 수필을 쓰는 대부분의 목적은 나의 경험이 누군가에게도 의미가 있기를, 나를 통해 청자에게도 긍정적인 변화가 일어나기를 바라는 데 있죠. 각각의 목적에 따라 청자를 대하는 태도가 조금씩 다를 수 있어요. 나의 경험을 알려주고 도움이 되고 싶기도 하고, 비슷한 경험을 나누고 공감받고 싶기도 할 거고요, 때로는 절대 나와 같은 실수를 하지 않기를 바라고 염원하는 마음에서 썼을 수도 있겠죠. 수필을 쓴 목적에 따라 말의 표정은 여러 가지로 다양하게 변해요. 그러니 화자가 말에 담고 있는 '청자와의 관계적 태도'가 말에 들어가게 하세요.(손을 잡고 말하는지, 눈을 들여다보며 말하는지, 안아주고 싶어 하는지, 격려하고 싶

어 하는지, 공감을 바라며 말하는지 등등을 상상해 보세요.)

4. 듣고 있는 사람을 상상하고 그의 반응을 궁금해 해보세요.
: 혼자 일방적으로 말하는 데에만 집중하지 마세요. 듣고 있는 사람이 잘 듣고 있는지, 이해하고 있는지 궁금해 하세요. 그러면 말과 말 사이에 동의의 호흡, 이해에 필요한 시간적 여유, 배려와 소통하려는 의지가 담기게 됩니다. 자기 말만 일방적으로 할 때에는 청자가 주목하기 어려워요. 듣는 사람의 표정, 반응을 상상하면서 말해주세요.

소설은 어떻게 낭독하나요?

1. '현실계'와 '환상계'를 이해하세요.
: 소설 속 이야기는 실재하지는 않으나 실제처럼 믿어지는 '환상계'를 구축하는 일입니다. 그래서 독자들은 그 이야기들이 허구임을 알면서도 거기에 반응하죠. 하지만 우리는 물질로 이루어진 '현실계'의 존재들이라 환상계에서 벌어지는 상황을 누군가 말해주지 않으면 스스로 알 수 없어요. 그래서 소설 속 화자가 필요하죠. 소설 내레이션은 그냥 설명글, 묘사글이 아닙니다. 환상계의 일을 현실계에 전달하는 아주 구체적인 '화자'의 말입니다. 그래

서 소설 내레이션도 다 '말'이어야 합니다.

2. 환상계 속 화자는 '말을 하는' 사람이란 걸 이해하세요.
: 1인칭 주인공 시점, 2인칭 관찰자 시점, 3인칭 관찰자 시점, 전지적 작가 시점에 따라 말을 구분하려 하지 마세요. 말하는 방식은 모두 똑같습니다. 모두 말이기 때문이죠. 여기에서 시점視點이란 말하는 사람이 어느 위치에서 상황을 보고 있는가를 의미할 뿐입니다. 나를 중심으로 사건이 일어나고 있고 내가 화자가 되어 말하고 있으면 1인칭 주인공 시점, 너에게 일어난 일을 보고 말하고 있으면 2인칭 관찰자 시점, 밖에서 관찰만 하면 3인칭 관찰자 시점, 그리고 내가 주인공이 아닌, 상황을 보고 말해주고 있는 제삼자로서의 화자이지만 내가 보고 있는 '시선의 주체'의 내면까지 교감하고 있고, 그와 동시에 그의 시선을 따라 그가 보고 있는 것을 함께 보고 있으면 전지적 작가 시점입니다. 중요한 건 관찰자 시점이나 전지적 작가 시점이라고 해서 화자가 '존재하지 않는 사람'이 아니라는 사실입니다. 그래서 객관적 읽기라는 건 성립이 안 돼요. '낭독자'인 내가 '화자'가 되는 거니까요. 말하는 화자가 '어느 위치에서 보고 있는가'만 변합니다. 이게 '시점'입니다. 내가 누군지 모르거나 존재하는 사람이 아니라고 생각

하면서 말을 할 순 없겠죠? "지금 말하고 있는 당신은 누구인가요?"

3. 소설의 화자는 '환상계' 안에 있습니다.

: 전지적 작가 시점을 이해할 때 소설의 화자가 '환상계' 안에 있다는 사실을 이해하는 것이 매우 중요합니다. 현실계의 우리는 다른 사람과 교감하고 있다고 느껴도 서로의 마음이 완벽하게 일치하는지, 그렇게 느낀 게 진짜인지 100퍼센트 확신할 수 없죠. 하지만 소설의 화자는 환상계 안에 있기 때문에 이야기 속에 존재하는 '시선의 주체'를 밖에서 볼 수도 있고, 그의 내면으로 들어가 그가 생각하고 느끼는 게 뭔지 이해할 수도 있으며, 그가 하는 행동을 함께 경험하고 있을 수도 있죠. '환상계'의 인물이 갑자기 하늘을 날고 마법을 부리는 것처럼 말이죠.

4. 내레이션과 대사의 차이는 뭔가요?

: 현실계와 환상계를 이해하면 어렵지 않아요. 먼저 대사는 '발화된 말'이라고 이해하면 돼요. 즉 소설 속 상황에서 누가 입 밖으로 '소리 내' 말해서 누군가에게 그 소리가 들린 것이죠. 하지만 내레이션은 소설 속 인물들에게는 오히려 들리지 않아요. 현실계의 우리에게 하는 말이니까요. 그래서 입을 통해 나온 말이라기보다 화자가 생각

하고 느낀 것 그 자체가 우리의 귀에 들린 거라고 생각하면 됩니다. 그래서 대사보다 '소리의 공간이나 방향성'에서 더 자유로워요. 대사는 청자와의 거리, 방향에 따라 소리가 정해지지만, 내레이션은 마음의 소리라 구체적인 공간이 정해지지 않거든요. 어렵다고요? 잠깐, '어렵구만!'이라고 생각해 보세요. 우리는 생각도 '어렵구만!'이라는 소리로 하고 있어요. 말을 입 밖으로 뱉지 않아도 그 생각을 하면서 소리를 상상하면 그 소리를 들을 수 있죠. 화자의 내레이션이 우리에게 전달되는 방식은 그런 거예요. 하지만 우리는 현실계 사람이라 눈으로 책을 보거나 낭독자가 입으로 말해주지 않으면 알 수가 없죠. 그래서 낭독자는 화자가 생각하고 느낀 '머릿속 말들'(즉 내레이션)을 모두 그 방식 그대로 소리 내주어야 합니다.

인문학이나 정보 서적은 어떻게 낭독하나요?

1. 인문학이나 자기 계발서, 철학, 과학 분야 책들도 낭독법이 다르지 않아요.

: 이제 모든 책은 다 누군가의 말이라는 것이 이해가 되었죠? 여전히 '누가, 누구에게, 언제, 어디서, 무엇을, 왜' 말

하는지를 가지고 '어떻게' 말할지를 찾으면 됩니다.

2. 말하는 이유, 말로 얻고 싶은 목표가 무엇인지 알면 태도가 선명해져요.

: '설득시키고 싶다, 지식을 알려주고 싶다, 이해시키고 싶다, 질문을 던지고 싶다' 등등에 따라 어떻게 말해야 할지 그 말의 방식이 떠오르죠? 그렇게 말해주세요.

3. 생각에 주목하되 감정을 잊지 마세요.

: 수필이 공감, 소설이 상상과 경험에 더 치중한다면, 인문학이나 기타 서적들은 '생각'에 더 주목하고 있어요. 그래서 하는 말에 담겨 있는 생각을 열심히, 명확하게 다뤄주어야 해요. 그렇다고 그런 책들 속에 감정이 없다는 게 아닙니다. 감정의 형태가 다를 뿐이죠. 정확한 역사적 사실이나, 오랜 동안 정리한 자신의 논리 혹은 철학을 소통하는 순간에 연민이나 아쉬움, 슬픔 같은 개인적 감정이 일어나진 않겠죠? 그런데 만약 있다면 그것도 말에 다 담으세요. 저자의 그런 특별한 감정이 공감이 되었다는 건 그 문장에 그런 감정이 담겨 있다는 뜻이니까요.

4. 중요한 단어와 문맥을 정확하게 다뤄주세요.

: 저자는 한 단어, 한 문장, 한 문단에서 꼭 알려주고 싶은 정보를 가지고 있겠죠? 그렇다면 듣는 사람이 그걸 정확

하게 전달받을 수 있도록 해주세요. 낭독자는 책을 볼 수 있지만 청자는 소리로만 파악해야 해요. 그래서 듣는 것만으로 그 정보를 정확하게 기억할 수 있게 중요하게 다루어주는 것이 필요합니다.

5. 계속 집중할 수 있도록 주목시켜 주세요.

: 전달하고 이해시키려는 의지를 더 많이 가져주세요. 논리나 지식, 정보는 말하는 사람을 느끼는 것이 아니라 그 사람이 다루는 내용에 주목해야 하는 만큼 더 집중해서 들어야 해요. 그러니 낭독자가 듣는 사람을 최대한 주목시키면서 또렷하게 말해주세요.

마지막으로, 자신의 낭독을 녹음해서 들어보세요. 위에서 설명한 내용들을 염두에 두고, 녹음한 걸 듣다 보면 내 발음이 어떤지, 호흡이나 발성, 끊어 읽기, 빠르기, 전달력 등등 많은 것들을 스스로 발견하게 될 겁니다.

필자들이 소개하는 낭독 팁, 영상으로도 만나보세요.

youtube.com/theshantibooks

샨티의 뿌리회원이 되어
'몸과 마음과 영혼의 평화를 위한 책'을 만들고 나누는 데
함께해 주신 분들께 깊이 감사드립니다.

뿌리회원(개인)

이슬, 이원태, 최은숙, 노을이, 김인식, 은비, 여랑, 윤석희, 하성주, 김명중, 산나무, 일부, 박은미, 정진용, 최미희, 최종규, 박태웅, 송숙희, 황안나, 최경실, 유재원, 홍윤경, 서화범, 이주영, 오수익, 문경보, 여희숙, 조성환, 김영란, 풀꽃, 백수영, 황지숙, 박재신, 염진섭, 이현주, 이재길, 이춘복, 장완, 한명숙, 이세훈, 이종기, 현재연, 문소영, 유귀자, 윤홍용, 김종휘, 보리, 문수경, 전장호, 이진, 최애영, 김진회, 백예인, 이강선, 박진규, 이욱현, 최훈동, 이상운, 이산옥, 김진선, 심재한, 안필현, 육성철, 신용우, 곽지희, 전수영, 기숙희, 김명철, 장미경, 정정희, 변승식, 주중식, 이삼기, 홍성관, 이동현, 김혜영, 김진이, 추경희, 해다운, 서곤, 강서진, 이조완, 조영희, 이다겸, 이미경, 김우, 조금자, 김승한, 주승동, 김옥남, 다사, 이영희, 이기주, 오선희, 김아름, 명혜진, 장애리, 한동철, 신우정, 제갈윤혜, 최정순, 문선희

뿌리회원(단체/기업)

㈜김정문알로에 KIM JEONG MOON ALOE CO. LTD.　한경재단　design Vita　PN풍년

사단법인 한국가족상담협회·한국가족상담센터　생각과느낌 소아청소년 성인 몸 마음 클리닉

경일신경과 | 내과의원　순수피부과　월간 풍경소리　FUERZA

회원이 아니더라도 이메일(shantibooks@naver.com)로 이름과 전화번호, 주소를 보내주시면 독자회원으로 등록되어 신간과 각종 행사 안내를 이메일로 받아보실 수 있습니다.

전화 : 02-3143-6360　팩스 : 02-6455-6367
이메일 : shantibooks@naver.com